光文社古典新訳文庫

赤い小馬／銀の翼で　スタインベック傑作選

ジョン・スタインベック

芹澤恵訳

kobunsha classics

光文社

赤い小馬／銀の翼で　目次

赤い小馬

The Red Pony

I 贈り物

ビリー・バックは夜明けとともに起きだし、牧童小屋のそとに出て、しばらくのあいだポーチに突っ立ったまま空を見あげた。背は高くはないが、肩幅の広い、がっしりした身体《からだ》つきの、がに股の男だった。セイウチのような両端の垂れた口髭を生やしていた。角ばった手は肉厚で、指のつけねの盛りあがりが掌にも筋肉があることを物語っていた。眼《め》は水で薄めたようなグレイで、静かに考えをめぐらせているような表情がうかがえ、ステットソン帽からはみだした髪の毛は、針金のようで、見るからにばさばさしていて脂っけがなかった。ポーチに突っ立って空を見あげながら、ビリーはシャツの裾をジーンズに押し込んでいた。それから、いったんベルトのバックルをはずし、そのうえで改めてベルトを締めなおした。ベルトの穴のいくつかの周囲が擦れててかてかしていることから、ここ何年かのあいだにビリーの胴回りが次第に太くなってきたことが察せられた。空模様を見定めると、ビリー・バックは人差し指で鼻の穴を片方ずつ押さえて、勢いよく手鼻をかんだ。それから両手をこすりあわせながら、馬小屋に向かった。乗馬用の馬が二頭、それぞれの馬房に入れてあった。一頭ずつブラシをかけ、毛梳《けす》き櫛で毛並みを整えてやるあいだずっと、ビリーは静かにことばをかけ続けた。馬の手入れが終わるか終わらないうちに、母屋で食事を知らせる三角の打ち金《トライアングル》が鳴りだした。毛梳き櫛をブラシに突き刺し、ひとまとめにして馬房の仕切りに載せると、朝食を食べるため、ビリーは母屋に向かった。足の運び方は、いかにものんびりしているように見えたが、実は少しの無駄もない歩き方だった。なので、ビリーが母屋に到着したとき、ティフリン夫人はまだ合図の打ち金を叩いていた。ビリーへの挨拶がわりに白髪交じりの頭を軽く傾《かし》げてから、ティフリン夫人は台所に引っ込んだ。ビリー・バックはひとまず、母屋のポーチの階段に腰をおろした。牛の世話をするために雇われている身で、食事をする部屋に一番乗りするのは、無作法というものだったからだ。母屋のなかから、主人のカール・ティフリンが長靴を履こうと床を踏み鳴らしている音が聞こえた。

三角の打ち金《トライアングル》の鳴る、甲高《かんだか》く騒々しい音で、ジョディ少年も活動を開始した。ジョディは十歳になったところで、まだほんの子どもだった。枯草色の髪の毛に、おとなしげな、いかにもはにかみ屋ふうのグレイの眼、考えごとをしているときに口をもごもご動かす癖があった。打ち金の音で、ジョディは眠りからつまみだされた。騒々しい打ち金の音にそむいて眠りをむさぼりつづけるのは、論外だった。ジョディ自身はもちろんのこと、ジョディが知る限り、打ち金が鳴ったあとまで寝ている人などひとりもいなかった。眼のまえに垂れかかってきたくしゃくしゃの髪の毛を払いのけ、寝間着を脱ぎ捨てると、あっという間に着替えをすませ、青い木綿のシャツにオーバーオールという恰好《かっこう》になった。夏の終わりのころだったので、靴を履く手間はもちろん省いて台所に向かった。母親が流しのまえから料理用ストーブのところに移動するのを待って、顔を洗い、濡れた髪を手櫛でなでつけた。流しのまえを離れようとしたところで、母親が鋭い眼を向けてきた。ジョディはおずおずと眼をそらした。

「そろそろ髪を切ってあげないとね」と母親は言った。「朝ごはんはテーブルに出してあるから。ほら、早くテーブルについて。でないと、ビリーがそとで待ちくたびれちゃうから」

ジョディは長いテーブルについた。テーブルにかけてある白いオイルクロスは、何度も洗濯したせいでところどころすり切れて、布地がすけて見えていた。大皿にフライドエッグが何列も並んでいる。そのうちの三つを、ジョディは自分の皿に取り、次いで分厚く切ってかりかりに焼いたベーコンも三切れ、取りわけた。卵の黄身に一カ所、ぽつんと血がついていることに気づいて、それを丁寧にすくいあげて取りのぞいた。

重たげな足音とともに、ビリー・バックが部屋に入ってきた。「そいつは食っちまっても大丈夫だ。雄鶏の置き土産ってやつだから」黄身に血がついている理由を、ビリー・バックはそんなふうに説明した。

やがて、ジョディの父親が姿を見せた。にこりともせずに。背の高い男だった。床を踏む足音で、ジョディには父親が長靴《ちょうか》を履いていることがすぐにわかった。それでも、念のため、テーブルのしたをのぞきこんで確かめた。父親はテーブルのうえに吊るしてある石油ランプを消した。食事をする部屋の窓から、朝の光がたっぷりと射し込んできていたからだ。

ジョディは敢えて尋ねなかったが、父親が今日これからビリー・バックと馬でどこかに出かけるつもりだということはわかった。できることなら自分も一緒に連れていってもらいたかった。父親は規律を重んじる、しつけに厳しい人だった。ジョディは、父親に言われたことには、どんなことであれ、文句を言わずに従った。その父親、カール・ティフリンはテーブルにつき、卵が載っている大皿に手を伸ばした。

「牝牛を連れていく用意はできてるか、ビリー？」

「したのほうの柵囲いに集めときましたよ」とビリー・バックは言った。「連れてくだけなら、任せてもらって大丈夫だ。おれひとりでもなんとかなるよ」

「ああ、そりゃ、そうだろう。だが、連れはいても邪魔にはならないもんだ。それに、咽喉《のど》がからからに渇いて、一杯ひっかけたくならないとも限らない。だろ？」カール・ティフリンは今朝はことのほか機嫌がいいようだった。

母親が戸口のところから顔を出して言った。「カール、帰りは何時ぐらいになりそう？」

「わからん。サリーナスで何人か、人に会わなきゃならないし。そうだな、帰りは暗くなってからってことにしとこうか」

あれほどあった卵もコーヒーも大きなホットビスケットも、あっという間にたいらげられた。父親とビリー・バックのあとについて、ジョディも戸外《そと》に出た。そして、ふたりが馬にまたがり、柵囲いからもう若くない牝牛を六頭、追い立て、その六頭を連れて丘を越え、サリーナスのほうに向かうのを眺めた。歳《とし》を取って乳を出さなくなった牝牛は、業者に売り払われて食肉にされるのだ。

ふたりの姿が丘のてっぺんを越えて見えなくなると、ジョディは母屋の裏山に登った。母屋の角から二匹の飼い犬が、背中を丸め、歯を剝《む》き出しにしてみせながら、嬉しそうに小走りで駆け寄ってきた。ジョディは二匹の頭を撫《な》でた。尾がふさふさしていて、黄色い眼をしているほうはダブルトゥリーマット、もう一匹はスマッシャーといった。スマッシャーは牧羊犬で、以前にコヨーテを殺したことがあり、そのときに片方の耳を失っているのだが、残ったほうの耳が、コリー種の耳にしてはぴんと立ちすぎている。だけど、ビリー・バックの話では、そういうことはよくあるらしい。二匹の犬は、熱狂的な挨拶をすませると、任務を最優先させる態《てい》で鼻先を地面にくっつけ、くんくん嗅ぎながら、先に進んでいった。ときどきうしろを振り返り、主人があとからついてきているかどうかを確かめながら。鶏の飼育場を通り抜けるとき、鶏に交じってウズラが餌をあさっているのが見えた。スマッシャーは、今はまだ羊はいないけれど、いずれ羊の番をすることになったときの準備だとでもいわんばかりに、しばらくのあいだ、鶏を追いまわした。ジョディは先に進んだ。広い野菜畑を突っ切り、ずんずん歩いた。畑のトウモロコシは青々と葉を茂らせ、ジョディの背丈を越えて伸びていた。黄色に育つはずのカボチャはまだ青くて小さかった。畑を抜けると、ヤマヨモギの繁みに出た。冷たい水が湧き出ているところだった。湧き水は鉄管を通して、丸い木の桶《おけ》に溜まるようになっている。ジョディは桶のうえに身を乗り出し、緑の苔《こけ》がむした桶の縁あたりの水を飲んだ。湧き水は、そのあたりがいちばんおいしいからだ。それから振り返って、牧場を眺めた。赤いゼラニウムをまわりに植え込んだ、白い漆喰《しっくい》塗りの母屋と、ビリー・バックがひとりで寝起きしている細長い牧童小屋が見えた。ビリー・バックの小屋の横のイトスギの木のしたに、真っ黒くて大きな湯沸かしが置いてあった。殺した豚を熱湯で処理するための湯沸かしだった。ちょうど向こうの丘のてっぺんから太陽が顔を出したところで、母屋や馬小屋の白い漆喰が眼に痛いほど輝き、草葉に降りた朝露がきらきらと柔らかく光っている。うしろのほうの背の高いヤマヨモギの繁みのなかから、がさがさという音が聞こえた。鳥が何羽も、地面を跳ねまわっているものと思われた。丘の斜面からリスの甲高い鳴き声も聞こえてくる。ジョディは牧場の建物をひとわたり見まわした。あたりの空気がいつもとはちがって感じられた。何かが変わり、何かが失われ、かわりに新しく馴染《なじ》みのないものがやってくる気配がした。丘の中腹あたりを、大きな黒いハゲタカが二羽、地面すれすれに飛んでいくのが見えた。影のほうが先に、すばやく、なめらかに移動していく。あのあたりで動物が死んでいるにちがいない。ジョディにはそれがわかった。牝牛かもしれない。あるいはウサギの死骸を狙っているのかもしれなかった。ハゲタカはどんなものでも見逃さない。心ある者なら誰しもがそうであるように、ジョディもハゲタカが大嫌いだった。とはいえ、嫌いだからといって痛めつけてもいい、というものではない。ハゲタカは、動物の死骸をきれいにしてくれるものでもあるからだ。

しばらくして、ジョディは裏山をおりることにした。二匹の犬はとっくに主人を見はなし、自分たちだけで好きなことをするためにヤマヨモギの繁みに姿を消していた。野菜畑を抜けて戻る途中、ジョディは不意に足を止め、緑色のメロンを片方の踵《かかと》でぐしゃりと踏みつぶした。いい気持ちはしなかった。してはいけないことだった。そのぐらいのことはジョディにもわかりすぎるぐらいわかっていた。ぐしゃぐしゃになったメロンが見えなくなるまで、ジョディは足で土をかぶせた。

母屋に戻ると、母親がジョディのがさがさに荒れた手をつかみ、指先と爪の汚れ具合を調べた。それは無駄というものだった。指先と爪をいくらきれいにして学校に送りだしても、学校に到着するまでの道中は、いろいろなことが起こる可能性に充ち満ちているのだから。ジョディのあちこちの指先がひび割れ、汚れで黒くなっているのを見て、母親は思わず溜め息をついた。それから教科書と弁当を渡し、学校に送りだした。学校までは一マイルの道のりを歩いて通う。母親はジョディがその朝、妙に忙しなく口をもぐもぐさせていたことに気づいていた。

ジョディは学校に向かった。道の途中に小さな白い石英がいくつも転がっているのを見つけた。全部拾ってポケットをいっぱいにした。そして、鳥や、道端でのんびりとひなたぼっこをしているウサギを見かけるたびに、ポケットから取り出し、狙いを定めて投げつけた。橋を渡った先の十字路で、友人ふたりが合流して、三人で学校に向かった。足幅いっぱいまで伸ばして馬鹿みたいに大股に歩いてみたり、そのほかにもいろいろとくだらない悪ふざけをしながら。新学期はつい二週間まえに始まったばかりで、生徒たちのあいだには、隙あらば騒いでやろうという意気込みが、まだ消え残っていた。

ジョディが丘のてっぺんに戻って、もう一度牧場を見おろしたのは、午後の四時ごろだった。乗用馬の姿を探したが、柵囲いは空っぽだった。父親はまだ帰宅していないのだ。自分に割り当てられている夕方の仕事を片づけるため、ジョディはのろのろと丘をくだり、母屋に向かった。母親がポーチの椅子に腰かけて、靴下をつくろっていた。

「台所にドーナツがふたつあるわよ」と母親は言った。ジョディはするりと台所に滑り込み、ポーチに戻ってきたときには、半分食べかけのドーナツを手に、口をいっぱいにしていた。今日は学校で何を習ってきたのか、と母親は尋ねたが、ドーナツをもぐもぐやりながらの返事をろくに聞こうともしないで、途中で言った。「ジョディ、今日は薪入れをちゃんといっぱいにしておいてね。昨日は向きを揃えないでただ放り込んだだけだったでしょ、だから半分も入ってなかった。今日は平らに並べて入れてちょうだい。それから、卵を隠してる鶏が何羽かいるわ。でなけりゃ、犬が食べてるのかもしれない。鶏小屋のそとに巣ができてないかどうか、草叢《くさむら》を探してみて」

食べかけのドーナツをもぐもぐやりながら、ジョディは戸外《そと》に出て、いつもの仕事に取りかかった。鶏の餌を撒くと、ウズラが一羽、舞い降りてきて、鶏の仲間に加わった。ジョディの父親は、どういうわけかウズラがやってくることがご自慢で、ウズラが来なくなることを懸念して、母屋の近くで猟銃を使うことをぜったいに許さなかった。

薪入れをいっぱいにしおえたところで、ジョディは自分用の二二口径の小さなライフル銃を持って母屋の裏山にのぼり、ヤマヨモギの繁みの冷たい湧き水のところまで歩いた。今度もまた水を飲んだ。それからライフル銃を構え、眼についたものに片端から狙いをつけた——岩だの、飛んでいる鳥だの、イトスギのしたの真っ黒な湯沸かしだのに。けれども発砲はしなかった。十二歳になるまでは撃ってはいけないことになっているので、銃弾《たま》は一発も持っていなかったからだ。銃口を母屋に向けているところを父親に見つかりでもしようものなら、さらにもう一年はお預けを食うことになるにちがいない。そのことを思い出して、ジョディは丘のうえから眼下《した》に狙いをつけるのをやめた。あと二年でさえも、とてもじゃないけど、待ちきれないぐらいなのだ。父親がくれるものには、ほとんど例外なく何かしら条件がついている。おかげでジョディにとっては、せっかくの贈り物なのに、いくらかありがたみが薄れてしまうのだった。それがよいしつけというものだとしても。

夕食を食べずに父親の帰りを待っているうちに、とっぷりと陽が暮れた。ようやく帰ってきた父親が、ビリー・バックを連れて家に入ってきたとき、ジョディはふたりの吐く息に甘いブランデーのにおいを嗅ぎつけて内心嬉しくなった。というのも、父親がブランデーのにおいをさせているときには、いつも必ずというわけではなかったが、父親のほうから話しかけてくれることがあったし、今ほど拓けていなかったころに子どもだった父親がやったあんなことやこんなことを、話して聞かせてくれることがあったからだった。

夕食が終わると、ジョディは炉端に坐って、はにかみ屋らしい遠慮がちな眼差《まなざ》しを部屋の隅々に向けながら、父親が胸にしまっていることを話しはじめるのをじっと待った。どういう話かわからなかったが、ともかく父親からなんらかの知らせがあるにちがいない、とジョディにはわかっていたのだ。ところが、期待はみごとに裏切られた。父親は、いつもの厳めしい態度で人差し指をジョディに向けると、こう言った。

「ジョディ、もう寝ろ。明日の朝、用があるから」

それなら、それほどがっかりすることもなかった。決まりきった毎日の手伝いでなければ、用を言いつけられるのは苦ではなかった。ジョディは床を見つめた。そのつもりはなかったのに、気がつくと唇が勝手に動いてことばが飛び出していた。「明日の朝、何をするの？　豚をつぶすの？」とジョディは小さな声で尋ねた。

「明日の朝になればわかる。いいから、さっさと寝ろ」

部屋を出てドアを閉めたとき、父親とビリー・バックが忍び笑いを洩《も》らすのが聞こえた。どうやらからかわれたようだ、とジョディは気づいた。そのあと、ベッドに横になってからも、隣の部屋でひそひそと交わされる話に聞き耳を立てた。父親が弁解するように言っているのが聞こえた。「いや、ルース、大枚をはたいて買ったわけじゃないよ」

それから、馬小屋のほうでフクロウがネズミを追いかけているのが聞こえた。果樹の枝が母屋の壁をそっと叩く音が聞こえた。牡牛が低くひと鳴きするのが聞こえる……と思いながらジョディは眠りに落ちていった。

翌朝、三角の打ち金《トライアングル》が鳴り響くなり、ジョディはいつもよりもさらに手早く着替えをすませた。台所の流しで顔を洗い、髪の毛を撫でつけているところに、母親の不機嫌な声が飛んできた。

「朝ごはんをちゃんと食べないうちは、戸外《そと》には出しませんからね」

ジョディは、食事をする部屋に入って白いオイルクロスをかけた細長いテーブルについた。テーブルの大皿からほかほかと湯気のたっているパンケーキを一枚、皿に取り、そのうえにフライドエッグをふたつ載せ、そのうえからもう一枚パンケーキをかぶせて、全体をフォークでぎゅっと押しつぶした。

父親とビリー・バックも部屋に入ってきた。床を踏む足音で、今日はふたりとも長靴ではなく、踵の低い靴を履いていることが、ジョディにはわかった。それでも、念のため、テーブルのしたをのぞき込んで確かめた。朝陽が射し込んできているので、父親は石油ランプを消した。例によって、苦虫を嚙《か》みつぶしたような厳めしい顔をしていた。ビリー・バックはジョディのほうを見ようともしなかった。ジョディのおずおずとした、物問いたげな眼差しを徹底的に避けて、トースト一枚を丸ごとコーヒーに浸している。

カール・ティフリンは不機嫌そうに言った。「朝めしがすんだら、一緒に来い」

そのひと言で、ジョディは食べ物を咽喉に詰まらせた。大袈裟に言えば運命の瞬間のようなものが、すぐそこまで迫っている気配を感じ取ったからだった。ビリーは受け皿を傾けてこぼれたコーヒーを飲み干すと、両手をズボンにこすりつけて拭い、雇い主と一緒に食卓を離れ、ふたりして朝の光のなかに出ていった。ジョディは少し距離をおいて、ふたりのあとからついていった。先に駆けだしていこうとする自分の心を、懸命に抑えつけた。ぴくりとも動かないよう、がっちり抑え込んだ。

背後で母親が声を張りあげた。

「カール、ジョディは学校があるんですからね。遅刻させないでくださいよ」

カール・ティフリンとビリー・バックは、豚の解体用の横木が吊るされたイトスギを通り過ぎ、真っ黒な鉄の湯沸かしのところも素通りした。ということは、豚をつぶすわけではなさそうだった。丘のうえから顔を出した太陽の光を浴びて、木々や建物が地面に黒々と細長い影を伸ばしていた。うしろからついてくるジョディを連れて、カール・ティフリンとビリー・バックは刈り株の残った畑を突っ切り、近道をして馬小屋に向かった。カール・ティフリンが馬小屋の扉の留め金をはずして、三人はなかに入った。そこまでは太陽の光を前面から受けて歩いてきたので、馬小屋のなかは夜のように真っ暗に感じられた。干し草と馬の体温とでむっとするほどの熱気がこもっていた。ジョディの父親は馬房のひとつに近づくと、「こっちに来い」と命じた。そのころには、ジョディもようやく馬小屋のなかの暗さに眼が慣れてきていた。ジョディは馬房のなかをのぞき込み、次の瞬間、はっとして後ずさった。

馬房のなかから、赤毛の小型種《ポニー》の雄の若駒が、ジョディのほうをじっと見つめていたのである。ぴんと立った両耳をまえに倒し、きかん気が強そうな眼を光らせて。被毛はエアデール・テリアの毛のようにみっしりと分厚く、たてがみも長くてもつれあっている。ジョディは咽喉が詰まり、息ができなくなった。

「こういう馬には、毛梳き櫛をたっぷりかけてやらなくちゃならん」と父親が言った。「それから、もしおまえがこいつの世話を怠《おこた》って、飼葉をやるのを忘れたとか、寝藁《ねわら》が汚れたままにしてあった、なんて話が耳に入ってきたら、すぐに売り飛ばすからな」

ジョディはそれ以上もう馬の眼を見つめていられなくなった。眼を伏せ、しばらくのあいだ自分の手を見つめたのち、おずおずと尋ねた。「これ、ぼくの馬?」カール・ティフリンもビリー・バックも答えなかった。ジョディは片手を伸ばして小馬のまえに差し出した。小馬は灰色の鼻先を近づけてきて、ふんふんと音を立ててにおいを嗅いでいたかと思うと、唇をめくりあげ、見るからに丈夫そうな歯でジョディの指先をぱくりとひと噛みした。それから首を上下に振って、なんだかおもしろがって笑っているような顔をした。ジョディは嚙まれた指先をしげしげと眺めた。そして「ふうん、なるほど」と強がって言った。「こいつはちゃんと嚙めるみたいだね」父親もビリーも、ほっとしたように笑い声をあげた。カール・ティフリンは馬小屋を出て、丘の斜面を登っていった。ひとりきりになりたかったのだ。なんだか照れくさくて。ビリー・バックはその場に残った。ジョディには、ビリー・バックのほうが話しやすい相手だった。そこで、もう一度尋ねてみた——「これ、ぼくの馬?」

ビリーは馬の世話にかけては豊富な経験を持つ者の口調になった。「ああ、そうとも。あんたがちゃんとこいつの世話をして、きちんと仕込むってことなら、こいつはあんたの馬だ。やり方はおれが教えよう。こいつはまだ子どもだからね。とうぶんは乗るわけにはいかんよ」

ジョディは先ほど嚙まれた手をもう一度小馬のまえに差し出した。赤毛の小馬は、今度はおとなしく鼻面を撫でられるままになっていた。「ニンジンが要るね」とジョディは言った。「ねえ、ビリー、この馬、どこで手に入れたの?」

「強制執行の競売で買ったんだよ」とビリー・バックは説明した。「サリーナスで見世物興行をやってた連中が借金をこしらえて、にっちもさっちもいかなくなっちまったんだな。でもって、お役人がそいつらのなけなしの財産を競売にかけたのさ」

小馬は鼻面をぐっと突き出し、きかん気のきらめく眼に垂れかかっていたたてがみを、首のひと振りで払いのけた。ジョディは小馬の鼻先をそっと撫でた。そして小さな声で言った。「それじゃ……鞍《くら》はないんだね？」

ビリー・バックは声をあげて笑った。「そうだ、忘れてた。ついておいで」

馬具置き場に入ると、ビリー・バックは鞍台に載せてあった赤いモロッコ革《がわ》の小さな鞍を降ろした。「こいつは見世物興行で使う鞍だがね」馬鹿にしていることを隠そうともしないで、ビリー・バックは言った。「野っ原を乗りまわすには不向きなんだが、えらく安い値段で競売に出てたんでね。ついでに買ってきたよ」

小馬の眼を見つめていたときと同様、ジョディはその鞍もまた長いこと見ているとなんとも言えない気持ちになってきて、まったく口がきけなくなった。黙ったまま、そのつや光りしている赤い革を指先でこすった。そして、だいぶたってから、ようやく口を開いた。「だけど、あの小馬には似合うと思うよ」それから、自分の知っている限りの壮大で美しいものを次から次へと思いうかべた。「あいつにまだ名前がないんだったら、ぼく、〝ギャビラン・マウンテンズ〟[1]ってつけようと思うんだけど」

ビリー・バックには、そんな少年の気持ちがよくわかった。「そいつはちょいと長すぎやしないかね。〝ギャビラン〟だけでいいんじゃないか？ スペイン語でタカって意味だ。あいつにはもったいないぐらい上等な名前だと思うがね」ビリー・バックは嬉しさを隠しきれない口ぶりで言った。「尻尾の毛を集めといてくれたら、そのうちその毛でロープをこしらえてやってもいいよ。ハックモア[2]でもこしらえりゃいい」

ジョディはもう一度、あの小馬のいる馬房に引き返したかった。「あいつを学校に連れてってもいいかな？ みんなに見せてやりたいんだ」

ビリー・バックは首を横に振った。「そいつは無理だな。あいつはまだ人に引かれることにも馴れてないんだ。ここまで連れてくるのだって、えらく難儀した。ほとんど引きずるようにして、ようやく連れてきたんだから。それはそうと、そろそろ学校に行ったほうがいいんじゃないかね？」

「それじゃ、学校が終わったらみんなを連れてきて、あいつを見せてやることにするよ」とジョディは言った。

その日の午後、いつもよりも三十分も早く、六人の男の子が丘を越えて姿を見せた。

1 サリーナス東方の山脈の名前。
2 銜《はみ》のない頭絡の一種。馬の鼻梁に装着する。

六人とも走っていた。足元に眼を凝らし、腕を大きく振り、息を切らしながら、必死に駆けていた。そのまま牧場の母屋のまえを素通りして、刈り株の残る畑を突っ切り、馬小屋に駆けつけた。なのに、いざ小馬をまえにすると、誰もが気おくれして、ジョディを見つめた。彼らの眼差しには、これまでにはなかった賞讃と敬意が宿っていた。昨日までのジョディは、オーバーオールに青いシャツを着た単なる普通の男の子、それもたいていの者よりおとなしくて、どちらかと言えば若干、意気地なしのところがあるのではないかと思われていた。ところが、今はもうそうではなかった。彼らは徒歩で戦う者が馬上で戦う者に対して抱いてきた、太古からの憧れの念を、何千年、何万年という長い歳月を通して受け継いでいた。馬上の者は徒歩で戦う者よりも、見た目が高いことは言うまでもなく、精神的にも優位に立つことを本能的に知っていた。だから、これまでは自分たちと同等だったジョディが、なんらかの奇跡で自分たちのあいだからひょいと選び出されて、自分たちよりも高い場所に置かれたことを悟ったのである。ギャビランは馬房の仕切り柵から首を伸ばして、少年たちのにおいを嗅ぎはじめた。

「どうして乗らないの？」少年たちは口々に叫んだ。「どうして尻尾を編んでリボンをつけてやらないの、品評会に出すときみたいに？」「いつになったら乗るんだよ？」

ジョディは勇気が湧きあがってくるのを感じた。彼もまた、馬上の者の優越感を覚えていたのだ。「まだ大人になってないんだよ。当分のあいだ、誰も乗っちゃいけないんだ。調教には無口頭絡《ホルター》[3]と長い索《ロープ》を使おうと思ってる。やり方はビリー・バックが教えてくれるって」

「だったら、ちょっとだけ引いて歩くのもだめなの？」

「こいつは、まだ人に引かれることにも馴れてないんだ」とジョディは言った。小馬を初めてそとに連れ出すのは、自分ひとりだけのときにしたかった。「あっちに鞍があるんだ。見せるよ」

赤いモロッコ革の鞍に、少年たちはことばを失った。すっかり感心して声も出ないほどだった。「こういう鞍は、野っ原を乗りまわすには向いてないんだ」とジョディは説明した。「でも、あいつには似合うと思う。野っ原を乗りまわすときには鞍なしで乗ることになるかもしれないな」

「ホーン[4]のない鞍で、どうやって牛をつかまえるんだよ？」

3　馬を馬房から連れ出したり、移動させたり、洗い場につないで手入れをするときに使う馬具。銜や手綱はついていない。無口《むくち》ともいう。

「普段使うのに、もうひとつ普通の鞍を買うかもしれない。父さんが牛を追うときにぼくの手伝いが必要になるだろうから」ジョディは一同にその赤い鞍を触らせた。次いで頭絡についている、真鍮《しんちゅう》でできた喉鎖や、額革と頬革が交差する左右のこめみに当たるところの大きな真鍮の鋲《びょう》を、ひとつひとつ指さして見せたりもした。何もかもが、あまりにもすばらしかった。やがて家に帰らなくてはならない時刻になった。家路に就きながら少年たちは、めいめい心のなかで、あの赤い小馬に乗れる日が来たときに、貢ぎ物としていったい何を差し出せば乗せてもらえるだろう、と考え、自分の持ち物のひとつひとつを品定めしはじめていた。

少年たちが帰ってしまうと、ジョディはほっとした。壁に掛けてあるブラシと毛梳き櫛を取ると、馬房の仕切り柵をはずして用心しながらなかに入った。小馬の眼がきらりと光った。じりじりとこちらに尻を向けてきたのは、後ろ肢で蹴りあげてやろうという意思表示だった。だが、ジョディはビリー・バックが馬をなだめるところを何度も見ているので、見よう見まねで小馬の肩に軽く手を触れ、弓なりに張りつめた首を撫でながら、低く落ち着いた声で「よしよし、おまえはいい子だね」と囁《ささや》きつづけた。小馬は次第に落ち着き、緊張がゆるんだ。ジョディはブラシと櫛をかけはじめた。抜け毛がひとかたまりになって馬房の床にたまり、小馬の身体に濃くて赤いつやが出てくるまで、一心に毛をとかしたり、馬体をこすったりした。ひとつのところが終わるたびに、もっと上手にやれるんじゃないか、という気持ちになった。たてがみを編んで、十ばかり小さなおさげをこしらえ、額に垂れているたてがみも同じように編んでみたけれど、そのあと、全部ほどいて、もとどおりまっすぐになるまでブラシをかけなおした。

母親が馬小屋に入ってきたのにも気がつかなかった。母親は腹を立てて馬小屋にやって来たのだが、小馬とその世話をしている息子の様子を眺めているうちに、なんとも言えない誇らしさが胸に湧きあがってくるのを感じた。「薪の箱をいっぱいにしておくのを忘れてるんじゃない？」と母親は優しく言った。「そろそろ暗くなるのに、うちには薪が一本もないし、鶏だってまだ餌をもらってないようだし」

ジョディは慌てて、手入れの道具を片づけだした。「ごめんなさい、母さん、うっかりしてた」

「そう。だったらこれからは、自分の仕事を先にやりなさい。そうすればうっかり忘

4　ウェスタンスタイルの鞍の前の方にある持ち手のような突起。投げ縄を引っかけたり結びつけたりする。

れちゃうなんてこともなくなるでしょうから。先が思いやられるわ。わたしが眼を光らせてないと、小馬にかまけてしょっちゅう物忘れをしそうだもの」

「ねえ、母さん、畑のニンジンを取ってきて、こいつにやってもいい？」

畑のニンジンを取るとなれば、母親としては、いちおう考えてみなくてはならなかった。「そうね、まあ、いいでしょう。育ちすぎて硬そうなのだけなら」

「馬って、ニンジンをやると毛艶がよくなるんだ」

息子のそのことばを聞いて、母親はまたしてもなんとも言えない誇らしさが湧きあがってくるのを感じた。


小馬が来てからというもの、ジョディは三角の打ち金《トライアングル》が鳴るのを聞いてからのそのそ起き出す、ということがなくなった。母親よりも誰よりも早く眼を覚まし、そっと寝床を抜け出し、物音を立てないようにすばやく着替えると、ギャビランに会うため、足音を忍ばせて馬小屋に向かうのが毎朝の習慣になった。朝まだきの、周囲の大地も下草の繁みも建物も木々も、写真のネガフィルムのように黒と銀灰色に見える、薄暗い静けさのなか、まだ眠っている石ころとまだ眠っているイトスギのまえを通り過ぎて、ジョディはこっそりと馬小屋に忍び寄る。コヨーテを恐れてイトスギをねぐらにしているシチメンチョウが、寝ぼけた鳴き声をあげる。野原も畑も、霜が降りたような灰色の光できらめき、ウサギやノネズミの通った跡がはっきりと見て取れる。二匹の犬は感心なことに、首筋の毛を逆立てて低くうなりながら、それぞれの小屋からのっそりと姿を現すが、ジョディのにおいを嗅ぎわけるなり、ふさふさの太い尾をしたダブルトゥリーマットも、未来の牧羊犬のスマッシャーも、尻尾を力強くぴんと立て、それを振って挨拶をすませ、そしてまたしばらく惰眠をむさぼるべく、もとの暖かなねぐらに引き返していくのだった。

それはジョディにとって不思議な時間であり、神秘の旅だった——夢の続きのようなものでもあった。小馬が来てからしばらくのあいだ、ジョディは馬小屋に向かいながら、ギャビランが馬房からいなくなっているのではないか、あるいは、それどころかそもそもうちに来たりなどしなかったのではないか、とよくないことを想像しては胸を騒がせた。ほかにもちょっとした心配の種をあれこれ見つけては、わざと自分を甘く苦しめた。たとえば、あの赤い鞍が大きなネズミにかじられて、ところどころにみっともない穴が穿《あ》いてしまっているのではないかとか、ギャビランの尻尾が小さなネズミに嚙みちぎられて、擦り切れたようにみっともない姿になっているのではないかとか。そのため、馬小屋が近くなると、思わず駆けださずにはいられなかった。馬小屋にたどり着いて戸口の錆《さ》びついた掛け金をはずしてなかに入るとき、扉をどれほどそっと開けても、ギャビランはかならず馬房の仕切り柵越しにこちらを見ていて、静かにいななき、前搔きをするのだ。こちらに向けた眼を、オークの薪の残り火のように、大きな赤い炎できらりと光らせて。

ときどき、農耕用の馬に仕事をさせる日だったりすると、ジョディよりも先にやって来たビリー・バックが、馬に馬具をつけたりブラシをかけていたりした。そんなとき、ビリー・バックはジョディと一緒になってギャビランを眺めながら、馬に関する話をそれはいろいろと聞かせてくれるのだった。ビリー・バックによれば、馬というものは肢について特に神経質だから、不安を取り除いてやるためには繰り返し肢をあげさせて、蹄や肢下をそっと撫でてやったりする必要がある、とのことだった。それに、馬は人間に話しかけられることで安心を得るらしい。だから、あんたもこいつにしょっちゅう話しかけてやらなくちゃならないし、何かをするときにはその理由をちゃんと話して聞かせてやることだ、とビリー・バックは言った。もちろん、人間の言うことが、何から何まで理解できるとは思えない。しかしながら、まるっきりわからない、というわけでもないのだ。馬というものは、信頼している人間からわけを話して聞かせてもらいさえすれば、無駄に騒ぎ立てて面倒をかけるようなことは絶対にない。ビリー・バックはそう言って、その実際の例をあげた。たとえば、へとへとに疲れ切って今にも倒れそうだった馬が、目的地まではもうすぐだと言われたとたん、元気を取り戻したとか、臆病風に吹かれて一歩も進めなくなっていた馬が、乗り手から怖がっているものの正体を教えられると、たちまち怖がらなくなったとか。早朝の馬小屋でそんな話をしながら、ビリー・バックは麦藁を二十本から三十本ほど、どれも測ったようにきっちり三インチの長さに切り、まとめてステットソン帽の革帯《バンド》に挟んだ。そうしておけば、その日一日、歯をせせりたくなったり、口寂しくなったりしたときに、帽子に手をやって麦藁を一本引き抜けばいいからだった。

ビリー・バックの話に、ジョディは熱心に耳を傾けた。馬を扱うことにかけて、ビリー・バックの右に出るものはないことを、このあたり一帯の人たちと同様、ジョディもよく知っていたからである。ビリーの持ち馬は、痩せて筋張ったきかん気の強いカイユース[5]だったが、競技会ではほぼ毎回、一等賞を獲得していた。馬上から投げ縄で雄の仔牛を捕らえると、その投げ縄を鞍のホーンに二重の片結びにしておいて、馬からおりてしまうのだ。すると、馬は、縄がぴんと張って緩まない距離を保ったま

5 アメリカ先住民が使っていた小型種の馬。

ま、ちょうど釣り師が針にかかった魚を扱うように仔牛を好きに〝泳がせ〟るので、そのうち仔牛のほうから横倒しになるか、あるいは疲れて動けなくなってしまうのだ。

毎朝、ジョディがブラシをかけて毛並みを整えてやったあと、馬房の仕切り柵をはずすと、ギャビランはジョディを押しのけるようにして抜け出し、馬小屋の通路を一気に駈け抜けて、柵囲いのなかに飛び出していく。囲いのなかを一周、また一周と駈けつづけ、ときどき跳びあがっては脚を突っ張らせて着地する。そして今のはびっくりしたからだ、とでもいうように、馬体をぶるっと震わせ、両耳をぴんと前に寝かせ、白目が見えるほど大きく眼を剝いてみせるのだ。駈けるのに飽きると、荒い鼻息を吐きながら水桶まで歩み寄り、鼻の孔だけを残して鼻面全体を勢いよく水に突っ込む。それがジョディには得意でたまらなかった。馬が水を飲むときの仕種で、その馬の性格《たち》がわかることを知っていたからだ。意気地なしの馬は、水を飲むときに口先だけしか水につけない。けれども、活発で度胸のいい良馬は、呼吸だけはできるようにしておいて、口先だけではなく鼻面全体をざぶんと水中に突っ込むものなのだ。

そんなことを思いながら小馬の様子を眺めているうちに、ほかの馬のときには気づきもしなかったことに注意が向くようになった――色艶のいい腹部の筋肉がなめらかに動くこと、臀部の筋が握り拳を固めるようにぎゅっと収縮すること、陽の光を受けて赤い毛並みがつやつやと光ること。これまで長いこと、馬なら毎日のように見てきているのに、注意深く観察したことは一度もなかった、ということだった。だが、今は耳の動きが感情を表し、馬の顔に表情をもたらすことに気づいていた。それどころか微妙な表情の変化まで見て取れるようになった。ギャビランは耳で話をした。まわりで起こっていることに対してどんなふうに感じているか、耳の向きを見れば正確に知ることができた。小馬の耳はぴんとまっすぐに立っていることもあれば、力なくだらりと垂れていることもある。腹を立てていたり、何かに怯《おび》えていたりするときには、ぺたんとうしろに寝かされ、気になることがあったり、好奇心に駆られていたり、満足しているときにはまえに向けられている。耳がどこを向いているかで、そのときどきの馬の気持ちを知ることができるのだ。

ビリー・バックは約束を忘れなかった。秋になるとまもなく、小馬の調教がはじまった。まずは無口頭絡《ホルター》をつけて引かれることに馴らすのだが、なんといっても初めてのことなのでこれがなかなかの難関である。ジョディはニンジンを片手に、なだめたり、すかしたり、ときにはニンジンで誘ったりしながら曳き手《リードロープ》をつけるのだが、引かれていることを感じとると、小馬は荷物運搬用の驢馬《バーロウ》のように力いっぱい足を踏ん張って動かなくなった。それでも、じきに曳き手《リードロープ》に馴れはじめた。曳き手《リードロープ》をつけて小馬を連れながら、ジョディは牧場のあちこちを歩きまわり、少しずつ引く力をゆるめていった。やがて小馬は強く引っ張られなくとも、ジョディの行くところにはどこでもついてくるようになった。

次は索《ロープ》に馴らすのだが、これにはさらに時間がかかる。ジョディが長い索《ロープ》を握って円の中心に立ち、舌を鳴らして合図をすると、小馬は索《ロープ》の長さを半径にして大きな円を描いて歩きはじめる。しばらくしてもう一度舌を鳴らし、小馬に速歩をさせる。次いでまた舌を鳴らして今度は駈歩をさせる。ギャビランはそれが愉《たの》しくてたまらないようで、全速力でいつまでもいつまでも駈けつづける。しまいにジョディが「どう《ホウ》、どう《ホウ》」と声をかけると、全速力で駈けまわっていた小馬はぴたりと足をとめる。その一連のルールをギャビランが呑《の》み込むのに、いくらもかからなかった。けれども、いろいろな面で、ギャビランは癖のよくない馬だった。ジョディのズボンに嚙みつくし、足を踏みつけることもあった。ときには耳をうしろにぺたんと寝かせ、ジョディに向かって猛然と肢を蹴りあげてくることもあった。そして、その手の悪さをしたあとは必ず、すっとおとなしくなって、ひとりおもしろがってほくそ笑んでいるように見えるのだ。

ビリー・バックは馬の毛でロープもこしらえはじめた。ジョディは尻尾の毛を集めて袋に溜めておき、ビリー・バックが夜になって暖炉のまえに陣取ってロープを撚《よ》りはじめると、すぐそばに坐ってその作業をじっと見守った。ロープをこしらえるのに、ビリー・バックはたっぷりと手間をかけた。まずは馬の毛を何本か撚りあわせて細い糸のようにすると、その糸を二本ずつ撚りあわせて紐をこしらえ、最後にその紐を何本かずつ編みあわせていってロープにするのである。さらにビリー・バックは編みあがったものを床に置き、足で踏みながら転がして、丸くてしっかりしたロープに仕上げた。

索《ロープ》を使っての調教は順調に進んで、あっという間に終わりが近づいた。ジョディの父親は、小馬が静止し、常歩で歩きだし、速歩になり、全速力で駈けるのを観察した結果、その仕上がり具合がどうも気に食わないようだった。

「このままだと、あれはサーカスの馬みたいになっちまうんじゃないか」とカール・ティフリンは不満げに言った。「そういう馬は、おれは好かん。馬に芸当を仕込むってことは、その馬の誇りをむしり取っちまうってことだ。馬ってのは、役者じゃない。芸を仕込んだりしたら、下品になるだけだ。その馬の誇りも、馬らしさも、なくなっちまう」それから続けてこう言った。「手遅れになるまえに、鞍に馴らしはじめたほうがいい」

父親のそのことばを聞いて、ジョディは馬小屋の馬具置き場に飛んでいった。しばらく前から、木挽《こび》き台を使って鞍にまたがる練習をはじめていた。鐙革《あぶみがわ》の長さを何度も変えてみていたが、どうしてもちょうどいい長さにならなかった。馬具置き場の、まわりに馬車馬用の首当てや引き綱をつける金輪や引き革がぶらさがったなか、木挽き台の馬にまたがり、ジョディはときどき、そのまま戸外《そと》に馬を進めるところを想像した。鞍頭にライフル銃を寝かせている自分の姿を。そんなとき、ジョディには、野原や畑が飛ぶようにうしろに流れ去っていくのが見え、全速力で疾走する馬の蹄が大地を叩く音が聞こえていた。

小馬に初めて鞍をつけるのは、かなり手がかかった。鞍を置かれたとたん、ギャビランは背中を弓なりに曲げ、後ろ脚で立ちあがって、腹帯を締めるまえに鞍を振り落とした。そこで何度も何度も鞍を置きなおすことになる。それでも最後にはようやく、鞍を置かれたままにしておけるようになった。腹帯に馴らすのが、またひと苦労だった。ジョディは腹帯の締め具合を一日ごとにきつくしていくことで、最終的に鞍をつけられてもまったく気にしないところまでもっていった。

次は頭絡をつけ、銜《はみ》に馴らす番だった。ビリー・バックは、ギャビランが口にものを入れられることに馴れるよう、銜《はみ》のかわりに甘草《リコリス》の根を使う方法を伝授した。ビリー・バック曰《いわ》く「そりゃ、銜《はみ》に限らずどんなもんにも、力ずくで馴らしちまうこともできなくはないよ。けど、そうすると、いい馬には仕上がらない。いつもおどおどしてばかりになっちまう。それより、そうすることが好きだと思うようにしてやるこった。そうすりゃ、もういやがったりしなくなる」

初めて頭絡をつけられたとき、ギャビランは首を盛大に振りたて、舌でしきりに銜《はみ》を押し出そうとした。しまいには口の端から血がにじんできたほどだった。頭絡をはずそうとして、まぐさ桶に頭をこすりつけたりもした。両耳をくるくるとせわしなく旋回させ、眼を真っ赤にしている様子は、怯えているからだけではなく、根っからの手に負えなさの表れだと思われた。ジョディはそれを歓《よろこ》んだ。なぜなら、唯々諾々と調教されるようでは、誇り高い馬とは言えないことを知っていたからである。

鞍をつけた小馬に初めてまたがるときのことを思うと、思わず身体が震えた。ギャビランはおそらくジョディのことを振り落とすにちがいない。そのこと自体は不名誉でもなんでもなかった。不名誉とされるのは、振り落とされたあと、すぐに跳ね起きてもう一度馬にまたがろうとしない場合だ。ときには、そんな不名誉な場面を夢に見ることもあった。振り落とされて地面に倒れ込んだまま、泣き叫ぶばかりで、再び馬にまたがる気力を奮い起こせない自分の姿を。夢で味わった屈辱的な恥ずかしさは、目覚めたあと、その日の正午《ひる》過ぎまで尾を引いた。

ギャビランはみるみるうちに成長した。若駒ならではの脚ばかりひょろひょろ長い印象はいつの間にかなくなり、たてがみは長く色濃くなっていた。寸暇を惜しんでブラシをかけ、櫛で毛並みを整えてやっているので、馬体は赤褐色の漆器のように滑らかでつやつやしていた。蹄の手入れも怠らなかった。ひび割れができたりしないよう、慎重に削蹄し、蹄油を塗ってやるのだ。

尻尾の毛のロープは、ほとんどできあがっていた。ジョディの父親は、使わなくなった拍車をくれただけでなく、ジョディの靴に合うよう、両側の縁金を内側に曲げ、革紐《ストラップ》を切り詰め、鎖の長さを調節してくれた。そして、ある日、こんなふうに言ったのだ――

「あいつはおれが思ってた以上に成長が早い。感謝祭ごろには乗れるようになるだろう。どうだ、振り落とされずにあいつに乗っていられそうか？」

「さあ、どうかな」ジョディはおずおずと言った。感謝祭まで、あともう三週間しかなかった。その日に雨が降らないことをジョディは願った。雨に降られたら、あの赤い鞍にしみができてしまうからだった。

今ではギャビランのほうもジョディのことがちゃんとわかり、すっかりなついていた。ジョディが刈り株の残った畑を突っ切って馬小屋に近づいてくるのがわかると、低くいななき、牧草地に放されているときでも主人の口笛を聞き分け、すぐに駆け寄ってきた。そして、どんな場合でも必ず用意されているご褒美のニンジンにありつくのだった。

ビリー・バックは繰り返し乗馬の心得を説いて聞かせた。「馬にまたがったら、膝からしたを馬の身体にしっかり添わせて、手は鞍をつかんだりしないで自由にしとくんだ。それで投げ出されても、そこであきらめちゃ駄目だ。どんなにうまい乗り手でも、一度も振り落とされたことがないなんてやつはいやしないんだからね。振り落とされたら、馬を得意がらせちゃいけない。馬のやつが、しめしめ、うまいことやってやったわい、といい気になるまえに、さっさともう一度またがっちまうことだよ。そうしてりゃ、じきに振り落とそうとはしなくなるもんだし、そうこうしてるうちに振り落とされることもなくなる。まあ、そんなふうにして乗りこなせるようになるんだよ、馬ってもんは」

「感謝祭のまえに雨が降らないといいな」とジョディは言った。

「なぜかね？　ぬかるみに放り出されて泥だらけになんかなりたくないってか？」

それもひとつの理由ではあったが、もうひとつの不安は、ギャビランが興奮して跳ねあがったひょうしに、ぬかるみで足を滑らせ、落馬したジョディのうえに倒れ込んできて、その重みで脚なり腰なりを骨折したりしないだろうか、ということだった。そんな目に遭った人なら何人も見てきた。まるで叩きつぶされた虫けらみたいに、地面に倒れ込んだまま苦痛にのたうちまわるところを。自分もそんな目に遭うのではないか、ジョディはそれが怖かったのだ。

木挽き台を使って鞍にまたがる練習をするとき、ジョディは左手で手綱を、右手で帽子を持って乗る練習をはじめた。そんなふうに両手がふさがっていれば、振り落とされそうになったからといって、鞍のホーンをつかむことはできなくなる。ホーンにしがみついたりしたらどうなるか、それは考えたくもないことだった。父親にもビリー・バックにもとんだ恥さらしだと思われて、きっと二度と口をきいてもらえなくなるだろう。噂が広まれば、母親にも情けない子だと思われるにちがいない。しまいには学校でも校庭のあちこちで……その先は想像するのも恐ろしかった。

ギャビランが鞍に馴れると、今度は鞍を置いたときに鐙に片足をかけて体重を乗せることをはじめた。それでも背中にまたがるところまではしなかった。感謝祭の日まで禁止されていたからだ。

そんなわけで、毎日、学校から帰ってくると、ジョディは小馬の背に赤い鞍を載せ、腹帯をしっかりと締めてみるのだった。小馬は腹帯を締めるあいだ、わざと腹を大きくふくらませておいて、腹帯の革紐が固定されたあとで膨らませた腹を緩めるというわざをいつの間にか覚えていた。そんな小馬を連れて、ジョディはときどき裏山のヤマヨモギの繁みに向かい、苔むした丸い桶から水を飲ませてやった。あるときは穀物の刈り株の並ぶ畑を抜けて、丘のてっぺんまで登り、サリーナスの白い街並みや大地に畑が描く幾何学模様や羊に葉を食いちぎられたオークの木立を眺めた。ときどき、ヤマヨモギの繁みの奥にもぐりこむこともあった。そういう場所では、空とヤマヨモギの繁みだけを残して、そとの世界は消えてなくなるのだった。そんなふうにあちこち出かけるのを、ギャビランは歓んだ。頭を高く振りあげて好奇心いっぱいに鼻孔をぴくぴくさせて、嬉しさを表した。遠出から戻ると、ジョディの身体からもギャビランの身体からも、通りぬけてきたヤマヨモギの繁みの甘いにおいがした。

時の歩みはのろく、感謝祭はなかなかこないように思われた。だが、冬の訪れは意外に早かった。黒雲が風に乗って押し寄せ、丘のてっぺんをかすめ、農場一帯に一日中どんよりと垂れ込め、夜になると風が甲高い叫びをあげながら吹きすさんだ。オークの木々は、朝から晩までひっきりなしに葉を落とすようになり、大地は枯葉で覆われた。それでも木々そのものは少しも姿を変えることなく、すっくと立ち続けているのだ。

ジョディとしては、感謝祭まで雨が降らないことを願いつづけていたけれど、その願いもむなしく、ついに雨が降りだした。褐色だった大地は黒っぽくなり、木々の幹はそぼ濡れて黒光りした。刈り株の切り口は黴《かび》で黒ずみ、干し草の山は湿気を吸って灰色になった。夏のあいだはトカゲのような灰色をしていた屋根の苔は、今では鮮やかな黄緑色を見せている。雨が降り続いた一週間、ジョディは小馬をできるだけ雨にあてないよう、馬小屋の馬房に入れておいた。学校から帰ってきて、運動をさせるために丘の中腹の柵囲いまで連れていって水桶から水を飲ませるときに、ほんのわずかのあいだそとに連れだすことはあったが、ギャビランをずぶ濡れにしたことは、ただの一度もなかった。

雨は降り続き、やがて新しい草が小さな芽を出しはじめた。学校に通うのに、雨合羽を着込んで短い雨靴をはく日が続いた。けれども、ある朝ようやく太陽が輝かしい姿を現した。ジョディは馬小屋で馬房の掃除をしながら、ビリー・バックに言った。

「今日は学校に行ってるあいだ、ギャビランを柵囲いに出しておこうかと思うんだけど」

「そうだな、戸外《そと》に出てお陽さまに当たるのは、こいつにとってもいいこった」ビリー・バックはきっぱりと言った。「どんな生き物だって、狭苦しいとこに長いこと閉じ込められてるのは嬉しくない。おれも今日はだんなと一緒に裏山の泉に行って落ち葉の掃除をしてこようと思ってる」頭で裏山のほうを指しながら、ビリー・バックはそう言って、短く切って帽子に挿《さ》してある麦藁を一本抜いて、歯をせせりはじめた。

「だけど、もし雨が降ってきたら――」ジョディは自分の不安を少しだけ口にした。

「今日は降りっこない。なんせ、もう降るだけ降ったんだから」

ビリー・バックはシャツの袖をたくしあげ、袖留め《アームバンド》をぱちっと鳴らして袖が落ちてこないようにした。「途中で降ってきたら――なあに、ちょっとぐらい濡れたって馬はへいちゃらだよ」

「でも、もし雨が降ってきたら、こいつを小屋に入れてくれるよね、ビリー？ ぼく、心配なんだよ。風邪でも引いて感謝祭の日に乗れなくなっちゃったりしないかなって」

「わかった、わかった。降りだしたときにそばにいたら、ちゃんとこいつの面倒も見とくよ。けど、今日は雨は降らないよ」

というわけで、ジョディはギャビランを柵囲いに出してやって、そのまま学校に向かった。

ビリー・バックは、物事の判断をあやまるということがなかった。そんなことは、まず考えられなかった。ところが、その日の天候に限っては、判断をあやまった。正午をまわったころから丘の稜線《りょうせん》沿いに雨雲が押し寄せ、やがて猛烈な勢いで雨が降りだした。教室の屋根を叩く音で、ジョディは雨が降りだしたことを知った。いっそのこと、手を挙げて屋外便所に行く許可を求め、いったん教室を出たら、そのまま家まで走って帰って小馬を小屋に入れてやろうか、と考えなくもなかった。ただし、そのあと、学校でも家でも、とてつもない大目玉を喰らうことになるだろう。諦めるしかなかった。そして、雨に濡れても馬はへいちゃらだと言ったビリー・バックのことばを思い返して、不安をまぎらわせようとした。ようやく学校が終わると、激しく降りしきる真っ黒な雨のなか、飛ぶように家路を急いだ。道の両側の土手から、ところどころ泥水が小さな奔流のようにほとばしり出ていた。横殴りの雨が、冷たい突風にあおられ、渦を巻き、まえからも後ろからも、左からも右からも、吹きつけてくるようになった。砂利交じりの泥に足を滑らせながら、ジョディは小走りに走り続けた。丘のてっぺんに出たところで、柵囲いのなかで突っ立っているギャビランの哀れな姿が見えた。赤い毛並みはほとんど真っ黒くなり、雨の縞模様ができていた。風雨が吹きつけてくるほうに尻を向け、首を低く垂れている。ジョディは全速力で駆けに駆けた。馬小屋に駆け寄って扉を力任せに開け放ち、小馬の額に垂れたたてがみをつかんで馬小屋のなかに引きずり込んだ。小馬はびしょ濡れだった。馬小屋にあった麻袋で馬体の水気を拭きとり、肢下をまんべんなくこすった。ギャビランはおとなしくじっとしていたが、ときどき、ぶるっと身を震わせた。

小馬の身体をできる限り乾かしてやったあと、ジョディは母屋から熱湯をもらってきてひきわり麦に混ぜた。ギャビランはあまり腹を空かせていなかった。ジョディのこしらえた温かい穀物粥《マッシュ》に口をつけはしたものの、食欲はたいしてないようだった。痙攣《けいれん》のような震えも収まらず、まだ乾ききっていない背中から、蒸気がもうもうと立ちのぼっていた。

ビリー・バックがカール・ティフリンと共に牧場に戻ってきたときには、あたりはもうほとんど暗くなっていた。「雨が降りはじめたもんだから、ベン・ハーシェんとこで雨宿りをさせてもらってた。午後じゅう一度も小降りになりやがらなくて」言い訳めいた口調で、カール・ティフリンは言った。ジョディはビリー・バックに非難の眼を向けた。ビリー・バックは後ろめたさを感じた。

「雨は降りっこないって言ったよね」恨みがましくジョディは言った。

ビリー・バックは眼をそらした。「この時分の天気は、読むのが難しいんだ」と弁解にもならないことを言った。難しいからまちがってもかまわない、というわけにはいかない。ビリー・バック自身もそれぐらいわかっていた。

「あいつ、雨に濡れてたよ。びしょ濡れになってた」

「拭いてやったかい？」

「麻袋でこすってやった。それからあったかいマッシュも作ってやった」

それでいい、というようにビリー・バックはうなずいた。

「ねえ、ビリー、風邪を引いたりしないよね？」

「ああ、ちょいと雨に濡れたぐらいじゃ、どうってことないよ」ジョディを安心させるように、ビリー・バックはきっぱりと言った。

そこでカール・ティフリンがふたりの会話に割り込んできて、少しばかり教訓めいたことを息子に言って聞かせた。「馬っていうのは、かわいがるだけのワンころとはわけがちがう」カール・ティフリンは弱さや病気の類いが大嫌いだった。自分で自分の始末をつけられないものに対して、暴力的なまでの軽蔑の念を抱いていた。

母親がステーキの載った大皿をテーブルに置いた。つけあわせは、ポテトとカボチャを茹でたものだった。皿からあがる湯気がもうもうと室内に立ち込めた。一同はテーブルについて食事をはじめた。カール・ティフリンはまだ、人間にしろ動物にしろ甘やかしすぎると弱くなるのだ、というようなことをぶつぶつと言っていた。

ビリー・バックは、自分が判断をあやまったことを気に病んでいた。「毛布はかけてやったかい？」とジョディに尋ねた。

「ううん。毛布は見つからなかったから。かわりに麻袋を何枚か背中にかけてやっといた」

「それじゃ、こいつをたいらげちまったら、馬小屋に行ってなんかでくるんであったかくしてやろう」とビリー・バックは言った。それでいくらか気持ちが軽くなった。

カール・ティフリンが暖炉のある部屋に席を移し、母親が食器をさげて皿を洗いはじめると、ビリー・バックは角灯《カンテラ》をもってきて明かりを入れた。そして、ジョディを連れて、ぬかるみのなか、馬小屋に向かった。馬小屋のなかは薄暗くて、ほの暖かく、甘酸っぱいにおいがしていた。ほかの馬は夕食の干し草をまだもぐもぐやっているところだった。「こいつを頼むよ」ビリー・バックはジョディに角灯《カンテラ》を渡すと、小馬の肢に手を這《は》わせ、腹部に触れてみて熱っぽくないかどうかを調べた。次いで灰色がかった鼻先に頬を当てがい、瞼《まぶた》をひっくり返して眼球の様子を調べ、唇をめくりあげて歯茎の具合を確認し、両方の耳に指を差し入れて異常がないことを確かめた。「どうも元気がないな」とビリー・バックは言った。「よし、身体じゅうを思い切りこすってやるか」

ビリー・バックはそう言うと、麻袋をつかんで小馬の肢を勢いよくこすり、続いて胸と肩のあたりを摩擦した。ギャビランは異様なほど元気がなかった。おとなしくこすられるがままになっていた。ひととおりこすりおわると、ビリー・バックは鞍置き場から使い古した木綿の上掛けを持ってきて、小馬の背中にかけ、首と胸のところを紐でしばった。

「よし、これで明日の朝にはすっかり元気になってるはずだ」とビリー・バックは言った。

ジョディが母屋に戻ると、母親が顔をあげて言った。「もう遅いから、早く寝なさい」そして、荒れて硬くなった手でジョディの顎をつかみ、もつれて眼のまえに垂れかかっていた前髪をそっとなでつけてやりながら、また言った。「馬のことは、あんまり心配しないの。きっとよくなるから、大丈夫よ。ビリー・バックはこのあたりのどんな馬のお医者さんよりも、馬のことがよくわかってるんだから」

ジョディはそのとき初めて、自分の心配事を母親がちゃんと見抜いていたことを知った。母親の手からそっと身を引き離すと、暖炉のまえに膝をついて、みぞおちのあたりが熱くなるまでじっとしていた。熱さが身体じゅうにしみわたるまで待って、自分の部屋に引きあげ、寝床にもぐり込んだ。けれども、なかなか寝つけなかった。そして、かなり長い時間がたったと思われたとき、いきなり眼が覚めた。部屋のなかは暗かったけれど、窓のところだけ、夜が明けようとしているときのように、うっすらとねずみ色がかっていた。ジョディは寝床から這い出し、オーバーオールを手元に引き寄せてズボンの裾を手探りした。隣の部屋で時計が二時を打つのが聞こえた。ジョディはいったん引き寄せた着替えをわきに押しやり、もう一度寝床にもぐり込んだ。次に眼が覚めたときには、あたりはすっかり明るくなっていた。記憶にある限りで初めて、なんと三角《トライアングル》の打ち金が鳴っているのに気づかずに、寝過ごしてしまったのだ。寝床から跳ね起き、大急ぎで着替え、シャツのボタンを全部留め終わらないうちに玄関からそとに飛び出した。母親は、そんなジョディの姿に一瞬、眼をとめたものの、何も言わずにやりかけていた朝の支度に戻った。その眼に考えごとをしているような優しげな表情が浮かんでいた。ときどき口元がほころんで笑みの影がよぎったが、その眼の表情が変わることはなかった。

ジョディは馬小屋に急いだ。途中まで来たところで、恐れていた音が聞こえた。馬が咳《せき》をするときの、ぜいぜいいう虚《うつ》ろな音。そこから先は全速力で走った。馬小屋に飛び込むと、ビリー・バックが小馬に付き添っていた。がっちりした分厚い手で小馬の肢をせっせとこすってやっているところだった。ビリー・バックは顔をあげると、晴れやかな笑みを浮かべて言った。「ちょっと風邪を引いただけだよ。なあに、二日か三日もありゃ、すっきり治してやれるよ」

ジョディは小馬の顔を観察した。眼を半ばつむっているし、瞼は腫れぼったく、乾燥しているし、眼頭には眼やにがこびりついて、かさぶたのようになっている。耳は力なく横に倒れたままだし、そもそも首を垂れたままだ。掌を差し出しても、鼻面を近づけてこようともしない。小馬がまた咳をした。咳《せ》き込むのにあわせて、身体全体を引き絞るようにこわばらせた。鼻の孔から、水のような粘液が細く垂れた。

ジョディは振り返って、ビリー・バックに眼をやった。「ねえ、ビリー、重い病気なんじゃないかな」

「いや、さっきも言ったように、ちょいと風邪をひいただけさ」とビリー・バックは言い張った。「さあ、母屋に戻って、少しでもいいから朝めしを腹に入れて、いつもどおり学校に行くこった。こいつの世話は、おれが引き受ける」

「だけど、ほかにやらなくちゃならないことが出てくるかもしれないでしょ？　こいつのそばに、ずっとついてやれなくなるかもしれない」

「いや、そんなことにはなんないさ。こいつのそばから、けっして離れないようにするよ。明日は土曜日だから、明日はあんたが一日じゅう、こいつについててやりゃいい」ビリー・バックはまたもやジョディの期待を裏切ったので、気がとがめてならないのだった。今度こそ、なんとしてでもこの馬を元気にしてやらなければならなかった。

ジョディは母屋に戻り、うわの空でテーブルについた。卵もベーコンも冷えて脂が浮いていたが、気にもとめなかった。それでも、食べる分量はいつもの朝食と変わらなかった。今日は学校を休んで家にいたい、と頼むでもなかった。ジョディが食べおわった皿を片づけにきた母親は、息子の額に垂れた髪をかきあげてやりながら、「あの馬のことは、ビリーがちゃんと面倒を見てくれるからね」と言い聞かせた。

その日、学校にいるあいだ、ジョディはふさぎ込んで過ごした。授業中に当てられて質問されても、何ひとつ答えられなかったし、教科書の単語がただのひとつも頭に入ってこなかった。小馬が病気だということを誰かに打ちあけるわけにもいかなかった。人に話してしまうと、病気がもっと重くなりそうな気がしたからだった。最後の授業がようやく終わって家路に就いたが、不安な気持ちは抑えきれなかった。わざとゆっくり歩いて、ほかの子たちから遅れた。いっそのこと、このままずうっと歩きつづけて、牧場には永遠に帰り着かなければいいのに、とさえ思った。

ビリー・バックは約束したとおり、馬小屋にいたが、小馬の様子は朝方よりも悪化していた。眼はほとんど開いておらず、鼻が詰まり、呼吸をするたびにひゅうひゅうという甲高い音をさせている。瞼のほんのわずかに開いている隙間からのぞいている眼球にも、薄い膜がかかっているように見えた。この状態でものが見えているのか、疑わしかった。ときどき、詰まった鼻を通そうとして鼻嵐《はなあらし》を吹かせたが、それで楽になるどころか、却って通りが悪くなるようだった。馬体を観察して、ジョディの気持ちはさらに重く沈んだ。毛並みは不揃いに乱れ、見るからにごわごわしていて、ついこのあいだまでの、あのつやがすっかり消えてしまったようなのだ。ビリー・バックは無言で馬房の仕切りのところに立っていた。ジョディとしては訊きたくもないことだったが、確かめずにすますわけにはいかなかった。

「ねえ、ビリー、こんなふうだけど……こんなふうだけど、ちゃんとよくなるの？」

ビリー・バックは仕切り柵のあいだから手を差し入れ、小馬の顎のしたを指先で探った。「ここんとこを触ってみな」と言って、ジョディの手を取り、小馬の顎のしたにできている大きな瘤《こぶ》のような塊を触らせた。「このぐりぐりがもっとでかくなったら、切開してやろう。それで元気になる」

ジョディは急いで眼をそらせた。馬の顎のしたにできる瘤のことは、これまでにも聞いたことがあったからだった。「こいつ、なんの病気なの?」

ビリー・バックにとっては答えたくない質問だったが、答えないわけにはいかなかった、よもや三度も続けて診立てがはずれるとも思えなかった。「腺疫《せんえき》だ」とビリー・バックはぶっきらぼうに言った。「けど、心配しなさんな。おれが必ず治してやるから。ああ、もっと具合の悪そうな馬がちゃんと元気になるのを、この眼で何度も見てるよ。とりあえず蒸気を吸わせてやろう。手伝ってくれ」

「うん」とジョディは言った。少しも気持ちは晴れなかった。ビリー・バックのあとについて穀物貯蔵庫に入り、ビリー・バックが吸入用の袋を用意するのを見守った。キャンバス地の細長い給餌袋で、馬の耳にかけておけるよう革紐がついているものだった。その袋に、ビリー・バックはまず三分の一まで麸《ふすま》を入れ、そこに乾燥させたホップをふたつかみほど加え、それからこの二種類の乾いた穀物のうえに石灰酸とテレピン油をどちらも少量ずつ注いだ。「こいつを混ぜてるあいだに、母屋までひとっ走りして、やかんで湯をぐらぐらに沸かして持ってきてくれ」とビリー・バックは言った。

煮立って蒸気をあげているやかんを持って戻ると、ビリー・バックは吸入用の袋の革紐をギャビランの耳にかけ、袋が鼻先を隙間なくぴったりと覆うよう、頭のうえの尾錠金《バックル》を調節しているところだった。ジョディからやかんを受けとり、ビリー・バックは袋の脇の小さな穴から熱湯を注ぎ込んだ。蒸気がもうもうと立ちのぼった。小馬は跳び退《すさ》って逃げようとしたが、湯気が鼻孔から肺に達すると、蒸気の強い刺激で鼻の通りがよくなった。小馬は鼻息を荒くして息を吸い込んだ。蒸気の刺激に耐えかねたのか眼をつむり、肢を小刻みに震わせて。ビリー・バックは湯を注ぎ足し、そのまもう十五分ほど吸入を続けた。最後にやかんをしたに置き、ギャビランの鼻先から給餌袋をはずした。小馬はいくらか具合がよくなったようだった。先ほどよりも呼吸が楽になり、眼の開き具合もしっかりしているように見受けられた。

「どうだね、大した効き目だろうが」とビリー・バックは言った。「あとはもう一度毛布でくるんでやればいい。明日の朝にはだいぶよくなってるはずだよ」

「今夜はこいつについててやるよ」とジョディは言ってみた。

「いや、そいつはだめだ。おれがついてる。自分の毛布を持ち込んで干し草の山で寝るよ。明日はあんたが一緒にいてやればいい。まだ吸入をかけてやったほうがよけりゃ、そんときは頼むから」

夕闇が迫りはじめたころ、ふたりは夕食を食べるため、母屋に向かった。鶏の餌やりも薪入れをいっぱいにする仕事も、ジョディの代わりに誰かがやってくれていたが、ジョディは気がつきもしなかった。母屋のまえを素通りして、闇に沈みつつある裏山のヤマヨモギの繁みまで歩き、苔むした木桶からひとしきり水を飲んだ。湧き水はひりりと冷たく、口のなかを刺した。背筋に震えが走った。丘のうえの暮れ残った空を、タカが飛んでいた。高空を飛んでいるので、胸に陽光を受けて飛ぶ姿が、閃光のようにきらめいていた。そのうしろから、ハゴロモガラスが二羽、タカを空から追い落とさんばかりの勢いで追尾していた。敵に襲いかかろうとするその姿も、まばゆい光に包まれていた。西のほうの空には、またしても雨雲が集まりはじめていた。

全員が揃って夕食を食べるあいだ、ジョディの父親はひと言も口をきかなかった。ところが、ビリー・バックが毛布を抱えて馬小屋に引きあげていくと、暖炉の火を盛大に掻きたてたうえで、次から次へと物語を語りはじめた。馬のような尻尾と耳を持った野生の男が、このあたりを裸で駆けまわっている、という話に、モロ・コホ湿原ではマンクス猫が鳥をつかまえようと木立のなかに飛び込んでいくらしい、という話をした。これまでに何度も語ったはずの、マクスウェル兄弟の話もあらためて披露した。めでたく金鉱を発見したものの、人に知られないよう、そこにいたる道筋をあまりにも入念に隠したものだから、当人たちでさえ二度とたどりつけなくなってしまった、という誰もが知っている話だった。

ジョディは両手に顎を載せて坐り、落ち着かない気持ちのまま口をもごもごと動かしていた。そのうちに父親は、自分の話を息子があまり熱心に聞いてはいないことに気づいた。「どうだ、おもしろいだろ?」と父親は言った。

父親の機嫌を損ねたくなくて、ジョディは笑い声をあげ、「うん、おもしろい」と答えたが、父親は却《かえ》って腹を立て、気を悪くして、それきり口をつぐみ、物語はおしまいになった。しばらくして、ジョディは角灯《カンテラ》を提げて馬小屋に向かった。ビリー・バックは干し草の山に埋もれて眠っていた。小馬は、呼吸をするときに肺がぜいぜいいうのを除けば、さっきよりもずいぶん具合がよさそうだった。ジョディはしばらくその場にとどまり、小馬の乱れた赤い被毛を指で梳いてやった。それからまた角灯《カンテラ》を提げて母屋に戻った。自室に引きあげ、寝床にもぐり込んだところで、母親が部屋に入ってきて言った。

「上掛けは足りてる? 寒くなりそうだからね」

「うん、大丈夫」

「そう、それじゃ、今夜はゆっくりおやすみなさい」そう言ったあと、母親はすぐには出て行かず、踏ん切り悪くその場に立っていた。そして、最後にこう言った。「大丈夫よ、あの馬はきっと元気になるから」

ジョディは疲れていた。あっという間に眠りに落ち、夜が明けるまで一度も眼を覚まさなかった。三角の打ち金《トライアングル》が鳴り渡り、ジョディがまだ出かける支度もできていないうちに、馬小屋で一夜を過ごしたビリー・バックが母屋に顔を見せた。

「ギャビランは？」問い詰める口調でジョディは言った。

ビリー・バックはいつものように、がつがつと朝食をたいらげにかかった。「まずまずってとこかな。朝のうちに、あの瘤を切開してやろうと思ってる。それでだいぶ楽になるはずだ」

朝食が終わると、ビリー・バックは自分が持っているなかでもいちばんよく切れる、先が針のように尖ったナイフを取り出してきて、そのぴかぴか光る刃先を金剛砂《こんごうしゃ》の小さな砥石《といし》で長い時間をかけて研いだ。研ぎながら何度も、刃や先端の尖った部分をたこのできた親指のつけねに当てて切れ味を確かめ、最後に刃先を上唇にもっていって研ぎの仕上がり具合を確認した。

馬小屋に向かう途中でジョディは、新しい草が生えはじめていることに気づいた。畑の刈り株は日を追うごとに、いつの間にか自生してきた緑の若草に取って代わられようとしていた。気温は低いものの、よく晴れたうららかな日だった。

小馬をひと目見たとたん、ジョディは病気が重くなっていることを悟った。眼はつむったままだし、瞼にはかさかさに乾いた眼やにがこびりついているし、首を低く垂れているので、もう少しで鼻先が馬房の寝藁につきそうになっていた。息を吸ったり吐いたりするたびに、小さなうめきが洩れた。胸の奥のほうからこらえきれずに洩れてくるうめきだった。

ビリー・バックは元気のない小馬の顎を持ちあげ、すばやくナイフを使った。ジョディの見ているまえで、黄色い膿《うみ》がどろりと流れだした。ジョディが小馬の首を押さえているあいだに、ビリー・バックができたばかりの傷口に消毒殺菌用の微量の石炭酸を加えた軟膏を塗り込んだ。

「よし、これで楽になるぞ」とビリー・バックは請けあった。「こいつが病気になったのは、この黄色い毒のせいだからな」

信じられない気持ちを隠そうともしないで、ジョディはビリー・バックを見つめた。

「だけど、ものすごく弱ってるよ」

それになんと答えたものか、ビリー・バックはひとしきり考え込んだ。もう少しで無造作に、心配することはないと口走りそうになり、あやういところで思いとどまったのだ。「そうだな、確かにかなり弱っちゃいる」しばらくして、ビリー・バックは言った。「だけど、これまでに何度も、もっと弱ってるやつが元気になったのを見てる。肺炎になりゃ、また話は別だが、そうでなけりゃ、おれとあんたとで治してやれるよ。こいつについててやってくれないか。様子がおかしくなったりしたら、すぐに呼びにきてくれ」

ビリー・バックが馬小屋を出ていったあと、ジョディは長いこと小馬に寄り添い、耳のうしろを撫でてやった。元気だったころは、そうしてやると頭をひょいひょいと振りたてたのに、小馬は身じろぎもしなかった。時間がたつにつれて、呼吸に混ざるうめき声がますますかぼそく、虚ろに響くようになった。

馬小屋の戸口のところから、ダブルトゥリーマットが顔をのぞかせ、これ見よがしに太い尻尾を振ってみせたときには、その元気さ加減がみょうに癪《しゃく》にさわって、ジョディは馬小屋の土間から真っ黒な土の塊を拾いあげ、狙いを定めて投げつけてやった。土塊《つちくれ》は、ダブルトゥリーマットの前脚に命中した。ダブルトゥリーマットはきゃんっと悲鳴をあげ、走り去った。

午前中に一度、ビリー・バックが戻ってきて、給餌用の細長い袋で再び吸入をかけた。前回と同様、今回もそれで小馬の具合がいくらかなりともよくなるかどうか、ジョディは注意深く様子を観察した。呼吸は多少楽になったようだったが、小馬はあいかわらずうなだれたまま、首をあげようともしなかった。

その土曜日は、時間の経《た》つのがとても遅く感じられた。夕方近くになって、ジョディは母屋から自分の寝具を運んできて、干し草の山に寝場所をこしらえた。敢えて許可は求めなかった。母親のこちらを見る顔つきから、たいていのことなら許してもらえるにちがいないとわかっていたのだ。その晩、ジョディは馬小屋の馬房の仕切りのうえの針金に角灯《カンテラ》をひっかけ、明かりをつけっぱなしにしておくことにした。夜のあいだ、ときどき小馬の肢をこすってやるよう、ビリー・バックに言われていたからだった。

午後九時をまわったころ、風が出てきた。馬小屋のまわりを吹きあれる、ひゅうひゅうという風のうなりが聞こえた。小馬のことが心配で心配でたまらなかったにもかかわらず、ジョディはそのうち眠くなった。毛布にもぐり込んで眠りに就いたが、眠っていても小馬の荒々しい息遣いとうめき声は聞こえていた。やがて、なんのまえぶれもなく何かが砕ける音がした。一度だけではなく、何度も、何度も。それで眼が覚めた。すさまじい勢いで風が吹き込んできているのだ。ジョディは慌てて飛び起き、馬房の列を眼でたどった。風にあおられ、馬小屋の扉が開いていた。小馬はいなくなっていた。

馬房のうえの針金から角灯《カンテラ》をはずし、通路を駆け抜け、戸外に飛びだした。激しく吹き荒れる風のなか、ギャビランが暗闇に消えていこうとしていた。低くうなだれ、のろのろと機械的に肢を踏み出し、今にも倒れそうになりながら。ジョディは小馬に駆け寄り、額のたてがみをつかんだ。小馬はおとなしく馬小屋に連れ戻され、もとの馬房におさまった。小馬の洩らすうめき声が、さっきよりも大きくなっていた。鼻の奥から、ひゅうっと笛のような甲高い音が洩れた。ジョディはもう眠るどころではなくなった。呼吸に交じって聞こえるうめき声が、どんどん大きく、どんどん鋭くなった。

夜が明けると、ほっとしたことに、ビリー・バックが姿を見せた。ビリー・バックは、それまで見たこともなかったものを見るような眼で、しばらくのあいだ小馬をじっと観察した。次いで耳にさわり、脇腹に手を当てた。そして、「ジョディ坊ちゃん」と言った。「おれはこれから、あんたには見ちゃいられないようなことをやらなきゃならない。しばらくのあいだ、母屋に行ってるといい」

ジョディはとっさにビリー・バックの前腕をつかんだ。「撃ち殺すわけじゃないよね？」

ジョディのその手を、ビリー・バックはなだめるようにそっと叩いた。「ああ、そんなことはしない。呼吸が楽になるように、咽喉笛のとこを切ってちっちゃな穴を穿けてやるだけだよ。鼻がすっかり詰まっちまってるからな。なに、穴を穿けたって心配はない。元気になったら、そこに真鍮の飾り鋲を嵌《は》めてやりゃいい。そうすりゃ、普通の呼吸ができるようになるさ」

ジョディとしては、その場から立ち去るという選択肢はなかった。たとえどれほど、そうしたいと思ったとしても。赤い被毛に覆われた小馬の身体が切り裂かれるのを目《ま》の当たりにするのは、想像するのも恐ろしいことだが、切り裂かれると知りながらそれを見ないでいるのは、よけいに恐ろしかった。「ここにいる」ほかに言いようがなくて、ジョディは言った。「だけど、ほんとにどうしても切らなくちゃだめなの？」

「ああ、ほかにどうしようもないからな。ここにいるんなら、こいつの頭を押さえてもらえるか？　無理にとは言わないよ、見てたら気持ちが悪くなるかもしれないし」

瘤を切開するときに使った切れ味鋭いナイフがあらためて取り出され、前回と同様、念入りに砥ぎあげられた。切開する部分の皮膚がたるまないよう、ジョディが子馬の頭を起こさせて支えているあいだ、ビリー・バックは小馬の咽喉のあたりに手を這わせ、その手を移動させながら、しかるべき場所を探した。ナイフの研ぎあげられた刃先が小馬の咽喉に沈められた瞬間、ジョディは短い悲鳴を呑み込んだ。小馬は弱々しく身をよじって逃れようとしたあげく、ぴたりと動きをとめてその場に突っ立ち、全身を激しく震わせた。血が勢いよく流れだし、ナイフの刃を伝ってビリー・バックの手を濡らし、シャツの袖口にしみ込んだ。ビリー・バックの角ばった肉厚な手は危なげなく動き、咽喉の肉を切り裂き、丸い穴を穿《うが》った。とたんに、その穴から空気が洩れ出し、血飛沫《ちしぶき》があたりに散った。酸素が一気に流れ込んだことで、小馬はたちまち力を得た。後ろ肢をさかんに蹴りあげ、前肢を掻き、後ろ肢で棒立ちになろうと暴れた。それでもジョディは小馬の頭をしっかりと押さえて離さなかった。そのあいだにビリー・バックは、新しくこしらえた傷口に石炭酸入りの軟膏を塗り込んだ。それが奏功した。出血がぴたりととまり、咽喉に穿たれた穴は空気が出たり入ったりするのに合わせて、ぶつぶつと泡立つような音をかすかに立てながら、規則正しく膨らんだり縮まったりを繰り返しはじめた。

夜のあいだに吹き荒れていた風は、雨を呼び込んだようだった。いつの間にか、馬小屋の屋根を叩く雨音が聞こえていた。いくらもしないうちに、朝食ができたことを知らせる三角《トライアングル》の打ち金の音が鳴り響いた。「いったん母屋に戻って朝めしを食ってくるといい」とビリー・バックはジョディに言った。「そのあいだ、おれがついてる。この穴がふさがっちまわないよう気をつけてないとならないからな」

ジョディはのろのろと馬小屋をあとにした。どうしようもなく気持ちが沈み込んでいて、夜中に突風で馬小屋の扉が開けっ放しになり、小馬が脱走してしまったことをビリー・バックに報告する気にもなれなかった。雨のそぼ降る灰色の朝のなかに足を踏み出し、ジョディは母屋に向かった。水溜まりが眼につくと、片っ端から入ってわざと水をばしゃばしゃと撥《は》ね飛ばしてひねくれた歓びを味わった。母屋に着いたときにはびしょ濡れになっていた。母親はそんなジョディに朝食を食べさせ、乾いた服に着替えさせた。敢えて何も尋ねなかった。尋ねたところで、ジョディには何も答えられないことがわかっているようだった。ジョディが朝食を食べおえて、馬小屋に戻ろうとしたところで、ひきわり麦の粥が湯気をたてている鍋を差し出して言った。「これを持っていってあげなさい」

けれども、ジョディは鍋を受けとらなかった。「何も食べようとしないんだ」と言って。そして母屋を飛び出し、駆け足で馬小屋に戻った。馬小屋に戻ってから、丸めた綿を棒の先に取りつけ、それで小馬の咽喉に穿けた穴を掃除してやる方法をビリー・バックに教わった。放っておくと、粘液で穴がふさがってしまうのだ。

ジョディの父親も馬小屋にやってきた。しばらくのあいだ、ジョディとビリー・バックにならって馬房の仕切り柵のまえに突っ立っていたが、いくらかして息子のほうに顔を向けて言った。「どうだ、一緒に来るか？　今日はこれから丘の向こうまで牛どもを追い立てに行くつもりなんだがね」ジョディは首を横に振った。父親はもう一度、今度はもう少し強く誘った。「いいから、一緒にこい。ここに閉じこもってばかりいるってのは、よくない」

それに腹を立てて、食ってかかったのがビリー・バックだった。「好きなようにさせてやりゃいいじゃないですか。こいつは坊ちゃんの馬なんだから」

カール・ティフリンはそれ以上、ひと言も言わずに馬小屋から出ていった。カール・ティフリンなりに傷ついていたのである。

その日の午前中ずっと、ジョディは小馬に付き添い、咽喉の穴がふさがって呼吸ができなくならないよう、眼を離さなかった。正午《ひる》過ぎになって、小馬は大儀そうに寝藁に横になり、鼻面を伸ばした恰好になった。

馬小屋を離れていたビリー・バックが戻ってきて言った。「今晩こいつについててやるつもりなら、今のうちにちょいと昼寝をしといたほうがいいと思うよ」ジョディは言われるがままに呆然と馬小屋をあとにした。見ると、いつの間にか晴れあがり、澄んだ薄水色のまぶしい空が拡がっていた。あちこちで小鳥がせわしなく地面を突《つつ》いていた。雨で緩んだ地面に虫が這いだしてきているのだ。

母屋のまえを素通りして、ジョディは裏山のヤマヨモギの繁みまで足を運んだ。苔むした水桶の端に腰を預け、丘のしたの母屋やビリー・バックが寝起きしている古びた小屋や黒々としたイトスギの木を眺めた。見慣れているはずの眺めなのに、どういうわけかいつもとはちがって見えた。いつの間にか実体がなくなり、今まさに起こりつつある出来事をおさめるための額縁になってしまっているのだ。東のほうから冷たい風が吹きはじめていた。長くはもたないだろうけれど、しばらくのあいだ雨は降らない、という兆候《しるし》だった。ジョディは足元に眼をやった。あたり一面、新しく萌え出た草が小さな腕を伸ばしはじめていた。湧き水のまわりのぬかるみには、ウズラの足跡が数えきれないほどたくさん残っていた。

横手の野菜畑を抜けて、ダブルトゥリーマットがおずおずと、いかにもばつが悪そうに近づいてくるのが見えた。そう言えば、昨日、土塊をぶつけたのだ。それを思い出してジョディは犬がそばまで来るのを待って首筋を抱きかかえ、黒々とした平べったい鼻の頭にキスをしてやった。ダブルトゥリーマットは、じっとしていた。何やら厳かなことが起こりつつあるのを、犬なりに察知しているのか、おとなしく坐ったま ま、太い尻尾でしかつめらしく地面を叩くだけだった。ジョディは犬の首筋から、血を吸って膨れあがったダニをつまみ取り、左右の親指の爪で挟んでつぶした。ダニというのは、どうしようもなく汚らしい生き物だ。ジョディは冷たい湧き水で手を洗った。

ひっきりなしに吹きつけてくる風のうなりを除けば、農場は静まり返っていた。昼食を食べに母屋に戻らなくても、母親からとやかく言われることはないだろう。ジョディにはそれがわかっていた。しばらくしたところで、のろのろと裏山をおりて馬小屋に向かった。ダブルトゥリーマットは小さな犬小屋にもぐり込んで、独り言でもつぶやくように、長いことくんくん鼻を鳴らしていた。

馬房に坐り込んでいたビリー・バックは立ちあがって、綿のついた棒をジョディに手渡した。小馬はあいかわらず横たわったままだった。呼吸にあわせて、咽喉に穿けた穴が拡がったり、すぼまったりしていた。被毛はかさかさに乾いて、つやがまったくなくなっていた。それを目の当たりにして、ジョディはこの馬がもう助からないことを悟った。これまでも、そんなふうに被毛につやがなくなった犬や牝牛を、何度も見てきていて、それこそが見間違いようのない前兆だと知っていたからだった。力なく腰をおろして、馬房の仕切り柵を閉めた。それから長いこと、小馬の咽喉のひくひくと動く傷口から眼を離さなかった。そのうちに眠気が忍び寄ってきて、ときどきうとうととした。その日の午後は、あっという間に時間が経った。陽が暮れる少しまえに、母親が深い皿によそったシチューを運んできた。母親は皿を置くと、そのまますぐに出ていった。ジョディはシチューを少しだけ食べた。あたりが暗くなったので、角灯《カンテラ》を馬房のうえの針金からはずして、馬房の土間の小馬の頭のすぐ横に置いた。傷口がふさがってしまわないよう、見ていなくてはならないからだった。それでも、また眠気に誘われてうとうとしはじめ、夜気の冷たさではっとして眼を覚ました。風が激しくなっていた。北の寒さを運んでくる風だった。ジョディは干し草の山から毛布を一枚持ってきて、くるまった。ギャビランの呼吸は、静かになってきていた。咽喉に穿けた穴の動きも、ゆっくりになっていた。屋根裏の干し草置き場のほうから、フクロウの甲高い鳴き声とはばたきが聞こえた。ネズミを追いかけているようだった。両手を額にかざして、ジョディは眠りに落ちた。眠っているあいだも、風が次第に強くなっていくことに気づいていた。拳のように馬小屋を叩きつづける風の音が聞こえていた。

眼が覚めたときには、夜は明けていた。馬小屋の扉が開いていて、小馬の姿はなかった。ジョディは弾《はじ》かれたように跳ね起き、朝の光のなかに飛びだした。

霜のような露を結んだ若草のあいだに、小馬の足跡がはっきりと見てとれた。疲れきっていることが一目瞭然の足跡だった。ところどころに短い線が交じっているのは、蹄を引きずっているからだった。足跡は、母屋の裏手にまわり、丘の中腹のヤマヨモギの繁みに向かっていた。足跡を追って、ジョディは駆けだした。地面のところどころから突き出している、鋭く尖《とが》った白い石英が、朝陽を受けてきらきらと輝いていた。見逃しようのない足跡をたどっていたとき、不意に眼のまえを黒い影がよぎった。ジョディは顔をあげた。見ると、空の高いところを黒い鳥が何羽か一列になって、輪を描いて飛んでいた。ハゲタカだった。ハゲタカの輪は、ゆっくりと回転しながら、少しずつ、少しずつ地上に近づいてきていた。そのうち、その陰気な鳥の隊列は、丘の向こうに姿を消した。恐れと怒りにあおられて、ジョディはそれまで以上に足を速めた。ヤマヨモギの繁みに入ると、小馬の足跡は丈高く伸びた繁みのあいだを縫うように右に左によろよろと蛇行しながら続いていた。

ジョディはそのままてっぺんまで駆けあがった。息が切れて苦しかった。いったん足をとめて、激しくあえぎながら息を整えようとした。耳の奥で血がどくどくいっていた。そのとき、探していたものが眼に入った。斜面のしたのほうの、そこだけヤマヨモギの繁みの開けている小さな空き地のようなところに、赤い小馬が横たわっていた。ジョディのいるところからそこまで、だいぶ距離はあったが、それでも小馬の肢がゆっくりと、痙攣するようにびくっ、びくっと動いているのが、はっきりと見えた。そして、小馬の周囲にハゲタカが輪になっていることも。ハゲタカどもは、そうして待ち受けているのだ。彼らにとっては馴染みの死の瞬間が訪れるときを。

ジョディは地面を蹴って身を躍らせ、丘の斜面を一気に駆けおりた。露に濡れた大地が足音を吸い込み、ヤマヨモギの繁みが姿を隠した。その場に駆け込んだときには、もう手遅れだった。先陣を切って早々と小馬の頭に止まっていた一羽が、顔をあげたところだった。小馬の眼球を突いたくちばしから、黒っぽい液体が滴っていた。ジョディは猫のように、ハゲタカの輪のなかに躍り込んだ。真っ黒な群れはいっせいに飛び立った。黒い雲が湧きあがったようだった。小馬の頭に止まっていた、ひとまわり大きな一羽だけが逃げ遅れた。仲間に続いて飛び立とうとしたところを、ジョディが翼の端をつかんで引きずりおろした。身体の大きさは、ジョディとほとんど変わらないぐらいあった。つかまれていないほうの翼をばたつかせ、ハゲタカは棍棒で殴打するも同然の激しさでジョディの顔面をなぎ払った。それでもジョディは手を離さなかった。脚に鉤爪《かぎづめ》を立てられ、翼の関節の部分で左から右からこめかみを容赦なく連打されても。空いているほうの手で相手の身体を夢中でまさぐった。やがて指先が、暴れ続ける巨大な鳥の首筋を探りあてた。赤い眼が、ジョディの顔をまじろぎもせずに見据えてきた。毛の生えていない頭を、右から左に、左から右に振りながら。落ち着き払った、恐れ知らずの、猛々しい眼だった。そしてくちばしを開いたかと思うと、ものが腐ったようなにおいのする液体をどっと吐き出した。ジョディは片膝を引き寄せ、そのままのしかかるようにして巨大な鳥を押さえ込んだ。片方の手でつかんだ首を地面に押しつけ、もう片方の手であたりをさぐって鋭く尖った石英をつかんだ。最初の一撃で、くちばしが横に折れ、皮革のような色をしたねじ曲がった口の隅からどす黒い血が噴き出した。ジョディはもう一度石英を振りおろした。今度は狙いがはずれた。恐れ知らずの赤い眼は、それでもまだジョディを見据えていた。平然と、恐怖の色もなく、冷ややかに。ジョディは何度も、何度も、石英を振りおろした。ハゲタカがとうとう息絶え、頭部が真っ赤な肉の塊と化しても、手をとめようとしなかった。それをビリー・バックがやめさせた。ハゲタカの死体からジョディを引き離し、興奮で震えている身体をきつく抱き締めて落ち着かせようとした。

カール・ティフリンは息子の顔に散った血飛沫を赤いバンダナで拭った。ジョディはされるがままだった。興奮がおさまって、ぐったりと脱力していた。父親はハゲタカの死骸を爪先で蹴り転がすと、説教する口調で言った。「ジョディ、こいつがあの小馬を殺したわけじゃない。そのぐらいのことがわからないのか?」

「わかってる」とジョディは力なく答えた。

そのとき、ビリー・バックが猛然と怒りをあらわにした。ジョディを抱きかかえて連れて帰ろうとしていたが、足をとめてカール・ティフリンのほうに向きなおった。

「もちろん、わかってますよ」ビリー・バックは激した口調で言った。「どういう神経してるんです、だんな。坊ちゃんが今、どんな気持ちでいなさるのか、わからないんですかい?」

II　連峰の彼方

じりじりと音を立てるような暑い真夏のある午後のこと、ジョディ少年はかったるさを持てあまし、牧場の敷地内を所在なくうろついていた。最初に馬小屋に向かい、軒下のツバメの巣に次々と石をぶつけてみたが、そのうちに泥でできた小さな家々はどれも崩れ、ぱっくりと口を開け、内側をかためていた麦藁やら薄汚い鳥の羽毛やらが降り注いできた。そのあと、母屋に戻り、古くてかたくなったチーズを餌にしてネズミ捕りに取りつけ、そのネズミ捕りをダブルトゥリーマットが鼻面を突っ込みそうな場所に仕かけた。ダブルトゥリーマットは身体の大きな気のいい番犬だった。ジョディとしても、そんな犬をいじめてやりたいという残酷な気持ちがあったわけではなかった。長くて暑い夏の午後に、退屈しきっていたからだった。ダブルトゥリーマットは案の定、間抜けぶりを発揮して鼻面をネズミ捕りに突っ込んだかと思うと、苦痛の悲鳴をあげ、鼻から血を垂らしながら脚を引きずって逃げだした。ダブルトゥリーマットはいつもそうなのだ。怪我をすると、どこの怪我であっても決まって脚を引きずる。癖みたいなものなのだ。まだ仔犬だったころにコヨーテを捕獲するための罠にかかってしまったことがあって、それ以来、そんな癖がついた。今では怪我をしたときだけではなく、叱られたときにも脚を引きずるのだ。

ダブルトゥリーマットの甲高い悲鳴を聞きつけて、母親が家のなかから叫んだ。

「ジョディ、やめなさい！　犬をいじめるんじゃないの。ほかにすることはないの？」

そう言われて、ジョディは却って意地悪な気分になった。で、ダブルトゥリーマットに向かって石を投げてぶつけてやった。それから、ポーチに置いておいたY字形のパチンコ《スリングショット》をつかんで、母屋の裏手の丘に向かった。ヤマヨモギの繁みで鳥でも仕留めてやろうと思ったのである。そのパチンコ《スリングショット》は、雑貨店で買ってきた新品のゴムを取りつけた〝高級品〟だったが、これまでに数えきれないぐらい何度も鳥を狙って礫《つぶて》を放ってきているのに、ただの一度も仕留められたことがないのだ。裸足の指先で土埃を蹴立てるような歩き方で、野菜畑を抜けた。途中、パチンコ《スリングショット》で飛ばすのにもってこいの石を見つけた。丸くて、いくらか平べったくて、重さも手ごろで、これなら風を切って飛んでいきそうだった。拾った石をパチンコ《スリングショット》の革でできた弾受け《パウチ》に挟んでから、ヤマヨモギの繁みに向かって足を進めた。眼を細くすがめるようにして、口をもごもご動かしながら。その日の午後、ジョディは初めて真剣になっていた。ヤマヨモギの繁みの陰で、小鳥が何羽か忙しなく動きまわっていた。繁みの葉のあいだに身体を突っ込んで餌をあさったかと思うと、せかせかと数フィートばかり飛び、着地した先でまた繁みの葉のあいだに身を突っ込んでがさごそやりはじめるのである。ジョディはパチンコ《スリングショット》のゴムをぐっと引き絞り、慎重に接近した。小さなツグミが、ふと餌をあさるのをやめてジョディを見るなり、身を低くしてすぐさま飛びたつ構えになった。ジョディは一歩一歩、慎重な足運びでそろりそろりと間合いを詰めた。相手との距離が二十フィートまで詰まったところで、慎重に武器を構え、狙いをつけた。ひゅうっとうなりを立てて、石は飛んでいった。ツグミはすばやく飛びたったが、飛んでくる礫に向かって真正面から激突する恰好になった。頭を割られて、小さな鳥は地面に落下した。ジョディは駆け寄って死んだ鳥を拾いあげた。

「よし、とうとう仕留めたぞ」と声に出して言った。

ツグミは死んでしまうと、生きていたときよりもさらに小さく見えた。ジョディは何やらひねくれた気分になり、みぞおちのあたりにかすかな痛みを感じた。そこでポケットナイフを取り出して、小鳥の首を刎《は》ねた。次いで腹を裂き、内臓を引きずり出し、翼を両方ともむしり取った。最後に、ばらばらにした小鳥の死骸を繁みの奥に投げ捨てた。小鳥のことも、その生命を奪ったことも、気にはならなかったが、殺すところを大人に見られたらなんと言われるかは想像がついた。それを考えると、自分のしたことが恥ずかしくなった。だから、この出来事に関しては何もかもできるだけ早く忘れ、決して口にはしないことに決めた。

この季節、一帯の丘陵も山々も水が涸《か》れ、草原は黄金色に乾いていたが、鉄管を通って丸い木桶に流れ込むようになっている湧き水が木桶からあふれてこぼれているあたりだけは、早緑の細い葉が深々と繁り、しっとりと水気を帯びていて、いかにも涼しげだった。ジョディは苔むした木桶に口をつけて湧き水を飲み、冷たい水に手をつけて鳥の血を洗い落とした。それから、草原に仰向《あおむ》けに寝転がって、空を見あげ、点々と浮かんでいる、小麦粉団子《ダンプリング》をちぎったような夏の雲を眺めた。片方の眼をつむってわざと遠近感が働かなくなるようにしておいて、その夏空の雲を、手を伸ばせば指先で撫でられそうなところまで引き寄せてみた。それから、雲を押し流すそよ風に手を貸した。そよ風と一緒に雲を押してやると、雲の動きが速くなるように思えた。むくむくと膨らんだ白い雲を山の稜線まで運ぶのを手伝い、最後にぐっとひと押しすると、雲は稜線を越えて見えなくなった。あの雲は山を越えたあと、何を見ているのだろう、とジョディは考えた。威容を誇る山並みをもっとよく見てみたくなって、ジョディは身体を起こした。折り重なるように連なる西側の山々は、遠くなるほど黒っぽく、険しくなり、最後にひときわ空高くそびえる峰は鋸《のこぎり》の歯のようにてっぺんがぎざぎざになっている。神秘的で、好奇心をかきたててやまない山や峰——その連峰について、自分はほとんど何も知らないのだ、ということをジョディは改めて思った。

「あの山の向こうには何があるの？」と父親に訊《き》いてみたことがある。

「また別の山だ。それがどうかしたか？」

「その山の向こうには？」

「また山だ。それがどうかしたか？」

「どこまでもずうっと山が続いてるってこと？」

「いや、そうとも限らんよ。しまいには海に出るから」

「だけど、山のなかには何があるの？」

「崖とか藪とか岩とか、そんなもんばかりで水はほとんどないな」

「父さんは行ったことある？」

「いや」

「行ったことのある人はいるかな？」

「いなくはないだろうが、まあ、多くはないよ。危険だからな。険しい崖があったりして。それで思い出したが、このモントレー郡の山岳地帯や丘陵地帯には、アメリカじゅうのどこよりも、いわゆる人跡未踏の地ってやつが多く残っている、という記事を何かで読んだよ」父親の口調は、モントレーがそういう土地であることが誇らしくてならないようだった。

「それで最後には海に出るんだね？」

「そうだ、最後は海だ」

「だけどさ」ジョディは食いさがった。「だけど、そこまでのあいだには何があるの？　知ってる人はどこにもいないの？」

「そりゃ、まあ、知ってるやつだっていないことはないと思うよ。だが、わざわざ行ってみるほどのことはない。役に立つものなんてなんにもないんだから。おまけに水もろくにありゃしない。あるのは岩と崖と藜《グリースウッド》の藪ぐらいのもんだ。それがどうしたか？」

「行ってみたらおもしろいだろうなって思って」

「行ってみる？　なんのために？　なんにもないとこなのに」

けれども、ジョディにはわかっていた。山の向こうには何かがある。未知であるがゆえにすばらしい何か、神秘に包まれた謎めいた何かが。そんな何かがまちがいなくある、と本能的に感知することができるのだ。母親にも訊いてみたことがあった。「あの大きな山には何があるの？ 母さんは知ってる？」

母親はひとしきり息子を見つめ。それから振り向いて猛々《たけだけ》しく連なる山並みを眺め、最後にこんなふうに答えた。「熊がいるだけじゃないかしら」

「熊ってどんな熊？」

「ほら、歌に出てくるじゃない？ 山の向こうにはいったい何があるんだろうと思った熊が、山に登ってみましたって」

雇われ牧童のビリー・バックにも、ひょっとして山の向こうには昔々の大昔の都の跡があったりしないだろうか、と訊いてみたけれど、返ってきたのは父親の場合と似たり寄ったりの答えだった。

「まあ、ないだろうね」と言われてしまったのだ。「なんせ、食いもんがない。岩を食えるなんて芸当のできるやつじゃない限り、山んなかには住めないよ」

これまでのところ、得られた情報はその程度だったが、得られた情報が少ないからこそ却ってジョディにとってその大いなる峰々は、どこかなつかしく、同時に恐ろしいものに思えるのだった。峰から峰を結ぶ稜線が何マイルともなく連なり、最後には海に出る、そんな連峰のことをジョディはたびたび考えた。朝陽を浴びて淡い紅色に輝くとき、山々の頂はここにおいで、と差し招いているように思えた。夕暮れどき、峰の向こうに陽が落ちて山並みが紫がかった絶望の色に染まるときには、恐ろしさを感じた。その姿があまりにも超然としていて、あまりにも近寄りがたく見えて、その不動のたたずまいが却って脅威に感じられてしまうのである。

しばらく眺めたところで、ジョディは顔の向きを変えて、今度は東のほうのギャビラン山脈を眺めた。東側の山並みは眺めるだけで心弾んだ。山懐のあちこちに牧場が点在していて、山々の頂はどこも松の木立で覆われていた。こちらの山には人も住んでいるし、その斜面は遠い昔、メキシコ人との戦いが何度も繰り広げられた古戦場だった。ジョディはそこでまた振り向き、背後の大連峰にちらっと眼をやった。東側の山脈とのあまりのちがいに、思わず小さな身震いが出た。ジョディの暮らしている牧場は、山裾の小さな丘に位置しているが、こうして見おろす限りでは陽の光を浴びて、いかにものどかで平和そうに見えた。日中の白い陽光を浴びて母屋はきらきらと光り、褐色に見える馬小屋はいかにも居心地がよさそうだった。向かいの丘の斜面では、赤茶色の牝牛が何頭も、草を食《は》みながらゆっくりと北のほうに進んでいっている。ビリー・バックが寝起きしている小屋の横の真っ黒なイトスギの木も、いつもと変わらず、平穏そのもの。中庭では鶏たちがワルツを踊るような忙しない足取りで埃《ほこり》を蹴立てながら、餌をあさっている。

しばらくして、動いている人影が眼にとまった。向かいの丘のてっぺんを越えて、男がひとり、ゆっくりとした足運びで歩いていた。サリーナスから延びている道をこちらに向かって進んできていて、見るとどうやら牧場の母屋に向かっているようだった。ジョディも立ちあがり、母屋に戻るために丘をおりはじめた。うちを訪ねてくる人がいるのであれば、ぜひともその場に居合わせて、その場面を自分の眼で見たかったのである。ジョディが母屋に帰り着いても、その男のほうはまだ丘の半分あたりまでしかおりてきていなかった。やけに肩の張った、痩せた男だった。一歩踏み出すたびに、踵を地面に打ちつけるような、ずいぶんぎごちない歩き方をしていた。そんな足の運び方をしていなければ、年寄りだとわからなかったかもしれない。彼我の距離が縮まると、その年寄りの男がジーンズを穿《は》き、ジーンズと同じ素材の青いデニムの上着をはおっていることがわかった。足元は野良仕事用のどた靴、年季のはいったステットソン帽を、つばを平らにしてかぶっていた。片方の肩に、何が入っているのかでこぼこに膨らんだ麻袋をかついでいる。ジョディがそうして観察しているあいだに距離がさらに縮まり、じきに男の顔がはっきりわかるようになった。干した牛肉のような、褐色の顔だった。色黒なせいか、唇にかぶさりそうな口髭が蒼白くみえた。首筋からのぞいている髪の毛も、口髭同様、白かった。顔の皮膚がきゅっと縮まり、顔面に密着して、そのしたの筋肉どころか骨格が浮きあがっているせいで、鼻も顎先も鋭く尖り、触れると壊れてしまいそうにみえた。眼は大きく、眼窩《がんか》に落ち窪《くぼ》んでいるのに、瞼にたるみがなかった。茶色の眼だったが、虹彩と瞳孔は、境目がわからないほど真っ黒だった。見ると、顔のどこにも皺《しわ》というものがなかった。デニムの上着の真鍮のボタンを襟元まで残らずとめているのは、そういう着方をする場合の常としてしたにシャツを着ていないからだと思われた。袖口からのぞく手首は骨太で頑丈そうだし、その先の手も桃の木の枝のように節くれだってごつごつしていて、硬そうだった。爪は平べったくて、ただ短く切ってあるだけだが、艶があった。

老人は母屋の門のところまで近づいてくると、かついでいた麻袋を降ろしてジョディと向かいあった。老人の唇が細かく震えた。次いでそのあいだから、低くて冷ややかな声が洩れてきた。

「ここの子か？」

ジョディはまごついた。振り返って母屋に眼をやり、また向きなおって父親とビリー・バックが作業をしている馬小屋に眼をやった。どちらからも助けはやってきそうになかった。「うん」とジョディは答えた。「おれは帰ってきたんだ」と老人は言った。「ヒターノ[6]だ、ヒターノが帰ってきたんだ」

ジョディとしては、その場の全責任をひとりで負うわけにはいかなかった。助けを求めるため、くるりと身を翻し、母屋に駆け込んだ。うしろで網戸がぱたんと音をたてて閉まった。母親は台所にいて、水切り《コランダー》の詰まってしまった目を、下唇を噛みしめ、一心不乱にヘアピンで掃除しているところだった。

「歳を取った男の人！」興奮で声を上ずらせてジョディは叫んだ。「歳を取ったパイサーノ[7]なんだけど、帰ってきたんだって言ってる」

母親は水切り《コランダー》を置き、ヘアピンを流しに渡した板の隙間に突き刺してから、辛抱強く尋ねた。「どうしたっていうの、今度は？」

6　ヒターノはもとはスペイン語でロマの男を指すことばだが、この場面では人名として使われている。

7　カリフォルニア州の一部地域に暮らす先住民やメキシコ人などの血を引く人たちを指す。英語よりもスペイン語を好んで使う。

「歳を取った男の人がおもてに来てるんだって。いいから、早く来てよ」

「そう。なんの用で来てるの？」母親はエプロンの紐をほどき、後《おく》れ毛を指先で撫でつけた。

「知らない。けど、その人、ずっと歩いて来たんだよ」

母親はワンピースを引っ張って皺を伸ばし、身なりを整えてからそとに出た。ジョディもあとに続いた。ヒターノと名乗った男は、先ほどと同様、門のまえに突っ立ったまま動いていなかった。

「はい、何かご用でしょうか？」とティフリン夫人は声をかけた。

ヒターノは年季の入った黒いステットソン帽を脱ぐと、脱いだ帽子を身体のまえにもってきて反対の手を添え、先ほどジョディに言ったのと同じことを繰り返した。

「ヒターノだ、ヒターノが帰ってきたんだ」

「帰ってきた？　どこに帰ってきたんです？」

ヒターノの背筋の伸びた身体が、しゃんと伸びたままいくらか前のめりになった。右手が帽子から離れて、円を描くような仕種で牧場のまわりの丘陵地帯を、その斜面に開墾された畑を、そのうしろの山々を示したのち、また帽子のところに戻って元通り縁をつかんだ。「牧場《ランチョ》に帰ってきたんだ。おれはここで生まれた。おれの親父も」

「この牧場で？」とティフリン夫人は訊き返した。「だけど、この牧場は、そんな古くからあるわけじゃないけど？」

「いいや、あっちだ」と言って、老いた男は西のほうの山並みの稜線のあたりを指さした。「あそこの向こっ側《かわ》に家があった。今じゃなくなっちまったけど」それでようやく、ティフリン夫人にも納得がいった。「アドービ煉瓦の古い家のことね。大水が出たときにほとんど流されてしまった家のことでしょう？」

「ああ、その家だ、奥さん《セニョーラ》。牧場《ランチョ》がうまいことといかなくなると、煉瓦を固めとく石灰にも事欠くようになってな。だもんで、大雨で流されちまった」

ジョディの母親は一瞬、黙り込んだ。意図していなかった郷愁の想いが湧きあがってきたからだったが、慌ててその気持ちを胸から追い出した。「それで、ヒターノさん、どういうわけでうちを訪ねていらしたんです？」

「おれはここで暮らすつもりだ」老いた男は静かに言った。「死ぬまでずっと」

「そうは言っても、うちは人手には困ってないから」

「奥さん《セニョーラ》、おれにはもう力仕事は無理だ。牝牛の乳を搾るとか、鶏に餌をやるとか、薪割りぐらいはできる。けど、それ以上は無理だ。おれはここで厄介になる」それから足元に置いた麻袋を指さした。「持ち物も全部持ってきた」

母親はジョディのほうに顔を向けて言った。「馬小屋まで走っていって父さんを呼んできて」

ジョディは全速力でその場から駆けだし、しばらくしてカール・ティフリンとビリー・バックを連れて戻ってきた。老いた男はそれまでどおりその場に突っ立っていたが、今ではその体勢のまま身体を休めていた。身体全体から力が抜けて、時間に縛られることのない休息をとっていた。

「いったいなんなんだ？」とカール・ティフリンが言った。「なんだってジョディのやつはこんなに興奮してるんだ？」

ティフリン夫人は老いた男を身振りで示した。「この人がこの牧場で暮らしたいって言うの。簡単な仕事を手伝うから、うちにいさせてほしいって」

「そりゃ、無理な相談ってもんだな。うちじゃこれ以上人手は要らない。それに、こちらさんは歳を取り過ぎてる。頼みたい仕事は、ビリーが一手に引き受けてくれてるよ」

眼のまえに当人がいるというのに、ふたりはその存在を無視して老いた男のことを話しあっていたが、そこで不意にふたりして口ごもり、ヒターノに眼を向け、いささか恥じ入った表情になった。

ヒターノはひとつ咳払いをした。「おれは歳を取っててもう働くことはできない。だもんで生まれたとこに帰ってきたんだ」

「あんたはここで生まれたわけじゃない」カール・ティフリンがぴしゃりと言った。

「そう、ここじゃない。あの丘の向こっ側のアドービ煉瓦の家で生まれた。だけど、あんたらがやってくるまでは、あの丘の向こっ側もこのあたりも同じひとつの牧場《ランチョ》だった」

「丘の向こう側の家ってのは、あの大雨で溶けて流れちまった泥の家のことか？」

「そうだ。おれもおれの親父もあの家で生まれた。おれは今日から、ここの牧場で暮らすつもりだ」

「言っただろ、そういうわけにはいかないんだよ」カール・ティフリンは腹立ちまぎれに声を荒らげた。「老いぼれなんぞ雇えるわけがないだろ。うちは大牧場じゃない。働きもしない年寄りを住まわせてやって、食わせてやって、病気になったら医者に診せてやる余裕なんて、逆立ちしたってありゃしない。あんたにだって身内なり知りあいなりがいるだろうが。そういう連中のとこに行きゃいいじゃないか。赤の他人のとこに厄介になろうなんてのは、物乞いのすることだ」

「おれはここで生まれたんだ」諦めるということを知らない者の辛抱強く一徹な口調

で、ヒターノは言った。

カール・ティフリンとしても、何も好き好んで不人情なことをしたいわけではなかったが、この場合はそうせざるを得ないと判断した。「今晩ひと晩は泊めてやる」とカール・ティフリンは言った。「向こうに渡りの牧童を雇ったときに泊める古い小屋があるから、そこの小部屋で寝ればいい。明日の朝めしも食わせてやろう。ただし、そいつを食ったら出てってもらう。知りあいを頼れ。死に場所を探して見ず知らずの他人のとこに押しかけてくるなんざ、とんでもない話だ」

ヒターノは黒い帽子をかぶりなおし、次いで腰を屈《かが》めて、地面に置いてあった麻袋を持ちあげて言った。「持ち物も全部持ってきた」

カール・ティフリンはそちらに眼をやろうともしなかった。「馬小屋に戻るぞ、ビリー。やりかけてた作業を終わらせちまおう。ジョディ、このじいさんを向こうの小屋の小部屋に案内してやれ」

そして、ビリー・バックを従えて馬小屋のほうに戻っていった。ティフリン夫人も母屋に戻りかけたが、途中で振り返り、「あとで毛布を何枚か届けるわ」と言い残して家のなかに引っ込んだ。

もの問いたげな眼を向けてきたヒターノに、ジョディは言った。「来て。小屋に案内するよ」

牧童小屋の小部屋には、簡易ベッドにトウモロコシの皮を詰めたマットレス、ブリキの角灯《カンテラ》が載った机代わりのリンゴの木箱、背のとれた揺り椅子が置いてあった。ヒターノはかついできた麻袋をだいじそうに床に置き、ベッドに腰をおろした。そのまま出ていくのがためらわれて、ジョディはしばらくのあいだ、はにかみながらその場に突っ立っていた。それから思い切って訊いてみた。

「あの大きな山の向こうから来たの？」

ヒターノはゆっくりと首を横に振った。「いいや、サリーナスの谷からだ」

その日の午後に考えていたことがまだ頭に残っていたので、ジョディとしてはそのまま小部屋を出ていく気にはなれなかった。「あの大きな山の向こうに行ったことある？」

老いた男の黒い眼が一点をひたと見据えて動かなくなり、眼の奥の光が男の頭のなかにいまだ消え残る長《なが》の歳月を照らしだした。「一度ある――まだほんの小僧っ子だった時分に。親父に連れて行かれた」

「山の向こうのずっと奥のほうまで？」

「ああ」

「何があった？」ジョディの声が大きくなった。「住んでる人はいた？　家を見かけた？」

「いいや」

「じゃあ、何があったの？」

ヒターノの眼は内に向けられたままだった。眉間に皺が寄ってかすかな緊張が浮かんだ。

「何を見かけたの、山んなかで？」

「わからない」とヒターノは言った。「覚えてない」

「危険なとこだった？　水がなくて乾燥してた？」

「覚えてない」

興奮のあまり、ジョディはいつの間にか恥ずかしさを忘れていた。「なんにも？　なんにも覚えてないの？」

ヒターノはことばを発しかけ、唇を半開きにしたまま、そのことばが思い浮かんでくるのを待った。「静かだった気がする——いいところだった気がする」

老いた男の眼は、長の歳月の彼方になにかを見つけ出したようだった。眼の表情がやわらぎ、ほんの一瞬、微笑《ほほえ》みの影らしきものがよぎったように見えた。

「そのあとは行ってないの？　一度も？」ジョディはなおも質問を重ねた。

「ない」

「行ってみたいと思ったことは？」

だが、そこでヒターノの老いた顔に苛立《いらだ》ちの表情が浮かんだ。「ない」その語気から、ヒターノが山のことはもうこれ以上話したくないと思っていることがジョディにも理解できた。けれども、好奇心がおさまらず、どうしようもなく魅了されていた。このヒターノという老いた男のそばを離れたくなくなっていた。それを意識したとたん、恥ずかしさが戻ってきた。

「馬小屋に行って馬を見ない？」とジョディは言った。

ヒターノはベッドから立ちあがり、帽子をかぶり、ジョディに従う意志を示した。

いつの間にか夕暮れ近くになっていた。ふたりは水遣《みずや》り場の桶のそばに立って、丘の斜面に散っていた馬がのんびりと夕方の水飲みにおりてくるのを眺めた。ヒターノは節くれだった大きな両手を柵のいちばんうえの横木に載せていた。最初に馬が五頭、斜面をおりてきて水を飲んだ。そのあと、思い思いに歩きまわり、思い思いの場所で足をとめ、泥をなめたり、柵のてかてかになった杭に脇腹をこすりつけたりした。その五頭が水場を立ち去り、だいぶ時間が経ってから、丘のてっぺんに年老いた馬が一頭、姿を現し、痛いところをかばうような危なっかしい足取りで斜面をくだりはじめた。黄ばんだ歯は長く、蹄は鋤《すき》のように平べったくて先が尖り、痩せて皮ばかりになった馬体は肋骨と腰の骨がくっきりと浮きあがっていた。老馬はよろよろと水桶に歩み寄り、盛大に音を立てながら水を吸い込んだ。

「あの年寄りの馬はイースターっていうんだ」とジョディが解説をくわえた。「父さんがいちばん初めに買った馬で、三十歳なんだって」そこで相手の反応をうかがうため、顔をあげてヒターノの老いた眼をのぞきこんだ。

「もう役立たずだな」とヒターノは言った。

そのとき、ジョディの父親とビリー・バックが馬小屋から出てきて水遣り場のほうに近づいてきた。

「老いぼれちまってもう働けない」とヒターノはあらためて言った。「食うもん食ってただ生きてるってだけだ。くたばる日も近い」

ヒターノのそのことばの最後の部分が、カール・ティフリンの耳に入った。カール・ティフリンとしても老人相手に無慈悲な態度に出るのは、どうあっても気が進まなかったが、そのため却ってまたもや人情味に欠ける発言をすることになった。

「イースターみたいになったら、いつまでも生かしておかずに撃ち殺してやらないと、むしろ気の毒ってもんだ」とカール・ティフリンは言った。「ひと思いに始末をつけてやりゃ、それ以上苦しい目や痛い目にも遭わずにすむわけだし、リウマチにかかったりもせずにすむ」そこでちらりとヒターノのほうに眼をやった。境遇が似通っていることに気がついたかと思ったのだが、柵の横木に載っているヒターノの節くれだった大きな手はぴくりとも動かず、黒い眼も老馬を見つめたまま動かなかった。「馬に限らず、生き物が老いぼれちまったら、適当なとこで楽にしてやるのが筋ってもんだよ」ジョディの父親はことばをつづけた。「ずどんと一発、頭に弾丸《たま》を喰らった瞬間は、そりゃもうとんでもない激痛を感じるだろうが、それでおしまいだ。身体を自由に動かせなくなったり、歯痛《はいた》に苦しめられるよりは、はるかにましだ」

ビリー・バックがそばから口を挟んだ。「生まれてからずっと働き詰めに働いてきたんだ、ちょいと楽をさせてやったって罰は当たらないよ。このぐらいの歳になると、もう、そこらへんをただぽくぽくとのんびり歩いてるだけで嬉しいんじゃないかね」

カール・ティフリンは、イースターの骨と皮だけになった馬体をしげしげと眺めた。「今となっちゃ想像もできないだろうが、以前はなかなか様子のいい馬でね」とカール・ティフリンにしては穏やかな口調で言った。「首は強いし、胸は分厚いし、腹から腰にかけての張りも実にみごとだった。横木が五本もある木戸を軽々ひとっ飛びで飛び越えられたよ。十五のときだったが、あいつに乗って平地競走《フラットレース》に出て優勝したこともある。どうだ、二百ドルで手放さないか、ってしょっちゅう声をかけられたもんだよ。今のあんな様子とは雲泥の差の、たいそうな美形だったんだ」そして、そこまでやめておくべきだと判断した。意気地なしな言動は大の苦手だったからだ。「だが、もういい加減、潮時だ。そろそろ撃ち殺してやったほうがいい」

「いや、あいつにはちょいと楽をさせてやったって罰は当たらない」とビリー・バックは譲らなかった。

ジョディの父親は、そのときふと、愚にもつかない冗談を思いつき、ヒターノのほうに顔を向けた。「たとえばハムエッグが丘の斜面に生えてるもんなら、あんたのこともうちの馬どもと一緒に丘に放牧に出しときゃいい。だが、うちの台所には、あんたを放牧しとくだけの余裕がない」

カール・ティフリンはそう言うと、ビリー・バックに向かって笑い声をあげ、ふたり連れ立って母屋に向かって歩きだした。「ハムエッグが丘の斜面に生えてるもんなら、みんな大助かりだよ、ちがうか？」

ジョディには父親が、どこをどう突つけばヒターノを傷つけることができるか、探りを入れているのだということが、よくわかった。ジョディ自身もたびたび同じ目に遭ってきているからだった。父親は息子のどこを攻撃すると、わずかひと言で深傷《ふかで》を負わせ、胸をずきずきと疼《うず》かせることができるか、知り尽くしているのだ。

「あんなこと言ってるけど、あれは言ってるだけだからね」とジョディは言った。「本気でイースターを撃ち殺しちゃおうなんて思ってないから。父さんだってイースターのことは大好きなんだ。いちばん初めに買った馬だからね」

ふたりが水遣り場の桶のそばに立ったままでいるあいだに、陽は高々とそびえる山並みの向こうに沈み、牧場はしんと静まり返った。夕闇が迫って薄暗くなってきたからか、ヒターノはそれまでよりも居心地がよくなったようだった。唇を鳴らしてジョディが聞いたことのない鋭い音を立てながら、片方の手を柵越しに差し出し、イースターが老いた肢でよたよたと近づいてくるのを待って、たてがみをかきわけ、痩せ衰えた首筋のあたりを撫でてやった。

「この馬、好き?」ジョディはおずおずと尋ねた。

「ああ、好きだ——けど、とんだごくつぶしの役立たずにはかわりない」

母屋の三角《トライアングル》の打ち金が鳴らされた。「夕食ができたって合図だよ」とジョディは言った。「行こうよ。夕食、食べるでしょ」

母屋に向かう途中、ジョディはヒターノの背筋がしゃんと伸びていて若者のような身体つきだということに気づいた。動作がぎくしゃくしていてぎごちないことと、歩くときに踵を引きずるようにする癖があるので、それでようやく年寄りだということがわかるのだ。

ビリー・バックがひとりで寝起きしている小屋の横のイトスギの根方で、シチメンチョウが何羽か身体の重さに邪魔されながらも、今夜のねぐらを求めて、イトスギのしたのほうの枝に飛びあがろうとしていた。牧場で飼っている太っていて毛艶のいい猫が、ネズミをくわえて、ふたりの行く手を横切った。尻尾が地面をこするほど大きなネズミだった。あたりの丘ではウズラが、あいもかわらず澄んだ声で鳴き交わし、水のありかを仲間たちに知らせている。

ジョディはヒターノと一緒に勝手口の踏み段に向かった。ティフリン夫人は網戸越しにふたりのほうに眼をやった。

「ぐずぐずしないで、ジョディ。ヒターノさん、さあ、入って。夕食をどうぞ」

カール・ティフリンとビリー・バックはオイルクロスをかけた細長いテーブルについて、先に食事を始めていた。ジョディは椅子を動かさずに座面に滑り込むようにして腰をおろした。ところが、ヒターノは帽子を持ったまま突っ立っているのだ。カール・ティフリンは顔をあげて言った。「ほら、坐れ。立ってないで坐れ。どうせならたらふく食って腹をくちくして出て行きゃいいじゃないか」実はカール・ティフリンは自分の気持ちが同情に傾き、このまま老人を牧場に置いてやりそうになることを警戒していた。そこで、そういうわけにはいかないだろう、と繰り返し自分自身に言い聞かせていたのである。

ヒターノは帽子をしたたに置き、遠慮がちに席についた。坐ったきり、食べ物に手を伸ばそうとしないものだから、カール・ティフリンが皿をまわしてやった。「さあ、食った食った。腹いっぱい食え」ヒターノは肉を小さく切りわけ、皿にマッシュポテトの小さな山をいくつもこしらえ、たっぷり時間をかけてゆっくりと食べた。

カール・ティフリンは、ともかくヒターノの存在が気になって気になって仕方がなかった。「あんた、このあたりに身寄りはないのか？」と問いかけた。

それに応えるヒターノの口調は、いくらか得意げだった。「義理の弟がひとりモントレーにいる。モントレーには従兄弟たちもいる」

「だったら。モントレーに行って暮らしたらどうだ？」

「おれが生まれたのはここだ」口調は変わらなかったが、相手の発言を咎《とが》めているようにも聞こえた。

そこにジョディの母親がキッチンからタピオカのプディングの入った大きなボウル

を運んできた。

カール・ティフリンは妻に眼をやり、忍び笑いを洩らした。「この爺さんになんて言ってやったと思う？　ここらへんの丘の斜面にハムエッグが生えてくれりゃ、爺さんのこともおいぼれイースターと一緒に放牧に出しときゃいいんだがなって、そう言ったんだよ」

ヒターノは眼のまえの皿を見つめたまま微動だにしなかった。

「あいにくよね、うちで面倒を見てあげられないのは」

「おい、つまらないことを言いだすもんじゃない」カール・ティフリンはとたんに不機嫌になった。

食事が終わると、カール・ティフリンとビリー・バックとジョディはしばらくゆっくりするため、居間に席を移したが、ヒターノは夕食をご馳走になった礼のことばもおやすみの挨拶もなく、黙って台所を通り抜け、勝手口のドアからそとに出ていった。ジョディは坐ったままこっそりと父親の様子をうかがった。父親は自分の言動を恥じていた。ジョディにはそれがよくわかった。

「このへんはパイサーノのおいぼれだらけだな」カール・ティフリンはビリー・バックに向かって言った。

「けど、悪いやつらじゃないよ」とビリー・バックは弁護した。「年寄りになっても矍鑠《かくしゃく》としてるやつが白人よりもずっと多い。以前に御年《おんとし》百五歳だっていうパイサーノに会ったことがあるけど、そんな歳でけっこう達者に馬に乗るんだよ。あのヒターノぐらいの歳で、二十マイルも三十マイルも自分の足で歩けるなんて、白人じゃまずいないよ。ちがいますかい？」

「まあな、確かにあいつら、身体は頑丈だよ」とカール・ティフリンも認めた。「おい、待てよ、ビリー、あんたもあいつの肩を持とうってことか？　けどな、よく考えてくれよ」事の次第を説明する口調で、カール・ティフリンは言った。「あんた以外に人を雇わず、朝から晩まで身を粉にして働いてるのは、でないとやってけないからだ。金《かね》を借りたイタリア銀行にこの牧場を持ってかれちまうからだ。そのぐらいのことは、あんただってわかってるはずだろ」

「そりゃ、もちろん、わかっちゃいるよ」とビリー・バックは言った。「だんなが金持ちだったら、けちなことなんざ言わずにすむだろうからね」

「そうだよ、そのとおりだ。それにあの爺さんは身寄りがまったくないわけじゃないんだ。義理の弟ってのがモントレーにいるらしいし、向こうには従兄弟もいるって話だ。だったら、どうしてこのおれがあの爺さんの心配をしてやらなくちゃならない？」

ジョディは黙って耳をそばだてていた。ヒターノがあの荒立つことのない口調で言う、「だけど、おれはここで生まれたんだ」というあのなんとも応えようのない台詞が聞こえたような気がした。ヒターノは、西側の山脈と同様、謎めいた神秘の存在だった。西側の山脈は、目路もはるか、峰また峰と連なっているが、大空を背景にそびえたつ最後の峰の彼方には、大いなる未知の国が待ちうけている。ヒターノは確かに歳を取ってはいるが、濁ってはいるものの黒々としたあの眼だけは老いとは無縁で、その奥には未知の何かが存在している。眼の奥に秘められたものがなんなのかは、当人がろくに口をきいてくれないものだから、想像すらつかないけれども。ジョディはヒターノの泊まっている牧童小屋が、抵抗できない力で自分を引き寄せるのを感じた。父親がまだ話をしているあいだに、そっと椅子から滑り降り、音を立てないよう気をつけながら裏口から戸外《そと》に出た。

闇の濃い夜だった。遠くの物音がとてもはっきりと聞き分けられた。丘をひとつ越えた街道を進む馬車の、軛《くびき》につけた鈴の鳴るのが聞こえた。足元に眼を凝らしながら、ジョディは真っ暗な庭を突っ切った。牧童小屋の小部屋の窓から明かりが洩れてきていた。夜陰に乗じて音もなくその窓に近づき、室内《なか》をのぞいた。ヒターノは窓に背を向ける恰好で揺り椅子に坐っていた。右腕を身体のまえでゆっくりと動かしているようだった。ジョディはドアを開けてなかに入った。ヒターノはぎょっとした様子で身を起こすと、鹿の革らしきものをひっつかんで膝のうえのものを慌てて隠そうとした。が、革は膝から滑り落ちた。ヒターノが握っていたものを目の当たりにして、ジョディは驚きのあまりその場に立ちすくんだ。ほっそりと優美な姿をした諸刃の剣、うっかり手を切ったりしないよう、柄《つか》には金色のかごのような恰好のガードがついている。刀身は一条の仄暗《ほのぐら》い光線のようだった。握りの部分は透かし彫りになっていて凝った模様が刻み込まれている。

「それは何？」とジョディは鋭く尋ねた。

ヒターノは怒った眼をちらりと向けてきただけで、黙ったまま足元の鹿革を拾いあげ、その美しい諸刃の剣をくるみこんだ。

ジョディは片手を差し出した。「見せてくれない？」

ヒターノの眼にもっと鬱屈した激しい憤りの色が浮かんだ。ヒターノは首を横に振った。

「それ、どこで手に入れたの？　どこかで見つけたとか？」

ヒターノは今度は深く考え込んでいるような真剣な眼差しでジョディをまじまじと見つめた。「親父にもらった」

「だったら、お父さんはどこで手に入れたの？」

ヒターノは自分がつかんでいる、鹿革にくるまれた細長い包みに視線を落とした。

「知らん」

「お父さんに訊いたことないの？」

「ない」

「それで何をするの？」

ヒターノはいささか驚いたようだった。「何もしない。ただ持ってるだけだ」

「もう一度見せてくれない？」

老いた男はゆっくりと包みをほどき、抜き身をさらすと、切っ先から柄元まで角灯《カンテラ》の光を滑らせてみせた。ほんの一瞬のことだった。諸刃の剣はまたあっという間に鹿革にくるみ込まれてしまった。「出てってくれ。おれは寝たい」ヒターノはそう言うと、ジョディがまだ小部屋のドアを閉め切らないうちにさっさと角灯《カンテラ》の灯を吹き消した。

母屋に戻る道すがら、ジョディにはひとつだけ、それまで経験したことがないぐらいはっきりと、わかったことがあった。あの諸刃の剣のことは誰にも言ってはならない、ということだった。あの剣の存在を誰かに告げ口するなんて、許されることではなかった。ひと言でも洩らそうものなら、真実というもろい建物はあっという間に崩れ去ってしまうだろう。真実とは、そういうものなのだ。他人と分かちあおうとした瞬間に粉々に破砕されてしまうのである。

裏庭に入ったところで、ビリー・バックとすれちがった。「親父さんとおふくろさんが、坊ちゃんはどこに行ったんだろうって言ってなさるよ」とビリー・バックは言った。

ジョディはこっそりと居間に滑り込んだ。父親が顔を向けてきた。「どこに行ってた？」

「新しい罠を見てきたんだ。ネズミがかかってるんじゃないかと思って」

「もう寝る時間を過ぎてるぞ」と父親は言った。

翌朝、ジョディは誰よりも早く朝食のテーブルについた。次いで父親が、最後にビリー・バックがやって来た。ティフリン夫人が台所から顔をのぞかせて言った。

「ビリー、ご老人は一緒じゃないの？」

「散歩にでも行ってるんじゃないかな」とビリー・バックは答えた。「さっきのぞいてみたけど、部屋にはいなかったからね」

「モントレーまでは長い道のりだから」

「朝早くに出発したのかもしれない」とカール・ティフリンが言った。「モントレーまでは長い道のりだから」

「いや、それはないでしょう」とビリー・バックは言った。「部屋にまだあの麻袋が置いてあるからね」

朝食を終えると、ジョディは牧童小屋に向かった。陽光に照らされて、ハエがさかんに飛びまわっていた。今朝の牧場はとりわけ静かに思われた。誰にも見られていないことを確かめてから、ジョディは牧童小屋の小部屋に足を踏み入れ、ヒターノの麻袋の中身を調べた。下着の替えの長い木綿のシャツが一枚、替えのジーンズが一本、はき古しの靴下が三足、それだけだった。ほかには何も入っていなかった。ジョディは鋭く尖った寂しさに胸を突かれた。ゆっくりと歩いて母屋に戻った。玄関のポーチに父親が出ていた。家のなかにいる母親に話しかけているところだった。

「イースターのやつ、ついにくたばったらしい」とカール・ティフリンは言っていた。「ほかの馬はみんな水を飲みにきたのに、あいつだけまだ姿を見かけてないんだよ」

その日、正午にはまだ何時間かあろうかというころ、尾根の斜面で牧場をやっているジェス・テイラーが馬に乗って訪ねてきた。

「カール、あんた、おたくのあの灰色の老いぼれ馬を売っぱらっちまったわけじゃないよな?」

「ああ、もちろん、売りゃしないけど、なぜだね?」

「いや、それがな、じつは今朝早く、戸外《そと》に出てたら、なんとも妙なもんを目撃してね」とジェス・テイラーは言った。「老いぼれた男が老いぼれた馬に乗ってるのさ。鞍も置かず、手綱もつけずに縄を引っかけただけで。おまけに道のあるとこを通らずに、ヤマヨモギの繁みをぐんぐん突っ切って斜面を登っていくんだよ。ちらっと見ただけだけど、銃を握ってるようだった。少なくとも、なんか光るもんを握ってたことだけは確かだよ」

「そいつは、ヒターノって爺さんだ」とカール・ティフリンは言った。「うちの銃でなくなってるのがないか、ちょいと確かめてくるよ」いったん家のなかに引っ込み、すぐにまたそとに出てきた。「全部あったよ。なくなってるのは一丁もなかった。それはそうと、ジェス、そいつはどっちのほうに向かってた?」

「そう、それなんだよ、妙だってのは。だって、その爺さん、脇目もふらずにずんずん山んなかに入ってくんだぜ」

カール・ティフリンは声をあげて笑いだした。「あの連中、歳を取っても手癖の悪さはなおらないってことだな。爺さん、行きがけの駄賃にうちのイースターを盗んでいきやがったらしい」

「追いかけるか？」

「馬鹿言え、誰がそこまでするか。こっちにしてみりゃ、死骸を片づける手間が省けたってもんだよ。それにしても、爺さん、どこで銃なんぞ手に入れたんだろな？　山ん中に入ってって何をしようってんだろな？」

ジョディは裏山の野菜畑を通り抜け、ヤマヨモギの繁みまでのぼった。そこから西側の高くそびえる山々を眼でたどるように眺めた。峰の先にまた峰がそびえ、その先に峰がそびえ、最後には大海原に出る、そんな連峰を。ほんの一瞬、はるか彼方の山の尾根を、小さな黒い点がじりじりと這うようにのぼっていくのが見えたような気がした。ジョディはあの諸刃の剣とヒターノのことを考えた。それから、大いなる連峰のことを考えた。切ないぐらいの憧れが、胸を撫でた。それはあまりにも激しく、あまりにも鋭くて、声をあげて泣きだし、その涙で胸の奥から押し流してしまいたいほどだった。ジョディはヤマヨモギの繁みの丸い木桶のそばの、緑の草叢に寝転がった。腕を組み、その組んだ腕で眼を覆い、長いことそのまま寝転んでいた。名前のない哀しみで、胸をいっぱいにしながら。

Ⅲ 約束

春のある日、午後も半ばを過ぎようかというころ、ジョディ少年はヤマヨモギの繁みに挟まれた道をわが家の牧場めざして勇ましく行進していた。弁当箱の代わりにしている金色のラードの空き缶に膝頭をぶつけて音をさせ、その音を大太鼓だということにした。あわせて舌先を歯の付け根にあてがって鋭く震わせ、その音を小太鼓だということにした、ときどきラッパの音も交えた。部隊のほかの連中は、学校を出た直後は足並みをそろえて威風堂々と行軍していたのだが、めいめいが自分の牧場のある小さな谷間への分岐点を通るたびに本隊を離脱し、馬車の轍《わだち》のついた道をわが家に向かってたどり始めるものだから、ひとり減り、ふたり減りして、いつの間にか散り散りになっていた。それでも、ジョディは左右の膝を交互に高くあげ、足を踏み鳴らして前進をつづけた。その姿は傍《はた》からはたったひとりで進軍しているように見えるだろうが、彼のうしろには幻の軍隊が、美々《びび》しく立派な軍旗を翻し、軍刀《サーベル》を腰に、音もなく、死をも恐れず従っているのだ。

季節は春を迎え、その日の午後はどこもかしこも緑と金色の光にあふれていた。枝を拡げたオークの木のしたには早緑の草が丈高く繁り、丘の斜面の牧草はみっしりとつややかに波打っていた。ヤマヨモギの若葉は銀色に輝き、オークの木々がかぶった緑の頭巾は黄金色に照り映えていた。丘の斜面は緑のにおいでむせかえるようだった。したの平地の馬まで、まるで正気を失ったかのようにいきなり駈けだしたかと思うと、ぴたりと立ち止まってきょとんと不思議そうにするのも、仔羊が、いや、それどころか歳をとった親羊までが、思ってもいなかったタイミングでぴょんと飛び跳ね、肢を突っ張ったまま着地をすると、何事もなかったかのようにまた草を食べはじめるのも、まだ幼くて動きのぎごちない仔牛同士が頭と頭をぶつけあっては離れ、離れてはまた頭をぶつけあったりするのも、すべて丘辺の草のにおいのせいだった。

ジョディが率いる、音もなく進軍する灰色の影の軍隊がかたわらを通りかかると、馬も羊も仔牛も、草を食んでいたものは食むのをやめ、遊びまわっていたものは遊ぶのをやめて、軍隊が通過していくのをじっと見送るのだった。

ある地点で、ジョディはいきなり足をとめた。灰色の軍隊も、どうしたことかと訝《いぶか》り、不安を覚えつつも行軍を停止した。ジョディは地面に両膝をついた。灰色の軍隊は長い隊列を組んだまま、しばらくのあいだ、落ち着かなげにその場に突っ立っていたが、やがてひとつひそやかに悲しみの溜め息をもらすと、灰色の薄靄《うすもや》に姿を変え、空中にたちのぼり、いつしか姿を消していた。ジョディが膝をついたのは、道からあがる土埃越しに、ツノトカゲの尖った頭が動いているのが見えたからだった。ジョディは汚れのこびりついた手を伸ばして、つんつん尖ったトカゲの頭部をつかみ、じたばた暴れる小さな身体をそのまま押さえつけた。それからその身体をひっくり返して、薄い金色の腹部をうえにすると、人差し指の先で咽喉から胸にかけてそっと何度も撫でてやり、トカゲが警戒を解くのを待った。トカゲはやがて眼をつむり、ぐったりと伸び、眠り込んだ。

ジョディはすかさず弁当箱の蓋を開け、その日最初の獲物をなかにおさめた。そして次なる行動に移った。膝を軽く曲げ、肩も背中もまるめ、姿勢を低くして歩きだした。裸足であることが幸いし、足音はまったく立たなかった。右手には、長い灰色のライフル銃が握られている。道端のヤマヨモギの繁みは、突然、新たに灰色の虎と灰色の熊の棲《す》みかということになり、落ち着きなくざわざわと揺れ動いている。狩りの収穫は潤沢だった。道が二股に分かれ、郵便受けが取りつけられた柱のところに出るまでに捕獲できたのが、ツノトカゲをもう二匹、小型のカナヘビを四匹、青っぽい色のヘビを一匹、バッタを十六匹、石のしたに隠れていたじっとり湿ったイモリを一匹。それらが弁当箱のなかでがさごそ動きまわって、哀れっぽい音を立てていた。

道が二股に分かれているところで、ジョディが持っていたライフル銃は煙のごとく消え、丘の斜面にいた虎と熊も空中に溶けてなくなり、弁当箱代わりの空き缶のなかで落ち着きを失っている湿り気を帯びた生き物たちまでもが、存在を主張しなくなった。というのも、郵便受けに取りつけてある、金属でできた小さな赤い旗がまっすぐに立っていたからだった。なかに郵便物がある、という合図だった。弁当箱代わりの空き缶を地面に置いて、ジョディは郵便受けを開けた。〈モントゴメリー・ワード〉[8]のカタログと週刊紙の〈サリーナス・ウィークリー・ジャーナル〉が入っていた。ジョディは郵便受けの蓋を勢いよく閉め、弁当箱を拾いあげると、小走りになって丘を越え、丘のふもとの牧場まで斜面を駆けおりた。牧場に駆け込み、馬小屋のまえを駆け抜け、使い古した干し草の山のまえを駆け抜け、ビリー・バックが寝起きしている牧童小屋のまえを駆け抜け、小屋のそばのイトスギのまえも駆け抜けて母屋の玄関の網戸を勢いよく開け、なかに飛び込むなり大声を張りあげた。「母さん、母さん、カタログだよ、カタログが届いた」

ティフリン夫人は台所で、牛乳が発酵してかたまりかけているのをスプーンですくって木綿の袋に移しているところだった。手にしていたスプーンと袋を置いて、流しの蛇口から水を出して手を洗った。「こっちよ、ジョディ、台所にいるの」

ジョディは台所に駆け込み、弁当箱代わりの空き缶を、がしゃんという音をさせながら流しに置いた。「ほら、見て、カタログ。取ってきたんだ。開けてみてもいい、母さん？」

ティフリン夫人は改めてスプーンを取りあげ、カッテージチーズをこしらえる作業に戻った。「なくさないように気をつけるのよ、ジョディ。父さんがあとで見たいと言うだろうから」牛乳の残りをすくいとって袋に入れながら、ティフリン夫人は言った。「そうそう、ジョディ、父さんが言ってたんだった、あんたが夕方のお手伝いをはじめるまえに話しておきたいことがあるって」ついでに、木綿の袋にたかろうとしたハエを、手のひと振りで追いはらった。

ジョディは思わずぎくりとして、届いたばかりのカタログを慌てて閉じた。「えっ、母さん、なんだって？」

「あんたはどうしていつも人の話をちゃんと聞いてないの？　父さんがあんたに話が

8　アメリカの通信販売会社。

あるんですって」

ジョディはカタログを、流しに渡した板のうえにそっと載せた。「それって――ねえ、母さん、ぼく、なんか悪いことした?」

ティフリン夫人は笑いだした。「あんたときたら、思い当たることだらけなのね。いったい何をやらかしたの?」

「何もしてないって」とジョディはへどもどしながら答えたが、覚えがないというほうが正しかった。そもそも自分のどんな行動が、あとになって咎められることになるのか、さっぱり見当もつかないのだ。

母親は、ぱんぱんに膨らんだ木綿の袋を流しの脇の釘に引っ掛け、なかの水分が流しに垂れるようにした。「あんたが学校から帰ってきたら、ちょっと話したいことがあるって、ただそう言ってただけよ。父さんなら、たぶん馬小屋にいるんじゃないかしら」

ジョディはくるりと向きを変えて、裏口のドアから戸外《そと》に出た。母親が弁当箱の蓋を開けたとたん、激怒のあまりはっと息を呑んだのが聞こえて、自分のしでかしたことを思い出して胸がちくりと痛んだが、家のなかから聞こえてきた怒りの交じった呼び声には敢えて耳を貸さずに、そのまま小走りになって馬小屋に向かった。

カール・ティフリンと雇われ牧童のビリー・バックは、斜面のしたのほうの放牧場の柵囲いにもたれていた。ふたりとも、片方の足を柵のいちばんしたの横木にかけ、両肘をいちばんうえの横木について、のんびりととりとめのないことをしゃべりあっているところだった。柵の向こうの放牧場には馬が六頭ばかり放してあって、それぞれがいかにもうまそうに新鮮な牧草を食んでいた。鹿毛の牝馬のネリーだけが、出入口の木戸に尻を向けていた。木戸の頑丈な柱にしきりと尻をこすりつけているのだ。

不安が先に立って、ジョディの足取りは鈍った。それは悪いことをしたからでも、うしろめたいことがあるからでもなく、ただ足が痛いからだというふうに見せたくて、わざと片足を引きずって歩いた。そばまで来ると、ふたりに並んで片足をいちばんしたの横木にかけ、両肘をうえから二番目の横木について、ふたりにならって柵の向こうに眼をやった。そんなジョディの様子を、大人ふたりが横目でちらっとうかがった。

「おまえに話がある」とカール・ティフリンが言った。子どもと動物に話しかけるとき専用の、いつもの不愛想で厳しい口調だった。

「はい、父さん」ジョディは身の縮む思いで言った。

「ビリーの話だと、おまえはあの小馬を、最後の最後までずいぶんまめに世話してやってたそうだな」

どうやらお目玉を頂戴するわけではなさそうだった。ジョディはいくらか気が大きくなった。「はい、父さん、そうしました」

「ビリーが言うには、おまえは馬の扱いも悪くないし、かなり辛抱強く接するらしいな」

ジョディは雇われ牧童のビリーに対して、にわかに温かな友愛の情を感じた。

ビリーが横から言った。「坊ちゃんの仕込みようは、見事なもんだったよ。少なくとも、そんじょそこらのやつに、真似できることじゃないと思うよ」

そのあたりからだんだんと、カール・ティフリンは話の要点に近づきはじめた。

「新しい馬が来たら、そいつのこともまめに世話してやる気はあるか？」

ジョディはぶるっと身体を震わせた。「はい、父さん」

「そうか、それじゃ、いいか、ビリーが言うには、馬の扱いを覚えるいちばんいい方法は、生まれたての仔馬を育てることだそうだ」

「それ以外にないよ」とビリーがまた横から言った。

「そこでだ、ジョディ、いいか」カール・ティフリンは話を先に進めた。「ジェス・テイラーのとこに、ああ、あの尾根の牧場だよ、あそこに丈夫で見てくれも悪くない種馬がいる。だが、そいつの種を貰うには、五ドルばかしかかる。種つけ料はとりあえず出してやろう。ただし、その分、この夏のあいだ牧場の仕事をして返すんだ。どうだ、やる気はあるか？」

ジョディは身のうちが引き締まるのを感じた。「はい、父さん、あります」ジョディは静かに答えた。

「文句も言わないな？　言いつけられたことをうっかり忘れちまう、なんてのもなしだぞ」

「はい、父さん」

「よし、なら、いいだろう。それじゃ、明日の朝、ネリーを尾根の牧場に連れてって種をつけてもらってこい。あとは充分に世話をしてやるんだぞ。仔馬が生まれるまで」

「はい、父さん」

「いつまでぐずぐずしてる？　鶏に餌をやって薪を運び込まんと駄目だろう？」

ジョディは慌ててその場を離れた。ビリー・バックのうしろを通りしな、思わず手を伸ばしてブルーのデニムを穿いているビリーの腰のあたりをぽんっと叩いてやりたくなった。なんだかいっぱしの大人になったような気分で、歩きながら肩を軽く左右に振っていた。

そして、これまでになく気を入れて言いつけられた仕事に取りかかった。いつもは手間を惜しんで缶のなかの餌を一カ所にまとめてぶちまけて終わりにしてしまうので、群がってきたひよこたちが、餌にありつくため、互いに互いを飛び越えあって大騒ぎになるのだが、その日の夕方は缶の中身を念には念を入れて遠くのほうまで、そう、親の雌鶏でさえ見つけられないところまで、均《なら》して撒《ま》いた。母屋に戻ったところで、母親から男の子というのはどうして空になった弁当箱にぬるぬるしたヘビやらトカゲやらを入れて息もできない目に遭わせたり、捕まえた昆虫を入れたりするのだろう、という嘆き節をひとしきり聞かされたあと、そんなことは今後はもう二度としないと約束した。その手の愚行をしでかすのは過去の自分で、今はもういっぱしの大人になったのだから、これからはツノトカゲを捕まえて空になった弁当箱に入れるような真似をするわけにはいかない、と思ったのだ。薪もたっぷりと運び込み、高々と積みあげた。母親をして、いつなんどき薪の雪崩《なだれ》が発生するか知れたものではない、とそばを歩くのをためらわせるほどの高さまで。次いで、ここ何週間も見まわりを怠っていた場所をまわって卵を集め、言いつけられた用事をすべて終わらせると、イトスギのまえを通って、ビリー・バックが寝起きしている牧童小屋のわきを抜け、牧草地に向かった。水遣り場の木桶のしたからいぼだらけの丸々太ったヒキガエルが顔をのぞかせていたが、ジョディとしてはこれっぽっちも気持ちを動かされなかった。

父親の姿もビリー・バックの姿も見当たらなかったが、馬小屋の向こう側から金属の触れあう音が聞こえてきていたので、ビリー・バックがこれから牛の乳搾りをしようとしているのだとわかった。

ほかの馬はみんな、牧草地の斜面をうえのほうに移動しながら草を食んでいたが、ネリーはあいかわらず落ち着きのない様子で柵囲いの支柱に馬体をこすりつけている。ジョディはゆっくりとそばに近づきながら、「よしよし、いい子だ。いい子だね、ネリー」と声をかけた。鹿毛の牝馬は気の強さを発揮して、両方の耳をぺたんと寝かせ、唇をめくりあげて黄色い歯を剝きだしにすると、首をぐるりとめぐらせた。ぎらぎらした、常軌を逸した眼をしていた。ジョディは柵囲いをよじのぼり、いちばんうえの横木に腰かけ、両脚を垂らすと、父親のような気持ちで牝馬を眺めた。

そうして柵囲いに腰かけているうちに、夕闇が迫ってきた。コウモリやヨタカが飛び交いはじめた。乳搾りを終えたビリー・バックが、牛乳でいっぱいになったバケツを提げて母屋に向かおうとして、ジョディに気づいて足をとめた。そして「うんと待たされることになるぞ」とものやわらかな口調で言った。「待ちくたびれちまうんじゃないかな」

「そんなこと、ないよ、ビリー。うんとってどのぐらい？」

「ざっと一年だな」

「そのぐらいなら、待ちくたびれたりなんかしないよ」

母屋の三角《トライアングル》の打ち金が甲高く鳴り響いて、夕食の支度ができたことを知らせた。

ジョディは柵囲いから這い降りて、ビリー・バックと並んで歩きだした。途中で片手を伸ばして牛乳でいっぱいのバケツの持ち手をつかみ、運ぶのを手伝った。

翌朝、朝食がすむと、カール・ティフリンは五ドル紙幣を新聞紙で包み、ジョディのオーバーオールの胸当てのポケットに入れ、ポケットの口をピンでとめた。ビリー・バックは牝馬のネリーに無口頭絡《ホルター》を着け、曳き手《リードロープ》をかけて、牧草地から引き出してきた。

「いいか、気をつけるんだぞ」とビリー・バックは注意を与える口調で言った。「こんとこを持つんだ。そうすりゃ、嚙まれないから。なんせ、こちらさんは目下、えらく気が立ってるんでね」

ジョディは教えられたとおり、曳き手《リードロープ》ではなく無口《ホルター》をつかみ、反対の手で曳き手《リードロープ》を短めに握って、落ち着きなく跳ねまわるネリーを引いて丘の斜面をのぼり、尾根の牧場に向かった。道沿いの牧草地では野生のカラスムギの鞘が弾けて、穂を出しはじめたところだった。背中にあたる朝陽が暖かくて、気持ちがよくて、それでときどき、膝を曲げない片脚飛びをしてみずにはいられなかった。ほんとうはもういっぱしの大人になったはずなのに、思わず本気になって。牧草地の柵囲いのところどころにとまっている、翼に赤い肩章をつけた黒い鳥が、鋭く乾いた啼《な》き声を響かせていた。マキバドリは水音のような声でさえずり、ノバトは繁りはじめたオークの葉陰に身を隠したまま、悲嘆を抑えかねたような咽喉声を洩らしている。野原の草の海のあちこちから、ひなたぼっこ中のウサギの耳がのぞいていた。

途中で足を止めることなく斜面をぐんぐんのぼりつづけること一時間ほどで、細い小道に入った。そこから尾根の牧場まで、それまでより急な上り坂がつづく。オークの木立の向こうに馬小屋の赤い屋根がのぞいていたし、母屋のあるほうからは犬の一本調子な吠え声が聞こえた。

そのときネリーが不意に身をこわばらせ、うしろにさがった。ジョディの握っていた曳き手《リードロープ》を振りきらんばかりの勢いで。ジェス・テイラーの馬小屋のあるほうで、鋭い口笛のようないななきがあがり、木の裂ける音がつづいた。次いで男がなにやら大声で叫ぶのが聞こえた。ネリーは後ろ肢で突っ立ち、ひと声低くいなないた。ジョディが曳き手《リードロープ》を引いて抑えようとしたとたん、ネリーは歯を剥いて突っかかってきた。

ジョディは曳き手《リードロープ》を離し、向かってくるネリーを避けるため、そばの藪に転がり込んだ。そこでまたオークの木立の向こうから甲高いいななきが聞こえ、ネリーもいななきでそれに応えた。その直後、地面を打つ蹄の音を先触れに、種馬が姿を現し、こちらに向かって猛然と坂道を駈けおりてきた。切れた索《ロープ》をうしろに引きずりながら。眼が熱っぽく光っていた。盛大に膨らませた鼻の孔は炎のように赤かった。朝陽を浴びて、黒くつややかな馬体が輝いていた。それが全速力で駈けおりてきたのだ、勢いがついて、牝馬のところまできてもすぐにはとまれなかった。ネリーは両耳をぺたんと寝かせ、馬体を半回転させると、そばを駈け抜けていく種馬めがけて後ろ肢を蹴りあげた。種馬はくるりと向きを変え、後ろ肢で立ちあがると、前肢の蹄で一撃を加え、牝馬がよろけた隙をついてすばやく首筋に歯をあてた。血がにじんだ。

とたんにネリーの態度が一変した。牝馬ならではの媚態を見せはじめたのだ。種馬の弓なりになった首筋に唇を当て、柔らかく嚙んでみたかと思うと、少しずつ身体の向きを変えて自分の肩を相手の肩にそっとこすりつけたり。その様子を、ジョディは藪に半ば身を隠したまま中腰になって見つめていた。背後で馬の蹄の音がした。が、振り返って見る間もなく、にゅっと伸びてきた手にオーバーオールの肩紐をつかまれ、そのまま宙に持ちあげられた。ジェス・テイラーだった。地面から引っ張りあげた少年を、騎乗のジェス・テイラーは自分のうしろに乗せた。

「もう少しで蹴り殺されるとこだったな」とジェス・テイラーは言った。「サンドッグのやつ、ときどき性質《たち》の悪さを発揮しやがる。索《ロープ》を振り切って体当たりでゲートを突破しやがった」

ジョディは馬上に引きあげられてもなにも言わなかったが、一瞬ののち、大声で訴えた。「あれじゃ、ネリーが怪我をしちゃう。殺されちゃうかもしれない。引き離さないと、あの黒い馬を追っ払わないと」

ジェス・テイラーは咽喉の奥で笑った。「大丈夫だ、心配することあない。そうだな、あんたにはここでおりてもらったほうがいいかもしれないな。母屋に行ってしばらくゆっくりしてちゃどうだ？　パイのひと切れぐらい、ありつけるかもしれんぞ」

ジョディは首を横に振った。「ネリーはぼくの馬だし、ネリーが産む仔馬もぼくの馬になるんだから。仔馬はぼくが育てるんだもん」

ジェス・テイラーはうなずいた。「そうか、そりゃ、よかったな。あんたの親父さんもたまには話が通じることがあるらしい」

そうこうするうちに、危険は去った。ジェス・テイラーは今度もジョディを吊りあげるようにして馬からおろすと、種馬のちぎれて短くなった索《ロープ》をつかんで取り押さえ、そのまま種馬を引きながら牧場に向かって馬を進めた。ジョディはネリーを引いて、そのあとにつづいた。

　そしてオーバーオールの胸ポケットのピンをはずし、取りだした五ドル紙幣をジェス・テイラーに渡し、パイを二切れご馳走になったのち、ようやく家路についた。帰路のネリーは従順だった。ずいぶんおとなしいので、ジョディは道端の切り株を踏み台にしてネリーにまたがり、道のりのほとんどを馬に乗って家に戻った。

　種付け費用の五ドルを父親に出してもらったため、その年の春の終わりごろから夏のあいだいっぱい、ジョディの身分は日雇い労働者扱いとなった。干し草を刈ることになれば、馬にレーキを曳かせ、ジャクソン・フォークを曳かせてしかるべき場所に積みあげ、梱包機《ベイラー》が到着すると、馬を追ってぐるぐる歩かせ、干し草の束を圧縮して梱《こり》にする作業もジョディの役目とされた。おまけにカール・ティフリンから牛の乳搾りのやり方を仕込まれ、一頭の牝牛の世話をすることもジョディの役目になった。おかげで、朝と夕方にしなければならない仕事が新たにもうひとつ増えることになった。

　ネリーはいくらもたたずに、なにやら満ち足りた様子を見せるようになった。季節が進むにつれて黄色くなりつつある丘の斜面を歩くときも、軽い作業に駆りだされるときも、ひんぱんに唇をめくりあげるような仕種を見せるものだから、なんだかいつ見ても間の抜けた笑みを浮かべているように見えた。動作がゆっくりになり、女王の貫禄めいた悠然とした落ち着きまで出てきた。ほかの馬と一緒に馬車や農機具を曳かせると、動じる様子もなく着実に役目を果たした。そんなネリーのところに、ジョディは毎日欠かさず足を運んではつぶさに様子を観察するのだが、いつまでたってもなんの変化も認められなかった。

ある日の午後、ビリー・バックは馬房の掃除を終えて、馬糞集めに使う歯《ボロ》がいくつもついた熊手を馬小屋の壁にたてかけ、ベルトをゆるめ、シャツの裾をズボンのなかに押し込み、あらためてベルトを締めなおすと、帽子の帯革に何本も挟んでいる短く切った麦藁を一本抜きとって、唇の一方の端でくわえた。ジョディは大型犬のダブルトゥリーマットがジリスを掘りだすのを手伝っていたところだったが、ビリー・バックが馬小屋からのっそりと現れたのを見て、立ちあがった。

「ちょいとネリーの様子を見に行かないか？」とビリー・バックはジョディを誘った。

もちろん、ジョディに否やはなかった。すぐに並んで歩きだした。ダブルトゥリーマットはその場に居残ったまま、振り返って肩越しにふたりを眺めていたが、すぐにまた穴掘りに取りかかった。夢中になるあまり、うなり声をあげながら地面をほじくり返し、ときどき甲高く吠えてジリスはほぼ捕まえたも同然だということを主張した。

ところが、そこでもう一度振り向いてみたものの、ジョディもビリー・バックもまるで興味を示していないことがわかった。で、生真面目な番犬としては、仕方なく掘りかけの穴から這いだし、ふたりのあとを追って丘の斜面をのぼりはじめた。

野生のカラスムギが実をつけだしていた。すっと伸びた茎がどれも、穎果《えいか》の重みに耐えかねて、鋭く頭を垂れていた。ジョディもビリー・バックも、そのあいだを抜けて歩いた。すっかり乾燥しているので、通りしなに身体が触れると、しゅっしゅっという風を切るような音を立てた。斜面を半分ばかりのぼったところで、ネリーの姿が見えてきた。葦毛の騸馬《せんば》のピートとカラスムギを食んでいた。ふたりが近づいてきているいることに気づくと、ネリーはそちらに顔を向け、耳をぺたんと寝かせ、むきになって首を上下に振りたて反抗の気配を見せた。ビリーはかまわずにすぐそばまで近づき、たてがみのしたに手を滑り込ませて首筋をそっと撫でてやった。いくらもしないうちに、ネリーは耳を元どおりに立てて、ビリーのジャケットをおずおずと噛みはじめた。

「ほんとに仔馬を産むの？」とジョディはビリー・バックに尋ねた。

ビリー・バックは人差し指と親指で牝馬の瞼をつまんでひっくり返し、瞼の裏側を観察した。次いで下唇に触れ、さらに黒ずんで皮革のようになった乳首をそっとつまんでみてから、「これで産まなかったら、そっちのほうがたまげるね」と言った。

「けど、どこも変わってないじゃん？　あれから三カ月もたつのに」

ビリー・バックは指の関節を使って、ネリーの額の平らな部分をこすってやった。ネリーは嬉しそうに咽喉を鳴らした。「だから言ったじゃないか、待ちくたびれちまうんじゃないかって。ぱっと見ただけでわかるようになるまでだって、あと五カ月は待たなくちゃならない。仔馬が生まれるまでとなると、最低でもあと八カ月はかかる。そうだな、まあ、だいたい来年の一月ぐらいかね」

ジョディは深く溜め息をついた。「ずいぶん先のことなんだね」

「で、そこから乗れるようになるまでに、ざっともう二年はかかる」

ジョディは失意の声をあげた。「そんなに待ったら、ぼく、おとなになっちゃうよ」

「そうさ、それどころかよぼよぼ爺さんになっちまうかもしれない」とビリー・バックは言った。

「生まれてくるのは、どんな色の仔馬だと思う？」

「それがな、そいつばかりはなんとも言えないもんでな。おやじが青毛でおっかさんが鹿毛だろ？　生まれてくるのはおやじみたいに真っ黒かもしれないし、おっかさんみたいな栗色かもしれないし、はたまた灰色の葦毛かもしれないし、まだらのことだってある。生まれてみないことにはわからないんだよ。真っ黒なおっかさんから真っ白なやつが生まれることだってあるんだから」

「だったら、真っ黒な牡がいいな」

「牡だったら去勢しなくちゃならなくなるぞ。去勢しないままの牡馬をあんたの馬にするなんて、親父さんが許しちゃくれないだろうからね」

「けど、わからないよ。いいって言うかもしれない」とジョディは言った。「ちゃんと調教すれば悪い癖だってつかないはずだよ」

ビリー・バックは口をすぼめた。唇の端にくわえていた麦藁が真ん中に移動してきた。「去勢してない牡馬には気を許しちゃいけない」ビリー・バックはぴしゃりと言った。「寄ると触ると喧嘩をおっぱじめるし、面倒ばかり引き起こす。妙な気分になってるときには、頑として言うことをきかなくなる。仕事だってやりゃしない。牝馬を怯えさせるし、騸馬にちょっかいをかけて嫌ってほど蹴り飛ばしたりもする。そんなだからな、親父さんはうんとは言わんと思うね。生まれてきたのが牡馬だったら、いずれ去勢することになるだろうな」

ネリーはふたりのそばから少しずつ離れながら、陽に照らされて水分を失いつつあるカラスムギをまたちびちびと食みはじめた。ジョディは一本つかんで茎をしごき、掌《てのひら》いっぱいにとれた穎果を空中に放った。先が尖った羽根のようになっているカラスムギの穎果は、一粒一粒が投げ矢のように掌を離れて宙に舞った。「ビリー、仔馬ってどんなふうに生まれてくるの？　仔牛が生まれてくるときと同じ？」

「そうだな、まあ、だいたいは同じだね。馬のほうが神経質だな。場合によっちゃ、そばについてて手伝ってやらなくちゃならないこともある。でもって、たまにうまくいかないときもあるから、そういうときには——」ビリー・バックはそこで黙り込んだ。

「そういうときには？　そういうときには、どうするの？」

「腹んなかで仔馬を解体して、そとに出しちまわないとならない。でないとおっかさんがもたないんだよ」

「だけど、ネリーはそんなことにはならない。だよね、ビリー？」

「そりゃ、そうさ。そんなことになるわけがない。これまでに元気な仔馬を何頭も産んでるんだから」

「あのさ、ビリー、仔馬が生まれるとき、そばについててもいい？　生まれそうになったときにちゃんとぼくのこと、呼んでくれる？　ぼくの仔馬なんだから」

「もちろん、いいとも。忘れずに声をかけるよ」

「それじゃ、どんなふうに生まれるのか、詳しく教えてよ」

「そりゃ、まあ、いいけど、仔牛が生まれるとこは見たことがあるんだろう？　似たようなもんだよ。牝馬がうめき声をあげて肢を突っ張りはじめて、なんの問題もない正常なお産なら、まず羊膜ってやつに包まれて仔馬の頭と前肢が出てくる。でもって、その前肢の蹄でもって羊膜を蹴って穴を穿ける。そこまでは牛の場合と同じだ。羊膜に穴が穿くと、仔馬は自分で息ができるようになるわけさ。そのときは人間がそばについててやるのがいいんだよ。肢が強くないと、羊膜をうまく蹴破ることができないもんだから、息が詰まって、下手をすると死んじまう」

ジョディはカラスムギを何本か束にして、その束で自分の脚を払った。「だったら、ふたりともそばについていてやらなくちゃ駄目だよ。だよね？」

「そうだな。うん、よし、ふたりでついていてやることにしよう」

ふたりは馬たちに背を向け、馬小屋のほうに向かってゆっくりと丘の斜面をくだりはじめた。ジョディにはビリー・バックにどうしても言わなくてはならないことがあった。それで悩んでいたのだ。口に出して訊くには、あまりにも気の重いことだったから。それでも訊かずにすますわけにはいかないことだった。「あのさ、ビリー」やりきれない気持ちのまま、ジョディは言った。「ええと、気をつけてくれるよね、ビリー。仔馬がちゃんと無事に生まれるようにしてくれるよね？」

そう訊かれたビリー・バックのほうも、ジョディがあのギャビランという赤い小型種《ポニー》の馬のことを、あの小馬が腺疫で死んでしまったことを考えて言っているのだとわかった。さらに、あの小馬に死なれるまで、こと馬に関しては判断を誤るということがまずなかったというのに、あれ以降、自分もへまをする可能性があることを自覚してもいた。そのため、以前ほど自分に自信が持てなくなっているのだ。「そりゃ、また、ずいぶんな頼みだな」ことさらぶっきらぼうに、ビリー・バックは言った。「仔馬が生まれてくるまでには、なにが起こるかわかったもんじゃない。ああ、いろんなことが考えられる。けど、そのすべてに責任を持つことなんぞおれにはできないよ。なんでもかんでも一手に引き受けるなんざ、無理な相談ってやつだ」とはいえ、それは面目を失ったことへの八つ当たりだった。そこで、卑怯な言い逃れだと思いつつ、こんなふうに言い添えた――「おれでわかることなら、なんとかするし、おれにできることはなんでもするが、絶対に大丈夫だとは言えない。ネリーはいい牝馬だ。これまでに何頭も、元気な仔馬を産んできてる。今度もうまくやるはずだ」そこまで言うと、ビリー・バックはジョディを残して、ひとりでぷいっと馬小屋の横の馬具置き場に向かった。機嫌の悪さを自分でも持てあましていたからだった。

母屋の裏山のヤマヨモギの繁みは、ジョディがたびたび足を向ける場所だった。冷たい水が湧いていて、錆びた鉄管を通して苔むした木の丸い桶に溜まるようになっていた。桶からあふれた水が地面に吸いこまれるあたりは、青々とした草が生い茂っていた。夏場はどこの丘の斜面も陽光に炙《あぶ》られ、焦げたような茶色になるのだが、そこだけは大して広くはないものの、つねにみずみずしい緑に彩られている。ひそやかな葉擦れのような柔らかな水音を立てて木桶に流れ込む湧き水も、一年を通じて涸れることがない。そこはいつの間にかジョディにとって、毎日の暮らしの中心になっていた。父親や母親に叱られたときには、緑の草のひんやりとした感触と湧き水の歌声が、ひりつく気持ちをなだめてくれた。意地の悪いことをしてしまったときにも、ヤマヨモギの繁みまでのぼってきさえすれば、鋭く胸を刺す後味の悪さを忘れることができた。草叢に腰をおろし、さやけき水の音に耳を傾けるうちに、日常の厳しさが積みあげた心の防御壁もいつの間にか崩れ落ちて、すっかり風通しがよくなっている。

だからヤマヨモギの繁みの丸い木桶には親しみを覚えるのに、ビリー・バックが寝起きしている牧童小屋の横の黒いイトスギは、どうも苦手だった。というのも、牧場で飼育している豚はどれも、いずれはこのイトスギのところで殺されることになっているからである。豚をつぶす場面には悲鳴と流血がつきもので、魅了されることはされるのだが、見ているうちに鼓動がどんどん速くなって、最後には胸が痛くなるのだ。屠《ほふ》られた豚が、三本脚の大きな鉄の湯沸かしに放り込まれ、毛をこすり落とし、真っ白になった皮を剥がれるところまで見物したあとは毎回、裏山のヤマヨモギの繁みの水桶のところまでのぼって、草叢に腰をおろして動悸《どうき》がおさまるのを待つことになる。つまり、ジョディからすると、水桶とイトスギは相反するものであり、言ってみれば互いに敵同士のようなものなのだ。

ビリー・バックがジョディをひとり残して、不機嫌な顔で歩き去ったあと、ジョディは母屋に向かった。歩きながらネリーのことを考え、ネリーの産む仔馬のことを考えた。気がつくと、黒いイトスギの、それもつぶした豚を吊りさげておく横木の真下にさしかかっていた。眼のまえに垂れかかった枯草色の髪を払いのけ、急いでその場を通りすぎた。選りにも選って豚をつぶす場所で仔馬のことを考えていたのは、なんだか不吉なことのように思われた。とりわけビリー・バックからあんな話を聞かされた直後とあっては。そこを通りかかったときに仔馬のことを考えていたのは、ただの偶然に過ぎなかったが、そんな偶然はよくない結果を招いてしまいそうな気がした。不安を払拭するため、対抗措置として、ジョディはさらに足を速めて母屋のまえを通り過ぎ、鶏を放しておく囲いのわきを抜け、裏山の野菜畑を突っ切ってさらに斜面をのぼり、なおも足をとめずにヤマヨモギの繁みまでのぼった。

そして、緑成す草叢に腰をおろし、湧き水のひそやかな水音が耳を満たすに任せた。それから足下《した》の牧場の建物を見渡し、次いで牧場を挟んで向かいの丸々とした丘陵を眼でたどり、野生のカラスムギが豊かに実って黄色に染まった斜面を眺めやった。ネリーが草を食んでいるのが見えた。そのうち、湧き水のそばの草叢に坐っているときにはよくあることだったが、時間と空間の境界線が溶けてなくなり、ジョディには脚のひょろ長い真っ黒な仔馬がネリーの脇腹に頭を押しつけ、乳をせがんでいる姿が見えてきた。それから、大きくなった仔馬に無口頭絡《ホルター》をつけて曳き手《リードロープ》に馴らそうとしているジョディ自身の姿が見えた。仔馬はあっという間に成長して、筋肉を蓄えた胸はみっしりと厚く、高く弓形の弧を描く首はタツノオトシゴのようで、尻尾が風になびいて波打つところは黒い炎を思わせる、そんな堂々たる牡馬となる。この馬はジョディ以外の誰の手にも負えない。学校に連れていくと、誰もが乗りたがり、ジョディは笑顔でそれを許すものの、またがったと思ったとたん、この黒い悪魔は乗り手を振りおとしてしまう。そうだ、それを名前にすればいい。この馬は〝黒い悪魔《ブラック・ディーモン》〟だ。

そこでいったん、木桶に流れ込む湧き水の音と草の感触と陽の光のまぶしさに意識が引き戻されたが、それもほんの一瞬のことで、すぐにまた……

牧場暮らしの人たちが、夜になって暖かな寝床にもぐりこんでいると、たまにものすごい勢いで駈け抜けていく馬の蹄の轟《とどろ》きを耳にすることがある。すると、口々に言いあうのだ――「ありゃ、〝悪魔《ディーモン》〟に乗ったジョディだよ。保安官に頼りにされてるから、今度もまた助っ人に駆りだされたんだろう」。そこでいったん、意識が現実に引き戻され、それからすぐにまた……

サリーナス・ロデオ大会の会場となった競技場《アリーナ》には黄金色の土埃がもうもうと舞っている。アナウンサーが投げ縄競技の開始を告げると、ジョディは〝黒い悪魔《ブラック・ディーモン》〟を入場通路に進める。それを見てほかの参加者たちは肩をすくめ、一位を獲得することをあきらめる。それもそのはず、誰もがよく知っているのだ。ジョディと〝悪魔《ディーモン》〟のペアは、ほかの対戦相手がたとえふたりがかりで挑んだとしてもとうていかなわないほどの眼にもとまらぬ素早さで、投げ縄で牡牛を捕らえて倒し、縛りあげてしまうのである。そういうときのジョディはもはやひとりの人間の少年ではなく、〝悪魔《ディーモン》〟ももはや一頭の牡馬ではない。ひとりと一頭が一体となった、崇高で輝かしい存在なのだ。そこでいったん、意識が現実に引き戻され、それからすぐにまた……

あるとき、大統領から手紙が届く。ワシントン州で暴れまわっている、荒くれ者たちの強盗団を捕らえるのに、ぜひともジョディの力を借りたいというのだ。緑の草叢に腰をおろしたまま、ジョディはいつの間にかすっかり満ち足りた気持ちになっていた。苔むした木桶に流れ込む湧き水のひそやかな音は、とぎれることがなかった。

季節はゆっくりと進んだ。ジョディは何度も、じつはネリーのおなかには仔馬なんていないんじゃないか、と思い詰めた。ネリーになんの変化も認められないのだ。カール・ティフリンは、それほど荷が重くないときにはあいかわらずネリーに荷馬車を曳かせていたし、干し草を集める時期になるとレーキも曳かせた。干し草を納屋に積みあげるときには、ジャクソン・フォークを曳かせた。

夏が過ぎて、秋が訪れ、うららかな晴天がつづくようになった。やがて朝になるたび、強風が地面を転げまわるようになり、空気に底冷えの気配が忍び込み、ツタウルシの葉が赤く染まった。九月のある朝、ジョディは朝食を食べおえたところで、台所に来るよう母親に呼ばれた。母親はバケツに入れた粗挽き小麦に煮立った湯を注いでよく混ぜ、もうもうと湯気のたつ粥のようなものをこしらえているところだった。

「母さん、どうかした？」とジョディは言った。

「母さんのすることをよく見てなさい。これからは一日置きにあんたがやらなくちゃならないんだからね」

「ふうん、それはいいけど。なんなの、それ?」

「なにって、ネリー用の温かい穀物粥《マッシュ》に決まってるでしょ。これを食べさせておくと、調子がいいのよ」

ジョディは手の甲を額に当て、指の関節で眉間をこすった。「どこか具合が悪いわけじゃないよね?」とおどおどしながら訊いてみた。

ティフリン夫人はやかんをしたに置き、木べらで穀物粥《マッシュ》を混ぜはじめた。「どこも悪くなんかないわよ、もちろん。だけど、これからはこれまで以上に気を配ってやらないとね。さあ、これをネリーに持っていってあげなさい。あの子の朝ごはんだから」

ジョディはバケツをつかむと、台所を飛びだした。重いバケツが膝に当たるのもかまわず、牧童小屋のまえを駆け抜け、馬小屋の脇をすり抜けた。ネリーは水遣り場の水桶のところで鼻面を水に突っ込み、首を上下に振って波を立て、ひとり遊びをしていた。首を振るたびに桶からあふれた水が地面にこぼれて跳ねあがった。

ジョディは柵囲いによじのぼり、湯気の立つ穀物粥《マッシュ》のバケツをネリーのすぐそばにおろした。そして柵から飛び降り、少し離れたところからネリーの姿を観察した。そう、気のせいではなかった。確かに変化があらわれていた。横っ腹がまちがいなくせりだしていた。歩き方も、そっと地面を踏むようになっていた。ネリーはバケツに鼻面を突っ込んで、温かな朝食をがつがつとむさぼりはじめた。たいらげてしまうと、バケツを鼻先で軽く脇に押しやってから、しずしずとジョディに歩み寄り、頬をこすりつけた。

ビリー・バックが馬小屋の馬具置き場から出てきて、こちらにやってきた。「どうだい、目立ちはじめると、あっという間だろ？」

「急にこんなふうになったの？」

「いやいや、そんなことはないさ。しばらく見るのをやめてただろう？　だから、気がつかなかっただけだよ」ビリー・バックはネリーの頭をジョディのほうに向けて言った。「こいつもおとなしくなるタイプだな。ほら、この眼を見てみろ、なっ、穏やかでやさしそうじゃないか。なかには気が立って意地が悪くなるのもいるけど、おとなしくなるタイプの牝馬は、どんなものにもやさしい気持ちを持つようになるんだ」ネリーはビリー・バックの腋のしたに頭をもぐりこませると、そのまま腕と脇腹のあいだで何度も頭を上下させ、首筋をこすりつけた。「これからはうんとだいじにしてやるこった」とビリー・バックは言った。

「いつごろになりそう？」ジョディはそう言うと、息を詰めて答えを待った。

ビリー・バックは指を折りながら口のなかでぶつぶつと月数を数えた。それから「だいたいあと三月《みつき》ってとこかな」と声に出して言った。「何月何日ってとこまでは言えないけどな。ぴったり十一カ月ってこともありゃ、なんの問題もないのに二週間ばかり早く生まれちまうこともあるし、一カ月遅れることもあるんでね」

ジョディは足元の地面をじっと見つめた。「あのさ、ビリー」としばらくして不安を抑えかねて言った。「あのさ、仔馬が生まれそうになったら、ぼくのこと、呼んでくれるよね？　生まれるときにそばについててあげられるように、してくれるよね？」

ビリー・バックはネリーの耳の先端を前歯でそっと噛んだ。「あんたの親父さんは、世話をするなら仔馬が生まれたそのときからがいいと言ってる。馬のことを知るにはそれがいちばんだからね。人から聞いたことは、身につかないもんだしな。おれの親父もそういう主義だったよ。鞍のしたに敷く毛布があるだろ？　あれをどう敷くのがいいか、ことばで言って聞かせるんじゃないのさ。おれが今のあんたぐらいの時分、親父は政府に雇われて荷運びの仕事をしてて、おれもちょいと手伝ったりしてた。で、あるとき、毛布に一カ所皺が寄ってたのにそのまま鞍を載せたもんで、鞍ずれができちまったんだよ。親父は小言ひとつ言わなかった。けど、次の日の朝、カウボーイが使う四十ポンドもあるようなでかくてごつい鞍を持ってきて、おれに背負わせたのさ。

で、おれはその鞍を背負ったまま、かんかん照りの陽盛りに馬を曳いて山をひとつ越すはめになった。いやあ、しんどかったなんてもんじゃないね、途中で死ぬかと思ったよ。だけど、それからは毛布に皺が寄ったまま鞍を載せるなんてことは、絶対にしなくなった。ってか、できなくなった、と言うべきかもしれないな。毛布をかけてやるたびに、ついついあの四十ポンドの重さを思い出しちまうんでね」

ジョディは手を伸ばして、ネリーのたてがみをつかんだ。「なにをすればいいか、ちゃんと教えてくれるよね？　馬については知らないことがないんでしょ、だよね？」

ビリー・バックは声をあげて笑った。「なんせ、おれは半分馬だからな」とビリーは言った。「おふくろはおれを産んだときに死んじまってね。親父は政府の荷運びの仕事でたいていは山んなかにいるもんだから、近くに牝牛なんぞめったにいやしない。で、そういうときは仕方なく生まれたばかりの赤ん坊に馬の乳を飲ませた。ああ、そうさ、おれは馬の乳で育ったようなもんだよ」そこでビリー・バックは真顔になった。「でもって、馬ってのは、そういうことがよくわかるのさ。だよな、ネリー、おまえもわかってるんだよな？」

ネリーは首をめぐらせ、一瞬、ビリー・バックと真正面から眼をあわせた。それはきわめてめずらしいことだった。馬はふつう、進んで人間と眼をあわせることはまずしないものなのだ。ビリー・バックは誇らしい気持ちになり、自信が戻ってくるのを感じた。少しばかりいい気にもなっていた。「あんたの仔馬が元気に生まれてくるよう、ちゃんと世話をしてやるさ。最初が肝心だからな。そこもちゃんと面倒を見よう。おれの言うとおりに育てりゃ、あんたの仔馬はこのあたりで最高の馬に育ちあがる。ああ、まちがいないよ」

それを聞いて、ジョディも誇らしさで身体が熱くなった。あまりにも誇らしくて、母屋に戻りながら、いっぱしの馬乗りの歩き方を真似て、がに股で肩を揺するようにして歩いた。ついでに小さな声でこんなふうにつぶやいてもみた――「こらこら、駄目じゃないか、〝黒い悪魔《ブラック・ディーモン》〟。蹄はちゃんと地面につけとくもんだぞ。そんなふうに跳ねまわるんじゃない」

冬の訪れはきっぱりとしていた。季節の先触れとして突風を伴ったにわか雨が何度か降り、その後は豪雨が小止《おや》みなく続いた。麦藁色だった丘陵の斜面は、水気を吸って黒ずみ、渓谷には冬場の豪雨で出現した幾筋もの細流がなだれ込んで猛々しい音を響かせるようになり、ホコリタケやらその他のキノコやらがひょこひょこと顔を出し、クリスマスにならないうちに新しい草が萌えはじめた。

とはいえ、その年に限っては、クリスマスはジョディにとって何よりも心待ちにする日ではなくなっていた。何日と明確には指定できない一月中のとある日、その日を軸に時間が推移していった。長雨が降りはじめると、ジョディはネリーを馬小屋の馬房に入れ、毎朝、温かな餌を運び、ブラシをかけてやった。

そうこうするうちに、ネリーの腹部は眼に見えて膨らんでいった。ジョディが不安になるほどに。「このままじゃ、そのうち破裂しちゃうんじゃない？」とビリー・バックに訊いてみた。

ビリー・バックは角ばった肉厚の手を、ネリーの丸々と膨らんだ腹部に当てがった。そして、しばらくしてから「ここを触ってごらん」と静かに言った。「動くのがわかるから。意外や意外、生まれてみたら双子でした、なんてな」

「まさかちがうよね？」思わず大声になってジョディは言った。「双子が生まれるわけじゃないよね、だよね、ビリー？」

「ああ、それはないと思うよ。けど、絶対ないわけじゃない」

一月になって最初の二週間、雨は一度もやむことなく降りつづいた。ジョディは学校に行っているあいだをのぞいて、一日のほとんどの時間をネリーのいる馬房で過ごした。そして少なくとも一時間に一度はネリーの腹部に手を当てて仔馬が動くのを確かめずにはいられなかった。ネリーはそれまでにもましてますます穏やかになり、ジョディに対して親しみを示すようになった。鼻面をこすりつけて甘えてくるのである。ジョディが馬小屋に入ってくるのを聞きつけて、低い声でいなないてみせることもあった。

ある日、ジョディと一緒にカール・ティフリンが馬小屋にやって来たことがあった。手入れの行き届いたネリーの栗毛の毛並みをひとしきり感心したように眺めやり、肋骨から肩口にかけてほどよく引き締まった筋肉に手を這わせてから、ジョディに向かって言った。「うん、なかなかよくやってるようだな」カール・ティフリンとしては、それは最大限の褒めことばだった。ジョディはそれから何時間も、誇らしさではちきれそうになったまま過ごした。

一月十五日になったが、仔馬は生まれなかった。そして二十日になった。ジョディのみぞおちに不安のかたまりが居坐るようになった。「大丈夫だよね?」詰問する口調で、ジョディはビリー・バックに念を押した。

「ああ、もちろん大丈夫だ」

それからすぐにまたジョディは言った。「ほんとのほんとに大丈夫だよね」

ビリー・バックはネリーの首筋を撫でた。ネリーは落ち着かない様子で頭をひょこひょこ動かした。「以前《まえ》にも言ったと思うけど、予定どおりにゃいかないもんなのさ。待つしかないんだ、これぱっかりは」

一月も終わるというのに、仔馬はまだ生まれなかった。ジョディはどうにかなってしまいそうだった。ネリーは大きくなった腹部を持てあまして息遣いが荒くなっていた。左右の耳を、先端同士が触れあいそうなほどぴんと立てているのは、頭痛でもするのかもしれなかった。ジョディはよく眠れなくなった。たびたび眼が覚め、眠りに落ちると、わけのわからない夢を見るのだ。

二月二日の夜は泣き叫びながら眼を覚ました。母親がとなりの部屋から声をかけてきた。「ジョディ、夢よ、夢を見てるの。眼を覚まして、もう一度寝なおしなさい」

それでも、怖くて、不安で、どうにも落ち着かなかった。しばらくのあいだ、じっと横になったまま、母親がそのままま寝入ってしまうのを待ち、それからそっと寝床を抜けだして服を着替え、裸足のまま足音をしのばせて部屋を出た。

夜は暗く、闇は濃密だった。うっすらと霧雨が降っていた。霧の奥からぼうっとイトスギやら牧童小屋が現れては、また霧の向こうに姿を消した。馬小屋の扉を開けようとすると、扉が軋《きし》んだ。昼間、軋みをあげたことなど一度もないのに。ジョディは扉の隙間から馬小屋に滑り込むと、棚のところまで進み、マッチをしまってあるブリキ缶と角灯《カンテラ》を手探りで見つけた。角灯《カンテラ》の灯心に火を灯《とも》してから、麦藁の散らばった長い通路に入り、奥のネリーの馬房に向かった。馬房のなかでネリーは立っていた。見ると、肢を踏ん張ったまま、身体全体を右に左に揺すっていた。ジョディはそっと声をかけた。「よしよし、ネリー。大丈夫だよ、ネリー」それでも、牝馬は身体を揺するのをやめもしないし、ジョディのほうを見ようともしない。ジョディは馬房に入ってネリーの肩口に手を当てた。ぶるっという振動が伝わってきた。そのとき、馬房の真上の屋根裏の干し草置き場からビリー・バックの声がした。

「ジョディ坊ちゃん、あんた、こんな真夜中にそんなとこでなにをしてるんだね?」

ジョディははっとして一歩後ずさり、意気消沈しながら屋根裏の干し草の山を見あげた。ビリー・バックは牧童小屋ではなく干し草置き場で寝ていたのだ。「ネリーのことなんだけど、大丈夫だよね?」

「ああ、もちろん。心配することなんぞ、ありゃしないよ」

「ちゃんと気をつけてくれるんだよね、ビリー? なんかへんなことが起こったりしないよう、ちゃんと見ててくれるんだよね?」

頭のうえからビリー・バックの怒鳴り声が降ってきた。「そのときがきたら、あんたを呼ぶって言っただろうが。呼ぶと言ったら、ちゃんと呼ぶ。とっとと母屋に戻って寝るこった。そばでうろちょろされちゃ、ネリーだって迷惑だ。それじゃなくてもしんどい時期なんだ、あんたにまでへばりつかれてたんじゃ、たまったもんじゃない」

ジョディはすくみあがった。ビリー・バックにそんなふうに怒鳴られたことは、これまで一度もなかったのだ。「ちょっと様子を見にきただけだよ」とジョディは言った。「眼が覚めちゃったもんだから」

ビリー・バックは語調を少しだけやわらげて言った。「だったら、もう戻れ。戻って寝るんだ。今はそいつに余計なちょっかいをかけてほしくないんだよ。ちゃんと約束しただろ、あんたのために元気な仔馬を産ませるって。だから、さあ、ほら、行った行った」

ジョディはのろのろと馬小屋をあとにした。戸外《そと》に出るまえに角灯《カンテラ》の火を吹き消して、棚に戻してきたので、一歩踏みだしたとたん、夜の闇と霧雨の冷気にすっぽりと呑みこまれた。あの赤い小馬に死なれるまで、ビリー・バックの言うことは絶対だった。なんの疑いもなくそのまま信じることができたのだ。今もそうできればどれほど気が楽だろう。馬小屋のなかは角灯《カンテラ》の弱々しい明かりしかなかったが、それでも暗闇のなかでものの形が見わけられるようになるまで、いくらかかかった。足の裏から湿った地面の冷たさが這いあがってきた。イトスギのまえを通り過ぎるとき、木の上をねぐらにしているシチメンチョウがびっくりしたのか、短く啼き声をあげた。その声で役目に忠実な二匹の番犬が小屋から飛びだしてきてひとしきり吠えたてた。イトスギのあたりをコヨーテがうろついているものと思って追い払おうとしたのだろう。

母屋まで戻ると、ジョディは足音を忍ばせてキッチンを通り抜けようとした。そこで椅子につまずいた。寝室からカール・ティフリンの声が飛んできた。「誰だ？　そこでなにをしてる？」

ティフリン夫人の眠そうな声がつづいた。「どうしたの、カール？　なんなの？」

次の瞬間、寝室から蠟燭《ろうそく》を持ったカール・ティフリンが出てきた。見つからないうちに寝床にもぐりこもうとしていたジョディの目論見は、そこで潰《つい》えた。「戸外《そと》でなにをしてたんだ？」とカール・ティフリンは息子に言った。

ジョディは恥ずかしさのあまり、父親の顔を正視できずに眼をそらした。「ネリーのことが気になって様子を見に……」

カール・ティフリンの胸のうちで、寝ていたところを起こされた腹立たしさとわが息子ながら感心なことだと思う気持ちが、一瞬せめぎあった。「いいか、ひとつ言っておこう」しばらくしてカール・ティフリンは言った。「仔馬のことについちゃ、ビリー・バックほど詳しいやつは、この国じゅう探したってほかにいない。あいつに任せておくことだ」

気がついたときには、ジョディの口からことばが飛びだしていた。「けど、あの赤い小馬が死んだのは――」

「ビリーのせいにするんじゃない」カール・ティフリンはぴしゃりと言った。「ビリーに助けられない馬は、誰が診たって助かりゃしなかった」

ティフリン夫人が寝室から言うのが聞こえた。「あなた、ジョディに足を拭いて早く寝るように言ってくださいな。この分だと、明日は一日中あくびばかりね」

眼をつむって眠ろうとしたとたん――少なくともジョディにはそうとしか思えないところで、肩をつかまれ、手荒く揺さぶり起こされた。見ると、枕元に角灯《カンテラ》を提げたビリー・バックが立っていた。「起きろ」とビリーは言った。「急げ」それだけ言うと、くるりと背中を向けてそそくさと部屋を出ていった。

ティフリン夫人の声がした。「なにかあったの？　そこにいるのはビリーでしょ？」

「はい、奥さん」

「ネリーね？　はじまったの？」

「はい、そのようです」

「そう、それじゃわたしも起きてお湯でも沸かしておくことにするわ。必要になるかもしれないものね」

ジョディは飛び起きるなり、服を着替えて裏口から飛びだした。ビリー・バックの提げた角灯《カンテラ》が、ゆらゆら揺れながら馬小屋に向かっているのが見えた。周囲の山際は暁の色に染まりはじめていたが、窪地にある牧場にはまだ夜明けの光は射し込んできていない。ジョディは無我夢中で角灯《カンテラ》の光を追いかけ、ちょうど馬小屋のまえでビリー・バックに追いついた。ビリー・バックは馬房の壁の釘に角灯《カンテラ》を吊るすと、ブルーのデニムのジャケットを脱いだ。ジョディはビリーがジャケットのしたに袖なしのシャツ一枚しか着ていないことに気づいた。

ネリーは肢を踏ん張るようにして突っ立ったまま、身体全体をこわばらせていた。ビリー・バックとふたりして見守るうちに、やがて寝藁のうえにうずくまるように坐り込んだ。その直後、ネリーの全身がねじれるように痙攣した。ほどなく痙攣は収まったものの、数秒ののち、またしてもネリーは苦しげに身をこわばらせた。今度の痙攣も、ほどなくして収まった。

ビリー・バックが落ち着かない様子でつぶやいた。「おかしいな」そして片方の手をネリーの胎内に差し入れた。「こりゃ、いかん」とビリーは言った。「逆さまだ」

そこでまた痙攣がはじまった。ビリー・バックはそれにあわせて力を加えた。腕と肩の筋肉がぐっと盛りあがった。額に玉の汗を浮かべて、力いっぱい引っ張った。ネリーが悲鳴をあげて苦痛を訴えるほどの強さで。引っ張りながら、ビリーは小声でつぶやいていた。「駄目だ、どうもうまくないな。これじゃ、向きを変えられんぞ。逆さまなんだが……まったくの逆さまなんだが……」

追い詰められた眼でにらみつけるようにジョディを見つめながら、ビリー・バックは指先で慎重に、とても慎重に問題のありどころを探った。頬がこわばり、血の気が引いて土気色になっていた。それから、少し離れた馬房の奥の壁際に立っていたジョディを、黙ったまままたっぷり一分近く、なにごとか問いかけるように見つめたのち、馬糞《ボロ》置き場の窓のしたの棚に近づき、濡れた右手で蹄鉄用のハンマーをつかんだ。

「あんたはそとに出てろ」とビリー・バックは言った。

ジョディは呆《ほう》けたようにビリーを見つめ返したまま、その場から動こうとしなかった。

「何度も言わせるな。そとに出てろ。早く。ぐずぐずしてると手遅れになる」

それでもジョディは動こうとしなかった。

一瞬ののち、ビリー・バックはすばやくネリーの頭のほうに近づき、叫ぶような声で言った。「だったら向こうを向いてろ。いいか、こっちを見るんじゃない」

今度はジョディも言われたとおりにした。顔を横に向けたのだ。ネリーの耳元でなにごとかつぶやく、ビリーのしゃがれ声が聞こえた。次いで骨の砕けるうつろな音がした。ネリーが甲高く咽喉を鳴らした。ジョディは思わずそちらに眼をやった。振りあげられたハンマーが、ちょうど平たい額めがけて振りおろされるところだった。ネリーは自らの頭の重みに耐えかねたように横ざまに首を倒し、一瞬全身を震わせたのち、動かなくなった。

ビリー・バックはすかさずネリーの膨れあがった腹部に飛びついた。見ると、いつも持ち歩いている大型のポケットナイフを握っていた。反対の手で腹部の皮をつまみあげると、ナイフの刃先を滑り込ませ、刃を上下に動かしながら、弾力のある丈夫な皮膚を切り裂いた。あたりに血なまぐさいにおいがたちこめた。まだ体温を残した動物の内臓のにおいだった。ほかの馬房の馬たちは、無口頭絡《ホルター》につないだ鎖に逆らって、後ろ肢で立ちあがろうと暴れ、甲高くいななき、繰り返し蹴りたてた。

ビリー・バックはナイフを投げ捨てると、創縁のぎざぎざした見るも恐ろしい孔に両手を肘のあたりまで突っ込み、大きな白い袋状の、雫《しずく》を垂らしている物体を引きずりだすなり、その白い膜を歯で嚙んで穴を穿けた。その裂け目から小さな黒い頭が現れた。小さな耳がつやつやしているのは、濡れているからだった。ごぼっという、息が吸い込まれる音がした。すぐにまた、同じ音がして、次のひと息が吸い込まれた。ビリーは羊膜を剝ぎ取り、投げ捨てたナイフを拾いあげて、臍《へそ》の緒を切った。そして、生まれたばかりの黒い仔馬を抱きあげ、しばらくじっと見つめた。それから仔馬を抱いたまま、ゆっくりとジョディのところまで歩いてきて、足元の寝藁のうえにそっと仔馬を横たえた。

ビリー・バックは、顔からも腕からも胸元からも赤い血を滴らせていた。震えがとめられず、歯の根もあっていなかった。声も出なくなっていた。ようやくしぼりだしたしゃがれた囁き声で、ビリーは言った。「あんたの仔馬だ。約束したからな。だから、ほら、こうしてあんたに届けたんだ。ああするしかなかった——ほかにどうしようもなかったから」そこで口をつぐみ、肩越しに背後を振り返った。「湯が要るな。それとスポンジも」としゃがれ声で囁いた。「こいつを洗ってきれいにして乾かしてやらないとならない、おふくろのかわりにあんたがやるんだ。お乳もあんたが飲ませてやらないとならない。けど、こいつはあんたの仔馬だ。おれは約束を果たした」

仔馬は湿った身体を波打たせ、はあはあいっていた。ジョディは呆けたようにそれをただ眺めていた。仔馬は顎を伸ばし、首をあげようとしていた。まだ焦点のあっていない眼は、深い紺色をしていた。

「なにをぐずぐずしてるんだね」ビリーが怒鳴るように言った。「母屋に行って湯をもらってこい。ほら、早く」

ジョディはくるりと向きを変え、小走りで通路を抜けて馬小屋から夜明けの空気のなかに飛びだした。咽喉の奥がぎゅっと締まって、胃袋のあたりまで痛かった。脚も重くこわばっていて、思うように動かなかった。仔馬が生まれたのだから嬉しいはずなのに、歓ぼうと思っても、眼のまえにいつまでも、ビリー・バックの血まみれの顔が、なにかに取り憑《つ》かれたようなあの疲れきった眼差しが浮かんでいた。

Ⅳ　最後の開拓者

とある土曜日の午後、牧場の雇われ牧童、ビリー・バックは前の年の干し草の最後の残りをピッチフォークでかき集め、少しずつすくっては、針金フェンスの向こうで興味がなくもなさそうな様子でこちらを見ている何頭かの牛どもに投げてやっていた。空高く散った、小さなちぎれ雲が、大砲から撃ちだされた煙のように、三月の風に乗って東のほうに押し流されていた。丘陵のうえのほうの斜面なら風が灌木《かんぼく》の繁みを揺らす音が聞こえるのだろうが、その風ももっとしたのほうの、この牧場のあたりまではただの一陣も吹きおろしてきていなかった。

ジョディ少年は厚く切ってバターを塗ったパンを食べながら、牧場の母屋から出てきた。ビリー・バックが干し草の残りを片づけているのが見えたからだった。ジョディは靴を引きずるような歩き方で、そういう歩き方をするとせっかくの革が駄目になるとさんざっぱら言い聞かされているにもかかわらず、そちらに向かった。途中で黒々としたイトスギの木のまえを通り過ぎた。その気配でイトスギにとまっていたひと群れの白いハトがいっせいに飛び立ち、まわりをぐるっと一周して、またイトスギの木に舞い降りた。ビリー・バックが寝起きしている小屋のポーチから、錆柄《さびがら》の仔猫が飛び降り、ギャロップのような脚をぴんと伸ばした跳ね方でジョディの行く手を横切ったかと思うと、くるりと向きを変え、またもといたほうに跳ねていった。仔猫の遊びにつきあってやろうと、ジョディはそばの石ころを拾いあげたが、遅かった。石を拾いあげたときには、錆猫はポーチのしたにもぐり込んでしまっていた。ジョディは拾いあげた石をイトスギめがけて放り投げた。白いハトの群れがいっせいに飛び立ち、今度もまたイトスギの木のまわりをぐるっと旋回して、もとどおり舞い降りた。

使い残しばかりになった干し草置き場のところまで来ると、ジョディは有刺鉄線の柵の支柱にもたれかかってビリー・バックに言った。「それで最後？　使えそうなやつはもう残ってない？」

中年の雇われ牧童は、干し草を丹念にさらっていた手をとめ、ピッチフォークを地面に突き立て、かぶっていた黒い帽子を脱いで髪の毛を撫でつけた。「残ってるのは、地面の湿気を吸っちまってるからな。使い物にならんよ」そう言うと、ビリー・バックは帽子をかぶりなおして、がさがさしていて硬い革のような両手をこすりあわせた。

「ネズミがたくさんいるだろうな」とジョディはふと思いついたので訊いてみた、という口調で言った。

「そりゃ、いるさ」とビリー・バックは言った。「いるなんてもんじゃない、ネズミだらけだよ」

「ふうん、そうか。だったらビリーが今やってるその片づけが終わったら、犬たちを連れてきてネズミ狩りをしてもいいよね」

「まあ、かまわないと思うよ」ビリー・バックはそう言うと、ピッチフォークを干し草のだいぶ低くなった山の地面に近いほうに突っ込み、水分をたっぷり吸った干し草をひとすくいして、宙に放りあげた。次の瞬間、ネズミが三匹飛び出し、大慌ての体でもといた干し草の山にもぐり込んだ。

ジョディは満足の溜め息をついた。丸々と肥え太り、毛艶もよく、我がもの顔のネズミどももはやこれまで。やつらときたら、これまで八カ月ものあいだ、干し草の山のなかでぬくぬくと暮らし、何匹も何匹も子どもを産み、数ばかりやたら増やしてきたのだ。猫に襲われる心配もなければ、罠にかかる危険もなく、毒をも免れ、ジョディの眼さえも逃れてきた。身の危険がないものだから、すっかりいい気になり、肥えるだけ肥え、その傲岸不遜ぶりたるや、目に余るものがあった。が、しかし、ついに災厄の時季《とき》が訪れた。やつらの命運は明日には尽きることになる。

ビリー・バックは顔をあげ、牧場を取り囲む丘陵の稜線のあたりに眼をやった。「ネズミ狩りをするんなら、前もって親父さんに訊いたほうがいいかもしれんな」ビリー・バックはやんわりと言った。

「なら、父さんはどこ？　今すぐ訊いてくるよ」

「昼めしのあと、馬で尾根の牧場に行ったよ。おっつけ戻ってくるだろう」

ジョディは柵囲いの支柱にもたれかかったまま、腰を落とした。「たぶん、好きにしていいって言うと思うよ」

ビリーは中断していた作業に戻りながら、不吉な予言のようなことを言った。「だとしても、いちおう親父さんに訊いたほうがいいよ。あんたもわかってるだろうけど、ああいうお人だからね」

ジョディにももちろんわかっていた。父親のカール・ティフリンは、こと牧場に関しては何かするまえに、それが大事なことであろうとなかろうと、ともかく自分の許可を得てからにしろ、と言って譲らないのだ。ジョディは背中を支柱に預けたまま、ずるずるとしゃがみ込んでいき、そのまま地面に尻をつけた。そして、空を見あげ、小さく吐きだされた煙のような雲が風に流されていくのを眺めた。「あのさ、ビリー、雨になると思う？」

「さあ、どうかな。風向きからすりゃ、雨が降ってもおかしかないが、それほど強い風じゃないからな」

「そっか。ぼくとしては、あのくそネズミどもを退治するまでは降ってほしくないね」ジョディはそう言うと、子どもが使ったら叱られそうな〝くそネズミども〟などということばを使ったことにビリー・バックが気づいたかどうか、振り返って確かめた。ビリーは何事もなかったかのように、黙々と作業を続けていた。

ジョディはまたまえに向き直って、丘陵の斜面の、そとの世界からこちらに向かって下ってくる道のあたりに眼をやった。丘陵の斜面は、三月のほのかな光に洗われていた。ヤマヨモギの繁みに交じって、アザミが銀白の花を、ルピナスが青い花を咲かせていた。ポピーの花もちらほら顔をのぞかせていた。斜面の中腹あたりで、ダブルトゥリーマットと呼んでいる黒い犬が、ジリスの巣穴を掘り返しているのが見えた。前脚で水をかくようにしながら、ひとしきり土を掘り返したあと、いったん動きをとめ、今度は掘り返した土を後ろ脚のあいだから猛然とうしろに蹴散らしはじめた。ずいぶん熱心な掘りっぷりだった。巣穴を掘り返したところで犬にはジリスを捕まえることはできない、と心得ているはずなのに、その思い込みはまちがっている、と身を以《もっ》て示そうとしているようでもあった。

しばらくして黒い犬は不意にその動きをぴたりと止め、後ずさりで巣穴から這い出てきて、丘のうえのほうの、尾根がくぼんで向こう側から道が現れるあたりを見あげた。ジョディも同じところに眼を向けた。一瞬ののち、薄水色の空を背景に、馬に乗ったカール・ティフリンが姿を現し、そのまま丘の斜面を牧場の母屋に向かってくだりはじめた。手に白いものを握っているのが見えた。

ジョディは弾かれたように立ちあがった。「手紙だ」とひと声叫ぶなり、小走りになって母屋に向かった。手紙は読みあげられるだろうから、ぜひともその場に居合わせたかったからだった。父親よりも先に母屋に帰着し、屋内《なか》に駆け込んだ。父親が馬からおりるときの鞍の革が軋む音がして、次いで馬の脇腹を叩くぴしゃりという音が聞こえた。それを合図に馬はひとりで馬小屋に戻っていくのだ。そして、ビリー・バックの手で鞍をはずされ、そとの柵囲いに放たれるのである。

ジョディは台所に飛び込み、大声を張りあげて「手紙が来たよ！」と報告した。

ジョディの母親が豆の入った鍋から顔をあげた。「どこにあるの？」

「父さんが持ってる。握ってるのを見たんだ」

そこにカール・ティフリンがのっそりと入ってきたので、ティフリン夫人は夫に尋ねた。「あなた、手紙は誰からでした？」

カール・ティフリンはたちまち眉間に皺を寄せて、気難しげな顔になった。「どうして手紙が来たことを知ってるんだ？」

ティフリン夫人は息子のほうを頭で示した。「でしゃばり屋さんのジョディくんが教えてくれたの」

ジョディは居たたまれなくなった。

父親は軽蔑の眼差しで息子を見おろした。「そうだな、確かにこのところ、かなりのでしゃばり屋になりつつある」とカール・ティフリンは言った。「ひとのことにばかり首を突っ込んで、自分のことはとんとお留守だ。余計なお世話ってことばを知らないらしい」

ティフリン夫人は息子が少し不憫《ふびん》になった。「まあ、あまりやることもないから、手持ち無沙汰なんでしょう。それで、手紙は誰から？」

カール・ティフリンはそれでもまだジョディをにらみつけていた。「だらだらしてるんなら、忙しくさせてやらんといかんな」それから封をしたままの手紙を妻に差し出した。「親父さんからだと思う」

ティフリン夫人は髪の毛をとめていたヘアピンを一本抜きとって、封筒の垂れ蓋の隙間に差し込み、横に滑らせて開封した。とたんに考え込むように唇がきゅっとすぼまった。手紙に綴《つづ》られた文字を追いかけて、母親の眼が左から右に、右から左に素早く動くのをジョディは眺めた。「ここに書いてあるとおりなら」ティフリン夫人は手紙の内容を要約して伝えた。「土曜日にこっちに出てきてしばらく厄介になるって。土曜日って……やだ、今日じゃないですか。この手紙、届くまでに手間取ったんでしょうね」と言って封筒の消印を調べた。「出したのは一昨日だわ。ってことは昨日には届いてなくちゃいけないのに」ティフリン夫人は顔をあげ、戸惑ったような顔で夫を見やり、たちまち腹立たしさで表情を曇らせた。「ちょっと、あなた、どうしてそういう顔をするの？　父は年がら年中押しかけてきてるわけじゃないでしょうに」

カール・ティフリンは不満そうな妻から眼をそらした。妻に対して、たいていの場合は一歩も譲らず、高圧的な態度で我を押し通してしまうのだが、ごくまれなことではあったが、癇癪を起こされると、たちうちできなくなってしまうのだった。

「いったい何が問題なんです？」ティフリン夫人は今度もまたつけつけと問い詰めてきた。

それに答えるカール・ティフリンの口調には、ジョディが聞いてもいかにもジョディ自身が言い訳しているときのような弁解がましさが感じられた。「いや、なにね、あの人、しゃべるだろ?」しどろもどろになりながら、カール・ティフリンは言った。

「なにしろ、まあ、よくしゃべる御仁なもんだから」

「だから? だからどうだって言うんです? あなただってしゃべるじゃないですか」

「そりゃ、まあ、おれだってしゃべるときにはしゃべるさ。けどな、親父さんの場合、しゃべることといったら。ひとつしかない」

「インディアンだよね!」ジョディは興奮のあまり、横合いから口を挟んだ。「インディアンの話と大平原を横断したときの話だよね!」

カール・ティフリンは息子のほうに顔を向け、猛々しい目つきでにらみつけた。

「出ていけ、このでしゃばり小僧! ほら、とっとと出ていけ。なにをぐずぐずしてる?」

ジョディはすごすごと裏の戸口を抜け、ことさらゆっくりと、ことりとも音をさせないよう慎重に網戸を閉めた。恥ずかしさのあまり、うなだれて足元ばかり見ていたものだから、台所の窓のしたで、奇妙な恰好をした石ころが落ちていることに気づいた。見過ごすには惜しい石だった。ジョディはしゃがみ込み、石ころを拾いあげると、両手で包み込むようにしながら掌のうえでひっくり返した。

台所の窓は開け放してあったので、部屋のなかの話し声がはっきりと聞き取れた。「まったく、ジョディのやつの言うとおりだ」と父親が言っているのが聞こえた「インディアンのことと大平原を横断したときのこと、話と言えばそれだけだ。インディアンに襲撃されて、馬をもってかれちまったっていうあの話を、おれはこれまでに何度聞かされたことか。なのに、親父さんは、こっちの迷惑も顧みず、いい気分でしゃべること、しゃべること。おまけにその話が、何度聞いてもそっくり同じときてる。ああ、ただのひと言も違わないんだぞ」

それに応えるティフリン夫人の口調が一変していたので、窓のそとにいたジョディも掌で転がしていた石の観察を中断して思わず顔をあげた。母親は物事を説いて聞かせるときの、ものやわらかで穏やかな口調になっていた。その声音にあわせて表情もやわらいでいるにちがいなかった。ティフリン夫人は静かに言った。「ねえ、カール、こんなふうに考えてみてもらえない？　あれは父の人生でいちばん大きな出来事だったの。幌馬車隊を率いて大平原を渡って太平洋に出た。旅が終わったときに父の人生も終わったの。大きな仕事を成し遂げたわけだけれど、いつまでも続く仕事ではなかった。ねえ、もう少しだけ聞いて」ティフリン夫人はさらにことばを続けた。「父はあの旅をするために生まれてきたような人だった。だから旅が終わってしまうと、ひとり思い出にふけったり、人にその話をして聞かせる以外に、することがなくなってしまったの。もっと西に進むことができたら、まちがいなくそのまま進みつづけてた。当人もそう言ってるのを聞いたことがあるわ。でも、最後には太平洋にぶつかってそれ以上はもう進めなくなった。だから海のすぐそばに住むことにしたんだわ」

ティフリン夫人はいつの間にか夫を懐柔していた。そのものやわらかな口調に、カール・ティフリンは搦《から》めとられていた。

「それはおれも見て知ってる」と穏やかに妻のことばに同意した。「海岸におりていって西の彼方をじっと眺めつづけてるよな」それからいくらか棘《とげ》を含んだ口調になった。「でもってパシフィック・グローブの〈ホースシュー・クラブ〉に出かけていって、その場に居合わせた連中相手に、幌馬車隊の馬がインディアンに盗まれたっていうあの話をして聞かせるんだ」

ティフリン夫人はもう一度、夫の懐柔を試みた。「でもね、父にとってはそれがすべてなのよ。それしかないの。少しだけ我慢して聞いてるふりぐらいしてあげてくださいな」

カール・ティフリンはいらいらしてきたことを隠そうともしないで、そっぽを向いた。「まあ、我慢できなくなったら逃げだして、牧童小屋のビリーのとこに避難すりゃいいわけだし」と刺々《とげとげ》しく言い残して、ぷいっと母屋を出ていった。ドアの閉まるばたんという音がした。

ジョディは慌てて自分に割り当てられているその日の仕事にとりかかった。鶏にたっぷり餌を撒いてやり、追いかけまわしたりしないで巣をまわって産んであった卵を集めた。薪を抱えて小走りで母屋に戻り、運んできた薪を薪の箱にたがいちがいになるよう丁寧に積みあげたので、薪置き場まで二回往復しただけで、薪の箱はあふれそうなほどいっぱいになったように見えた。

そのころには母親も豆の料理を終えていた。薪コンロの火を掻き起こし、火口のまわりを箒で掃除していた。ジョディはおそるおそる様子をうかがい、自分に対する苛立ちがわずかでも残っていないかどうか確かめてから言った。「お祖父《じい》ちゃん、今日来るんでしょう?」

「手紙にはそう書いてあったけどね」

「ぼく、丘の途中まで迎えに行こうかな」

ティフリン夫人はがちゃんと音を立てて薪コンロの蓋をした。「そうね、それがいいかもしれないわね。お祖父ちゃん、きっと歓ぶと思うわ」

「うん、それじゃそうする。今から行ってみるね」

ジョディは戸外《そと》に出ると、勢いよく口笛を吹いて二匹の犬を呼んだ。「これから丘に行くからな、ついてこい」と命じた。二匹の犬は尻尾を振り振り、先に立って走りだした。道端のヤマヨモギの繁みは、柔らかそうな新芽を吹いていた。ジョディは手を伸ばして新芽をひとつかみちぎり取ると、両手で挟んで揉んだ。つんと鼻を刺す、青臭い野の香りが拡がった。そこで急に、犬が二匹とも道を逸《そ》れ、わんわん吠えたてながら藪に飛び込んでいった。ウサギを見つけたのだ。それっきり、犬は戻ってこなかった。ウサギを捕まえそこねて、二匹ともそのまま牧場に戻ってしまったからだった。

一歩ずつ踏みしめるようにジョディは丘の斜面をのぼった。尾根のくぼみの、道の通っているところに出ると、夕暮れ間近の風がジョディの髪をふわりと持ちあげ、シャツを軽くはためかせた。ジョディは眼下の丘陵地帯を眺め、その向こうに拡がるサリーナスの谷の緑豊かな沃野に眼をやった。そののっぺりと拡がる平地の奥の、サリーナスの白っぽい街並みまで見えた。翳《かげ》りゆく陽光を受けて、建物の窓がきらめいていた。斜面のすぐしたのオークの木でカラスが集会を開いていた。いっせいに啼きたてるカラスどもで、木が黒く見えるほどだった。

そこから、自分が今いる尾根をまたいで延びている道を眼でたどった。馬車が通れるぐらいの幅のその道は、丘の陰に入っていったん見えなくなり、またその向こう側から現れて、さらにその向こうに延びていた。そっちのほうから、鹿毛の馬に引かれた荷馬車がゆっくりとこちらに向かってきているのが見えた。荷馬車はやがて丘の陰に入って見えなくなった。ジョディはその場にしゃがみ込み、荷馬車が再び姿を現すだろうと思われるところを見つめた。丘陵地帯を吹きぬけていく風が、小さな煙のような綿雲をぐんぐん東に押し流していた。

荷馬車はほどなく姿を現した、と思うとすぐに動かなくなった。黒っぽい服を着た男が御者台から降りてきて、馬の頭のほうに近づいた。距離はだいぶあったものの、馬の首ががくんとさがったので、留め手綱《サイドレイン》の留め金をはずしたのだ、とジョディにもわかった。馬はまた歩きだした。男もそのまま馬の横についてゆっくりと丘の斜面をのぼりはじめた。ジョディは歓声をあげ、馬車を出迎えるため、坂道を駆けくだった。うっかり道に出ていたジリスが次々に慌てて跳びのいた。ミチバシリが一羽、尾羽をひょこひょこ振りながら道を駆け抜け、尾根の端からグライダーのように飛び立っていった。

ジョディは一歩ごとに自分の影のまんなかを踏みつけるようにして走った。途中で一度、小石に足を取られてすっころんだ。さらに加速して猛ダッシュで小さなカーブを抜けたところで、その少し先に馬車と祖父の姿が見えた。そこで、走るなどという体裁の悪いふるまいをぴたりとやめ、いくらかもったいをつけ、堂々とした歩き方で近づいていった。

　馬はときどき蹴つまずきそうになりながら、ぽくぽくと坂道をのぼってきていた。その歩みにつきあうように、老人は馬のすぐ横を歩いていた。斜陽に照らされ、老人と馬のうしろに黒い影がちらちらと揺れながら細長く伸びていた。老人は羅紗《ラシャ》織りの黒いスーツを着込み、糊《のり》を利かせた幅細の襟に黒いネクタイを締め、踝丈《くるぶしたけ》の仔山羊革《キッド》の深靴を履いていた。片方の手に、これまた真っ黒な、つばの広いフェルト帽《スラウチ・ハット》を持っていた。真っ白な顎鬚《あごひげ》は短く刈り込んであるのに、同じく真っ白な眉毛は、口元を覆った口髭同様、眼にかぶさりそうになっていた。そこからのぞくブルーの眼には、厳めしさと陽気さが同居していた。その顔立ちといい、身体つきといい、全体から容易なことでは割れない花崗岩《かこうがん》のような硬さが感じられて、そのせいだろう、動作のひとつひとつがとんでもなく難しいことを成し遂げているように見えた。いったん動きをとめようものなら、そのまま石と化し、二度と動かなくなるのではないかと思われた。とはいえ、老人の歩みはゆっくりではあったが、着実で迷いがなかった。一歩踏み出せば、その足をもとに戻すことなどありえそうになかった。いったん進路が定まれば、その進路が逸れることも、歩みが速くなることも遅くなることも、まずありえそうになかった。

道のカーブを抜けて姿を現したジョディに、祖父は持っていた帽子を嬉しそうに振りながら声を張りあげて言った。「おや、まあ、ジョディじゃないか。わざわざ迎えに来てくれたのか？」

ジョディはおずおずと馬車に近づくと、くるりと向きを変え、老人の歩みに歩調をあわせて歩きはじめた。身体をこわばらせた、踵を引きずるような歩き方になった。「はい、お祖父ちゃん」とジョディはかしこまって言った。「お祖父ちゃんの手紙、今日になって届いたんだ」

「昨日のうちに届いていてもいいはずなんだがな」と祖父は言った。「そうとも、そのつもりで出したんだから。家族《うち》のみんなは変わりはないかね？」

「はい、お祖父ちゃん、みんな元気です」とジョディは言った。そこでしばらくためらってから、はにかみながら切り出した。「ところで、お祖父ちゃん、明日ネズミ狩りをすることになってるんだけど、お祖父ちゃんも一緒にどうかなって思って」

「ネズミ狩りかね、ジョディ？」祖父はそう言って、咽喉の奥で笑った。「なんとまあ、近頃の若いもんは、狩りは狩りでもネズミなんぞを狩るところまで落ちぶれちまったのかね? まあ、確かに、今時のやつらは軟弱だからな。とはいえ、おれはどうもな、ネズミなんぞを相手に狩りをしようって気にはなれんよ」

「そうじゃないよ、お祖父ちゃん。狩りっていってもただの遊びなんだ。去年の干し草の片づけが終わったんで、ネズミを追い立てて犬どもに捕まえさせるつもりなんだけど、それを見ててほしいなって思って。なんなら干し草の残りを叩いてくれてもいいし」

老人は厳めしさと陽気さの同居した眼をジョディに向けた。「なるほど、そういうことか。それじゃ、狩りの獲物を食おうってわけじゃないんだな。そこまで落ちぶれちゃいないってわけか」

ジョディは状況を説明した。「だから、ネズミを食べるのは犬たちなんだ。ずいぶんちがうでしょ、インディアンと戦うのとは」

「そうだな、まあ、だいぶちがうだろうな。と言っても、あとになってから騎兵隊がインディアンを追いまわし、子どもを撃ったり、連中が暮らしてるティピってテントを焼き払ったりするようになった。そうなると、もう、おまえさんの言うネズミ狩りと大してちがわんね」

ふたりは坂道をのぼりきり、牧場に向かって今度は丘の斜面をくだりはじめた。夕陽がふたりの肩に当たらなくなった。「おまえさん、いつの間にかずいぶん背が伸びたじゃないか」と祖父が言った。「こないだ会ったときから、一インチは伸びたんじゃないかね」

「ううん、もっと」ジョディは得意になって言った。「ドアの柱にしるしをつけてくれてるから、わかるんだ。感謝祭からでも、もう一インチ以上も伸びたんだから」

咽喉の奥から出てくる野太くてゆったりした声で、祖父は言った。「その分じゃ、背ばっかりひょろひょろ伸びて、水気はあるのに実の入りがいまひとつのトウモロコシみたいになるかもしれんな。おまえさんの穂が出てくりゃ、わかるだろうから、まあ、それまで待とうかね」

ジョディは急いで祖父の顔をのぞき込んだ。そんなふうに言われたら、傷ついた顔をしてみせなくてはならないだろうか、と思ったからだったが、祖父のブルーの鋭い眼からは、相手を傷つけてやろうという意図も、懲らしめてやろうという思いも、生意気の鼻をへし折ってやろうという気配も、まるでうかがえなかった。「一緒に豚をつぶすのもいいかもしれない」祖父の気を惹《ひ》きたくてジョディは言った。

「とんでもない。そんなことはさせられんよ。おまえさんはひとの機嫌を取りたくて言ってるだけなんだしな。今はその時期じゃない。そのぐらいのことは、おまえさんだってわかってるだろうに」

「お祖父ちゃんも覚えてるでしょ、うちのライリーっていう大きな牡豚？」

「ああ、覚えてるよ。ライリーならよく覚えてる」

「あいつね、干し草の山の同じとこばかり食べて、穴ができてもかまわずにどんどん食べてったんだよね。そしたら、頭を突っ込んで食べてるとこにうえから干し草の山がつぶれてきてね、息ができなくなって死んじゃったんだ」

「豚ってのは、途中でとめてやらんと、そういうことをするもんだ」と祖父は言った。

「でも、お祖父ちゃん、ライリーはいい豚だった。牡にしてはって意味だけど。ときどき乗ってみたりもしたけど、おとなしく乗せてくれたし」

斜面のしたのほうから、母屋のドアのばたんという音がした。見ると、ジョディの母親がポーチに出てきて、歓迎のしるしにエプロンを振っていた。次いでカール・ティフリンが馬小屋から出てきて、義父を出迎えるため、母屋に向かうのも見えた。

太陽はいつの間にか丘陵のうしろに隠れて見えなくなっていた。牧場のある窪地に降りた紫色の薄闇がだんだん濃くなるなか、母屋の煙突から立ちのぼる青い煙が平らな層になって幾重にもたなびいていた。タンポポの綿毛のような雲は、勢いを失った風に置いてきぼりにされ、中空に踏ん切り悪く浮かんでいた。

ビリー・バックが牧童小屋から洗面器を持って出てきたかと思うと、その洗面器を大きくひと振りして中身の石鹸水を撒くのが見えた。ビリー・バックはいつもは、週の半ばに髭を剃るのだが、今日もまた剃ったのはジョディの祖父に一目置いていたからだった。祖父のほうも、いまどきの若いのはや
わばかりだが、そんななかでビリー・バックはめずらしく気骨のある男だと言っていた。ビリーはもう中年の域に達していたが、祖父からすると、まだまだけつの青い小僧っ子としか思えないのだ。ビリーもまた急ぎ足で母屋のほうに向かった。

ジョディと祖父が到着するのを、三人の大人は母屋のまえのフェンスの、門扉を出たところで待ち受けていた。

カール・ティフリンが言った。「お義父《とう》さん、いらっしゃい。お待ちしてました」

ティフリン夫人は父親の頬の髭に隠れていないところにキスをした。父親のほうは、大きな手で娘の肩をぽんぽんと叩くことでそれに応えた。ビリー・バックはまじめくさって握手を交わしたのち、麦藁色の口髭に隠れた口元を緩めて、「馬を預かりましょう」と言った。そして、荷馬車ごと馬を引いてその場を離れた。

その姿を、祖父はしばらく眼で追っていたが、ジョディと両親のほうに向きなおり、それまでに百回は言ってきたことをまた言った。「あれはいい若者だ。あいつの親父

さんとは知りあいでな、ミュールテイル・バックっていうんだが、どういうわけでそんな〝騾馬の尻尾《ミュールテイル》〟なんて呼ばれてたんだか、ついぞわからずじまいでな。まあ、言われてみりゃ確かに、荷運びの仕事に騾馬《らば》を使っちゃいたが……」

ティフリン夫人が向きを変え、そろそろ屋内《なか》に移動するよう一同を促した。「お父さん、今回はいつまでうちに居てくれるの？　手紙にはなんとも書いてなかったけど？」

「さあて、どうしたもんか。今回は二週間ばかり厄介になるつもりで出てきはしたが、いつだってつもりだったほどの長逗留になったことがないからな」

しばらくして、一同は白いオイルクロスをかけたテーブルにつき、夕食を食べはじめた。テーブルのうえに吊るしてあるランプには、反射板の役目を果たすブリキの笠がついていた。食事をしている部屋のそとに大きな蛾が何匹か飛んでいて、ときどき窓ガラスに体当たりをするくぐもった音が聞こえた。

祖父は皿のステーキを小さくいくつにも切りわけ、それからゆっくりと嚙んで食べていた。「腹が減ってるんだ」と祖父は言った。「はるばるここまで馬車を駆ってきたもんで、食欲が刺激されちまったんだな。そういや、大平原を横断してたときも、やたら腹が減ったもんだった。みんなそうだった。毎晩、肉が焼けるのが待ちきれないぐらいでな。おれなんぞ、バッファローの肉を毎晩二キロは食わないと、食った気になれなかった」

「動きまわると腹が減りますからね」とビリー・バックが言った。「うちの親父もお上の仕事で荷運びをしてて、おれも子どものころ、さんざっぱら手伝いをさせられたもんですが、親父とふたりで鹿の腿肉一頭分、ぺろりとたいらげてましたからね」

「あんたの親父さんのことは知ってるぞ、ビリー」と祖父は言った。「ああ、立派な男だった。まわりからミュールテイル・バックって呼ばれてたが、どういうわけでそんな〝騾馬の尻尾《ミユールテイル》〟なんて呼ばれ方をしてたのか、おれにはさっぱりわからんよ。まあ、確かに、荷運びに騾馬《らば》を使っちゃいたがね」

「だからですよ」とビリー・バックは言った。「荷運びに騾馬《らば》を使ってましたからね」

祖父はナイフとフォークをしたに置いて、一同の顔を見まわした。「肉で思い出したんだが、あるとき、幌馬車隊の肉が底を突いたことがあってな――」そこで祖父の声がぐっと低くなり、やけに単調で抑揚のない語り口になった。同じ物語を繰り返し語るうちに自然とできあがった、語りの轍《てつ》にはまり込んでいた。「そんなときに限って、バッファローもいなけりゃ、カモシカもいやしない。それどころか、ウサギ一匹見かけなくてな。獲物を探しに出かけてみたってコヨーテさえ仕留められないありさまだった。そういうときこそ、隊長が周囲に油断なく眼を光らせ、警戒を怠っちゃいかんのだ。おれは隊長だったから、一時《いっとき》たりとも気を緩めなかった。なぜだか、わかるか？ それはだな、腹が減ってどうにも我慢ができなくなると、幌馬車を引かせてる牛を殺して食べはじめるからだ。そんな馬鹿な、と思うかもしれないが、牛を食い尽くして大平原のどまんなかで立ち往生しちまった隊があるって話を一度ならず聞いてたもんでな。馬車を引いてる隊列のまんなかあたりの牛からはじめて、次はそのまえ、その次はうしろって具合に一頭ずつ順番に食ってくんだよ。で、じきに先頭の二頭を食い、しまいには最後に残ったしんがりの二頭まで食っちまう。そんなことにならないよう、隊長はにらみをきかせてなくちゃならん」

大きな蛾が一匹、どこからか入り込んできて、テーブルのうえに吊るしてある石油ランプのまわりを飛びまわりはじめた。ビリー・バックが立ちあがって、両手で挟み撃ちにしようとしているあいだに、カール・ティフリンが掌をくぼませた片手のひと振りで蛾を捕らえ、ぐっと握り込んで潰すと、窓のところまで歩いていって手のなかのものをそとに放り捨てた。

「今、言おうとしてたのは――」祖父は話の続きを語りはじめようとしたが、カールはそれを遮って言った。「まだ肉が残ってますよ、食っちまったらどうです？ ほかはみんな、そろそろプディングを、と思ってますからね」

ジョディは、母親の眼を怒りの影がよぎったのを見逃さなかった。祖父は改めてナイフとフォークを取りあげた。「そうだな、今は腹のむしをなだめてやるのが先だからな」と祖父は言った。「話はあとにしよう」

夕食が終わり、家族全員がビリー・バックも交えて隣の部屋の暖炉のまえに腰を落ち着けると、ジョディは逸《はや》る気持ちを抑えつつ、じっと祖父の様子をうかがった。ほどなく、ジョディにもお馴染みの兆候が見えてきた。首がまえに伸び、鬚をたくわえた顎が突きだし、眼からあの厳めしさが消え、不思議なものでも眺めるように暖炉の炎に見入るようになり、大きな両手の骨と皮ばかりになった指が組みあわされ、黒いズボンの膝に置かれ……「はて、どうだったかな」祖父はおもむろに口を開いた。「この話は聞かせたことはあったかね、盗人インディアンのパイユート族が襲ってきて、幌馬車隊の馬を三十五頭も奪っていったときの話なんだが？」

「あったと思いますよ」カール・ティフリンは出鼻を挫《くじ》く意図で言った。「タホの山んなかに入る、すぐ手前で襲われたんじゃなかったでしたか？」

祖父はすばやく身体をねじって娘婿に眼を向けた。「そう、そのとおりだ、ってことは、この話はもう聞かせちまったたってことだな」

「ええ、もう何度も」カールは情け容赦なく言った。妻の視線を避けて眼をあわせないようにしていたが、怒りの眼差しが注がれていることは感じていた。そこで、もうひと言付け加えた。「いや、もちろん、何度でも歓んで拝聴しますけど」

祖父は暖炉のほうに眼を戻した。それから組んでいた指をほどき、もう一度改めて組みなおした。祖父が今、どんな気持ちでいるのか、ジョディにはよくわかった。心がぺしゃんこになって、中身が空っぽになってしまっているのだ。ジョディ自身もその日の午後、面と向かってでしゃばり屋と呼ばれたばかりだったから。そこでなけなしの勇気を振り絞り、もう一度でしゃばり屋と言われるのを覚悟しつつ、小さな声でひっそりと言った。「インディアンの話が聞きたいな」

祖父の眼にいつもの厳めしさが戻った。「子どもはいつもそれだ。インディアンの話ばかりせがみよる。やつらと戦うのは大人の男にとっちゃ骨の折れる大仕事だが、腕白ぼうずどもにはおもしろい話なんだな。ええと、それじゃ、どこから始めるかな。おれが幌馬車一台につき一枚ずつ長い鉄板を用意していくよう提案したって話は聞かせたことがあったかね？」

ジョディ以外の三人は黙ったままなんとも答えなかった。ジョディは言った。「うん、聞いたことない」

「そうか、それじゃそこからだな。インディアンが襲ってくると、おれたちは幌馬車でぐるっと円陣を組んで、車輪のあいだから反撃しとった。で、思いついたんだよ、長い鉄板にライフルの銃口を突き出せるような銃眼を穿けたのを用意して、それぞれの幌馬車に一枚ずつ積んでけば、円陣を組んで戦うことになったときに、そいつを車輪の外側に立てかけて掩蔽《えんぺい》用の盾として使えるんじゃないかってな。ものが鉄板だから、そりゃ、重いし、長い道中を考えりゃ荷厄介にはなるだろうが、それで無駄に生命《いのち》を捨てずにすむんなら、ただの場所ふさぎってことにはなるまい。おれはそんなふうに考えたのさ。ところが、隊の連中は聞く耳を持たんかった。まあ、案の定と言えば案の定さ、それまでそんなことを試してみた隊はなかったから、余分な金を注ぎこんで鉄板なんぞ用意する必要がどこにあるってわけでな。だが、まあ、その結果、あとで泣きを見ることになったわけさ」

ジョディは母親のほうに眼をやった。その表情から、まったく話を聞いていないことが見て取れた。カール・ティフリンは親指のたこをつまんで引っ張っていた。ビリー・バックはビリー・バックで、一匹の蜘蛛が壁をよじ登っていくのを黙然と眺めていた。

祖父の口調は次第に低くなり、いつの間にかまた、あの語りの轍にはまり込んでいた。祖父が次にどんなことばを発するか、ジョディには聞くまえからわかった。一言一句たがわずに。しばらくはそのまま物憂げな調子で話が続き、インディアンの襲撃の件でテンポが速まり、怪我人の様子を語るあたりで哀しみを帯び、死者を大平原に埋葬するところで葬送歌の調べを奏でた。ジョディはじっと坐ったまま、黙って祖父を見つめていた。厳しさをたたえたブルーの眼に、感情があらわれることはなかった。まるで祖父自身、自分の語る物語に大して興味をもっていないかのようだった。

祖父が語り終えても、しかるべきあいだ沈黙を守り、開拓者たちの物語に敬意を表したあと、ビリー・バックは立ちあがり、ひとつ大きく伸びをして、ズボンをぐいっと引っ張りあげた。「そろそろ寝るとしようか」と誰にともなくつぶやき、それから祖父のほうに顔を向けて言った。「向こうの牧童小屋に角《つの》でこさえた火薬入れと旧式の拳銃をしまってあるんですがね、お見せしたことはあったでしょうかね?」

祖父はゆっくりとうなずいた。「ああ、ビリー、見せてもらったと思うよ。拳銃と言えば、そうだな、おれが幌馬車隊を率いて大陸を横断したときに持っていった拳銃のことを思い出すよ」その短い思い出話が終わるまで、ビリー・バックは礼儀正しくその場に立ったままでいたが、話が終わると「それじゃ、おれはこれで。おやすみ」と言って母屋を出ていった。

そこで、カール・ティフリンは話を別の方向に誘導してみることにした。「モントレーからここまでの道中はどんな様子でしたか？　今年は日照り続きで、どこもたいへんだとか？」

「ああ、からからだよ」と祖父は言った。「セカの湖《ラグーナ・セカ》なんぞその名前のとおり水一滴ありゃしない。[9]とはいえ、一八八七年の日照りからこっち、あそこはずっとからからだ。あんときはどこもかしこも干上がって、砂塵《さじん》と埃でもうもうとしてたし、六一年のときはコヨーテが一匹残らず飢え死にしたんじゃなかったかね。今年は、なんだかんだ言ったたって、もう十五インチは降ったからな」

「ええ。まあ。降るには降りましたけどね、時期が早すぎた。今、降ってくれると助かるんですがね」カール・ティフリンの視線がジョディに向けられた。「もう寝る時間を過ぎてないか？」

ジョディはおとなしく立ちあがった。「父さん、あの干し草置き場の使い残しの山なんだけど、なかのネズミを退治してもいいですか？」

「ネズミ？　ああ、いいぞ、もちろん。一匹残らず退治しちまえ。残りの干し草はも

9　ラグーナ・セカはスペイン語で「乾いた湖」の意味。

う使い物にならん、とビリーも言ってたからな」

ジョディはひそかに祖父と眼をみあわせ、しめしめという眼差しを交わしあった。

「それじゃ、明日、一匹残らず退治しちゃうね」と請け合った。

寝床に入ってから、ジョディは、祖父の語るインディアンがいてバッファローがいる世界について、今や過去のものとなり永遠に失われてしまった世界について思いをめぐらせた。ああいう勇ましい時代に生まれたかったと思うものの、自分は勇者という柄ではないこともよくわかっていた。そう、今こうして生きている者たちのなかに、まあ、ビリー・バックは別だろうが、昔の人たちが成し遂げたことを同じように成し遂げられる人なんていやしないのだ。あのころはこの地上に巨人の一族が暮らしていた。恐れ知らずの男たちが。今の時代ではその意味すら忘れられてしまっている不撓《ふとう》不屈《ふくつ》の精神を備えた男たちが。ジョディは果てしなく拡がる大平原を思い描いた。その大平原を幌馬車隊が百足《ムカデ》のように這い進んでいくところを。そして、大きな白馬にまたがった祖父が、開拓者たちの先頭に立って導いている姿を。偉大なる開拓者たちは、ジョディの思い浮かべた大平原を横断し、地の果てを越えて、やがて見えなくなった。

しばらくして、一瞬だけ、今の自分がいる牧場に意識が向かった。空間と静寂がもたらす、鈍くひそやかな、忙しない音が聞こえた。戸外《そと》の犬小屋にいる犬の片方が、ノミにたかられてかゆくてたまらないのか、身体をかきむしっているのだろう、脚を動かすたびに曲げた関節が犬小屋の床を叩いているのだ。そのうちにまた風が出てきて、黒いイトスギの枝がうなるような音をあげだしたあたりで、ジョディは眠りに吸い込まれていた。

ジョディが寝床を離れたのは、朝食を知らせる三角の打ち金《トライアングル》が鳴る三十分もまえのことだった。部屋を出て、台所を通り抜けようとしたところで、コンロをがたがたいわせて火の勢いを強くしようとしていた母親に呼びとめられた。

「今日は早起きね。どこに行くの？」

「戸外《そと》でちょうどよさそうな棒を探そうと思って。ぼくたち、今日はネズミ狩りをするからね」

「誰のことなの、そのぼくたち、って？」

「決まってるじゃん、お祖父ちゃんとぼくだよ」

「それじゃ、お祖父ちゃんを仲間に引っ張り込んだのね。あんたって子はいつもそうね。叱られたときのために、そうやって味方を増やしておこうとするんだから」

「すぐに戻ってくるからね」とジョディは言った。「朝ごはんを食べたらすぐに出かけられるよう、ちょうどよさそうな棒を見つけておきたいだけだから」

戸口を出て網戸を閉めると、ジョディはひんやりとした青い朝のなかに足を踏み出した。夜明けの鳥がかまびすしく啼きかわしていた。牧場に住みついている猫たちが、動きののろい蛇のように丘の斜面をそろそろと伝いおりてくるのが見えた。夜陰に乗じてジリス狩りをしていたのだ。四匹ともジリスの肉をたらふく喰らって腹いっぱいのはずなのに、母屋の裏口を半円に囲んで坐り込むと、みゃあみゃあと憐《あわ》れっぽい鳴き声をあげてミルクをねだりはじめた。ダブルトゥリーマットとスマッシャーはヤマヨモギの繁みに沿って移動しながらくんくんにおいを嗅ぎまわって、いつもの自分たちの務めを律儀に果たしているところだったが、ジョディが口笛を吹くと、二匹ともすばやく顔をあげ、ひとしきり尻尾を振ってみせた。それから、一気に丘の斜面を駆けおり、ジョディの足元に這いよるなり、どちらも顔じゅうを皺《しわ》だらけにしては、あくびをするように大口を開けた。ジョディは主人面でまじめくさって二匹の頭を撫でて労をねぎらってやってから、野ざらしになっている廃材置き場に向かった。手頃な棒きれとして、使い古した箒の柄と一インチ角の端材を選んだ。ポケットに突っ込んできた靴紐を引っ張り出し、二本の棒の端っこ同士を、あいだにいくらかのあそびをもたせて結びあわせ、殻竿《からざお》をこしらえた。新しい武器の威力を試すため、ジョディは殻竿を振りあげ、ひゅんと振りおろし、その勢いで短いほうの打ち棒を地面に叩きつけてみた。二匹の犬は恐れをなして飛びのき、怯えたように鼻をくんくんいわせた。

ジョディは来た道を戻り、母屋のまえを通り過ぎようとした。朝食まえに干し草置き場まで足を運んで、今日の大虐殺の舞台を下見しておくつもりだったが、裏口の階段に腰をおろして辛抱強く待っていたビリー・バックに呼びとめられた。「なかに入ったほうがいいんじゃないかね。そろそろ朝めしだろう？」

ジョディは回れ右をして母屋に向かった。手製の殻竿は階段に立てかけた。「こいつでネズミを干し草のなかから追いだしてやるんだ」とジョディは言った。「どいつもこいつも丸々と太ってると思うんだ。わかってないのさ、今日これからどんな目に遭うのかってことが」

「そうだな。まあ、わかってないな。それを言うなら、おまえさんもわかってない」達観した口ぶりで、ビリー・バックが言った。「おれにもわかってないし、誰にもわかりゃしないんだよ」

ビリー・バックのその考えに、ジョディははっとした。確かにそのとおりだった。それまでネズミ狩りのことだけに向いていた考えが、ひょいと方向転換しかけた。そのとき裏口からティフリン夫人が出てきてポーチの隅の三角の打ち金《トライアングル》を鳴らした。おかげで、ジョディの頭に浮かびかけていた考えも一気にごちゃまぜになって、わけがわからなくなった。

一同がテーブルについた時点で、祖父はまだ姿を見せていなかった。ビリー・バックは無人の椅子に向かって顎をしゃくった。「心配したほうがいいのかね？　どっか加減がよくないなんてことは、まさかないとは思うけど」

「時間がかかる人なの、身だしなみを整えるのに」とティフリン夫人が言った。「鬚を櫛で梳《と》かして、靴を磨きあげて、着るものにブラシをかけるんですもの」

カール・ティフリンがとうもろこし粥《マッシュ》に砂糖を振りかけながら言った。「なんせ幌馬車隊を率いて大平原を横断した指揮官だからな、身だしなみには、そりゃもう、充分に気を遣わなくちゃならんだろうさ」

ティフリン夫人は夫のほうに向きなおった。「あなた、そういう言い方はないんじゃありませんか。やめてください」その口調は頼んでいるというよりも脅しに近かった。その脅しめいた響きにカール・ティフリンは苛立った。

「だがな、こっちだって、あの鉄板と三十五頭の馬の話をいったいいつまでおとなしく聞いてなくちゃならないんだ？　そういう時代があったにしても、もはや過ぎた昔だろうが。なのに、あの人はどうして、いつまでたってもしがみついてるんだね？」ことばに出すことで余計に腹立たしさが募り、次第に声が大きくなっていった。「どうして、同じ話を何度も何度も繰り返さなくちゃならないんだね？　大平原を横断した？　ああ、そりゃ、確かに横断しただろうさ。だが、そいつは過去だ。もう終わったことだ。過ぎた昔の話なんざ、だれが何度も聞きたがる？」

台所のドアが静かに閉まる音がした。テーブルについていた四人は、坐ったままはっと身を硬くした。カール・ティフリンはとうもろこし粥《マッシュ》に砂糖を振りかけるのに使ったスプーンをしたに置き、指先で下顎を撫でた。

しばらくして台所のドアが開き、祖父が入ってきた。口元に硬い笑みが浮かんでいた。眼を半眼につむっているので、どこを向いているのか、よくわからなかった。

「おはようさん」と祖父は言った。そして席に着き、自分のまえに置かれていたとうもろこし粥《マッシュ》のボウルに眼を向けた。

カール・ティフリンとしては、そのまま知らん顔をしていることはできなかった。

「ええと、その、聞こえてましたか、さっきおれが言ったこと？」

祖父は小さくうなずいた。

「いや、どうかしてたんですよ、おれも。本気で思ってたわけじゃない。なんと言うか、冗談のつもりだったんです」

ジョディは見ていられなくなって、母親のほうをちらりとうかがった。ティフリン夫人は息を詰めたまま、夫をじっと凝視していた。ジョディの父親としては耐え難いことをしている気分だろうと思われた。こんなふうに言い訳を並べなくてはならないのは、われとわが身を引き裂いているも同然なのだ。もともと前言を撤回するのが何より嫌いな人間が、自分の言ったことを恥じて取り消さざるを得なくなっているとは、これはもうまちがいなく屈辱以外のなにものでもないだろう。

祖父は横眼でちらりとカールを見やった。「まあ、そうだな、あんたの言うことにも一理あるかもしれんよ」あくまでもおだやかに祖父は言った。「腹なんぞ立ててないさ。ああ、気にもしてない。けどな、当たってなくもないような気がしてるんでね。これからは気をつけるようにしよう」

「いや、当たってなんかいませんよ」とカールは言った。「今朝はどうも虫の居所が悪くてむしゃくしゃしてたもんで。つい心にもないことを言いました。申し訳ない」

「あんたが申し訳なく思う必要はないよ。人間、おいぼれてくると、ときどきまわりが見えなくなるもんだ。あんたの言うとおりなんだろう。大平原を横断したのは、今や昔のことだ。いい加減、しがみつくのはやめたほうがいいのかもしれんよ、もう過ぎちまったことなんだから」

カール・ティフリンは席を立った。「もう腹いっぱいだ。そろそろ仕事にかからんとな。ビリー、あんたは急ぐことないからな」そう言い置いて、せかせかとテーブルを離れ、部屋から出ていった。ビリー・バックも皿に残っていたものをかき込んで立ち上がり、すぐにカールのあとにつづいた。それでもジョディは椅子に坐ったまま、席を立つことができなかった。

「別の話を聞かせてくれない？」とジョディは祖父に頼んだ。

「そりゃ、もちろん、いくらでも聞かせてやるがね。ただし……ただし、みんながほんとうに聞きたいと思ってるときだけにするよ」

「ほんとです、ほんとに聞きたいの」

「まあ、おまえさんはそうだろう。年端もいかない小僧っ子だからな。大平原を横断するのは、一人前の大人の男がやることだった。なのに、その話を聞きたがるのは、いつの間にか小僧っ子だけになっちまった」

ジョディは椅子から立ちあがった。「戸外《そと》で待ってるからね、お祖父ちゃん。ネズミ狩りによさそうな棒も見つけてあるんだ」

ジョディは庭先の門のところで待った。しばらくして祖父がポーチに姿を現した。

「早く早く」とジョディは声を張りあげた。「干し草置き場に行って、ネズミどもをやっつけなくっちゃ」

「おれは日向ぼっこでもしてるよ、ジョディ。おまえさんはネズミを退治しておいで」

「ぼくの棒、貸してあげるよ」

「いやいや、それには及ばんよ。しばらくここに坐ってることにするから」

ジョディはしょんぼりと祖父に背を向け、干し草置き場に向かって歩きだした。沈んだ気持ちを奮い立たせたくて、丸々と太って毛艶のいいネズミの姿を思い浮かべた。殻竿がわりの棒きれで地面を叩いてもみた。駆け寄ってきた二匹の犬は、ともに主人の機嫌をとろうとするようにくんくんと鼻を鳴らしながら、ジョディについて歩きだした。が、ジョディは途中でそれ以上足が進まなくなった。母屋を振り返ると、祖父は玄関のポーチに腰をおろしていた。そんな祖父がやけに小さく、細く、黒っぽく見えた。

ジョディはネズミ退治をとりやめにして母屋に引き返し、玄関まえの、祖父が足を置いている階段に坐った。

「もう帰ってきたのか？　ネズミどもは退治してやったか？」

「ううん、お祖父ちゃん、また今度にしようと思って」

朝のハエが鈍い羽音を立てながら地面近くを飛びまわり、階段のまえをアリがせわしなげに行ったり来たりしていた。丘のうえのほうからヤマヨモギの青くさいにおいがした。陽光を浴びて、玄関まえの階段の踏み板がだんだんぬくもってきた。

気がつくと、祖父は話しはじめていた。「こんな気持ちのまま、ここにいるわけにはいかんな」老いてなお、がっしりとした両手を検分するようにじっくりと眺めながら、祖父は言った。「大平原を横断したことが、ろくすっぽ意味のないことに思えてきてな」そこで顔をあげ、丘の斜面を眼でたどった。その眼が枯れ木の枝にとまったままのタカに向けられた。「おれは昔のことをよく話す。だがな、みんなに聞かせたいのは、ただの昔語りじゃないのさ。うまくは言えんが、なんと言うかな、昔のことを話すことで、みんなに感じてもらいたいことがあるのさ。

ほんとに聞いてほしいのは、インディアンのことなんかじゃないんだ。危ない目に遭ったことでもないし、それどころか、ここまで大平原を渡ってたどりついたことでもない。肝心なのは、何人もの人々が寄り集まって、譬《たと》えるなら一頭のばかでかい野獣《けもの》になって這い進んできたことだ。おれはその野獣の、言ってみりゃ、頭《あたま》さ。野獣は西へ、西へと進みつづけた。ひとりひとりで見てみりゃ、求めてるものはそれぞれちがったりもしたんだろうが、みんなが寄り集まったでかい野獣が求めてたのは、ただひとつ、西に進むことだけだった。おれがそれを率いたわけだが、おれがいなけりゃだれか別のやつが率いたはずさ。野獣には頭がなきゃならないからな。真昼間、あんまり陽射しが強くて白っぽく思えるときだと、小さな繁みのしたに真っ黒な影がたまって見える。そんななか、ついに山々が見えたんだ。泣いたよ、ひとり残らず泣いた。だがな、ほんとに聞いてほしいのは、そんなふうにしてここまでたどり着いたことじゃない。ただひたすら、ただひたすら西に向かって進みつづけてきたことさ、それを聞いてほしいのさ。

そこのアリたちが卵を運ぶように、おれたちはここまで人生を運んできて、それをこの地におろした。おれがそれを率いてきた。西に向かって進んできたことは、神さまの存在みたいにどでかいことだよ。その一歩一歩は決して早くはなかっただろうが、その一歩一歩が積みかさなって、ちょっとずつちょっとずつ距離が伸びていって、ついにこの大陸を渡りきったわけさ。

で、海に出た。そこで終わったんだ」祖父はふと黙り込み、眼を拭った。眼の縁が赤くなっていた。「こういうことこそ話して聞かせるべきだな、ただの昔語りなんぞするんじゃなくて」

「ぼくもいつか、みんなを率いてどっかに行こう」ジョディのその声に、祖父ははっとわれに返ったように、足元の階段に腰かけている孫息子に眼をやった。そして笑みを浮かべて言った。

「もう行くとこなんぞないんだよ。海に出たら、そこで行き止まりだ。だもんで、今じゃ海岸まで出てきちゃ、そこで足止めしやがった海に向かって恨みつらみをぶつけてる年寄りが大勢いる」

「船に乗ったら、その先にも行けるんじゃない、お祖父ちゃん?」

「もう行くとこはないんだ、ジョディ。どんな場所にも人が足を踏み入れちまってる。だが、そのこと自体はこの世の終わりでもなんでもない。そうさ、悪いことなんかじゃない。ただ人が気概をなくしちまったんだな、西に向かって進んで行こうって気概を。西に向かって進んでいくことが、今じゃもう、胸が熱くなって居ても立ってもいられなくなるほどのことではなくなっちまった。もう過ぎてしまったことなんだ。おまえさんの親父さんの言うとおりだ。何もかも過ぎた昔のことになっちまった」祖父はそう言うと、片方の膝のうえで両手の指を組みあわせ、そこにじっと視線を注いだ。

ジョディは悲しくてたまらなくなった。「お祖父ちゃん、レモネードはどう? 飲みたければ、ぼくがこしらえてくるよ」

祖父は断ろうとして、ジョディの表情に気づいた。「そりゃ、ありがたい」と思い直して言った。「うん、そいつはうまそうだ」

ジョディは台所に駆け込んだ。母親が朝食に使った皿の最後の一枚を拭きあげているところだった。「レモンをひとつちょうだい。お祖父ちゃんにレモネードをこしらえてあげるんだ」

母親はジョディの口真似をして言った――「それからもうひとつちょうだい、ぼくの分もこしらえるんだ」

「ううん、母さん、ぼくは要らない」

「あらあら、珍しいこと。おなかでも痛いの?」そこで不意に母親は口をつぐんだ。そして「貯蔵庫からレモンを出していらっしゃい」と優しく言った。「そのあいだに、レモン搾りをうえの棚からおろしといてあげるからね」

菊

The Chrysanthemums

上空の灰色のフランネルのような冬の霧が、サリーナス盆地を空からもほかの世界からも隔絶させていた。右を向いても、左を向いても、霧が山々のうえから覆いかぶさっているので、広大な盆地はなんだか蓋のしまった鍋のようだった。盆地の底にあたる、広くて平坦な土地は多連式の犂《すき》が入って深く耕され、犂の刃が切り崩した黒土が金属のように光っていた。サリーナス川の向こうの山麓の農場では、刈り取りのすんだ牧草地の黄色い刈り株が、蒼白く冷たい陽の光を浴びているように見えたが、十二月のこの時期、盆地に陽の光は射してはいなかった。川沿いに密生しているヤナギの木立は、鮮やかな黄色い葉をたっぷりとまとい、燃えたっている。

静寂と待機の季節だった。空気はひんやりと冷たく、柔らかだった。南西から微風が吹いてきているので、農場を営む者ならちょっとしたお湿りを期待したくなるところだったが、霧と雨が一緒にやってくることはまずない。

川向こうの山麓にある、ヘンリー・アレンの農場では、この時期、作業らしい作業はもう残っていなかった。牧草は刈り取って干し草にして蓄えられていたし、果樹園も土起こしが終わっているので、雨さえ降ればたっぷりと水分を吸収できるようになっていた。山の斜面のうえのほうに放してある牛も、冬毛が伸びてもじゃもじゃの荒い毛並みになりつつあった。

イライザ・アレンは花を育てている自分の庭で作業をしながら、手元から顔をあげた。庭の向こうで、夫のヘンリーがスーツ姿のふたりの男と話をしていた。三人はトラクターを入れておく納屋のそばに集まり、それぞれ片足をフォードソンの小型トラクターにかけていた。トラクターを眺めながら煙草を吸い、何やら話をしているところだった。

三人の様子をしばらく眺めたところで、イライザはまたやりかけていた作業に戻った。イライザ・アレンは三十五歳だった。細面《ほそおもて》のしっかりとした顔立ちで、眼は水のように澄んでいた。庭仕事用の恰好をしているので、ずんぐりとした、目方のありそうな身体つきをしているように見える。男物の黒い帽子を目深にかぶり、作業靴を履き、細かいプリント柄のワンピースを着ているのだが、それは大きなコーデュロイのエプロンでほとんど隠れてしまっていた。しかもエプロンには、大きなポケットが四つもついていて、それぞれのポケットにはいつも使っている花鋏《はなばさみ》やら移植ごてやら小さな熊手やら花の種やらナイフやらが突っ込んであった。おまけに庭仕事をするときにはいつも、手を守るために分厚い革の手袋もはめている。

今、やっているのは、刃が短くてよく切れる鋏で、この秋に咲き終わった菊を、茎のところで切り詰める作業だった。その作業をしながら、イライザはときどき顔をあげて、トラクター置き場のそばの男たちに眼をやった。その顔つきは熱意にあふれ、年齢相応の落ち着きが感じられた。芯の強さのうかがえる美しい顔だった。鋏の使い方ひとつにも過剰なぐらいの熱意がこもり、力が入りすぎていた。そのエネルギーに比べると、菊の茎などあまりにも取るに足りなく、あまりにもたやすい相手に見えてしまう。

眼のまえに垂れかかってきた髪の毛を、イライザは手袋をした手の甲で払いのけた。そのひょうしに、片頬に土のよごれが付着した。背後の母屋の周囲に沿ってびっしりと、母屋の窓に届くほど伸びた赤いゼラニウムが植えこまれていて、母屋の建物はこざっぱりと白く塗られている。小体《こてい》な、いかにも掃除が行き届いていそうな家だった。窓ガラスは徹底的に磨きたてられ、上がり段をあがった玄関まえに敷かれたドアマットにも、泥汚れひとつついていなかった。

イライザはもう一度、トラクターのほうに眼をやった。客人の男たちは、自分たちが乗ってきたフォードのクーペに乗り込もうとしていた。イライザは手袋を片方だけはずして、菊の古い株のまわりに伸びだした、緑の新芽のなかに力強く指を差し入れた。葉を押しのけるようにして、くっつきあって伸びている茎のあいだに眼を凝らした。アブラムシはいなかった。ワラジムシも、カタツムリも、ヨトウムシもいなかった。その手の害虫たちが活動をはじめるまえに、猟犬《テリア》のように敏捷なイライザの指が退治してしまうからだった。

そのとき聞こえてきた夫の声に、イライザははっとした。夫はいつの間にか、物音もたてずにそばまで近づいてきていて、金網のフェンスから身を乗り出していた。イライザの花畑を牛や犬や鶏から守るためにめぐらせているものだった。

「あいかわらず精が出るね」とヘンリーは言った。「今度もまた丈夫な菊が咲きそうじゃないか」

イライザは背を伸ばし、さっき片方だけはずした庭仕事用の手袋をはめなおした。「そうね。来年も丈夫なのが咲くはずよ」その口調も、そう言ったときの顔つきも、どこか得意そうだった。

「花を育てることにかけちゃ、うちの奥さんは天才だからな」とヘンリーは言った。

「今年の黄色い菊なんて、花の直径が十インチもあるやつがあった。その調子で果樹園でもひと働きしてもらいたいよ。あの菊ぐらいでかいリンゴを育ててくれりゃいうことない」

イライザの眼が鋭くなった。「やってやれないことじゃないと思うわ。わたしにはものを育てる才能があるんだもの。母もそうだった。母の手にかかると、地面に挿《さ》したものは何だって芽を出すの。植物を育てる人の手をしてるんだって、母はそう言ってたわ。どうすればいいか、手がわかってるんだって」

「まあ、確かに花づくりはうまいよ」とヘンリーは言った。

「ヘンリー、さっきまで話をしていた人たちはどなたなの？」

「ああ、そうだった。その話をしようと思って来たんだった。あのふたりは〈ウェスタン・ミート・カンパニー〉の人間だ。うちの三歳の去勢牛を三十頭、売るってことで話がまとまった。ほぼこっちの言い値で売れたよ」

「それはすてきね」とイライザは言った。「あなたも鼻高々でしょう」

「で、思いついたんだけど」とヘンリーは話を続けた。「せっかく土曜日の午後だし、サリーナスに出かけるってのはどうかな？　レストランで食事をして、それから映画を観るんだよ、お祝いってことで」

「それはすてきね」とイライザは今度もまたそう言った。「ええ、ほんとよ。すてきに決まってるわ」

ヘンリーはいつものからかうような口調で言った。「今夜はボクシングの試合もある。そいつを見に行くってのはどうかな？」

「いやよ、とんでもない」イライザは慌てて言った。「わたしはいやよ。ボクシングなんて見たって愉しくないに決まってるもの」

「冗談だよ、イライザ。映画を観に行くことにしよう。ええと、今は二時だな。これからスコッティに手伝わせて、売り渡す分の牛を丘からおろしてくる。二時間もあれば終わるだろう。五時ごろには出かけられるよ。町に出て〈コミノス・ホテル〉で食事をしよう。それでいいかな？」

「もちろん、いいに決まってるわ。そとで食事をするなんて、すてきだもの」

「よし、だったら決まりだ。おれはそろそろ行くよ。馬の支度をしてこないと」

イライザは言った。「時間はたっぷりあるから、わたしは菊の苗を植えかえちゃうわ」

やがて馬小屋のほうから、スコッティを呼ぶ夫の声が聞こえてきた。しばらくすると、馬に乗ったふたりが放牧中の去勢牛を駆り集めるため、丘の薄黄色い斜面を登っていく姿も見えた。

菊を根づかせるための小さな四角い苗床には、砂土を入れてあった。イライザはその土を移植ごてで何度も何度も掘り返してから、表面を均《なら》し、軽く叩いて表土を押さえた。それから苗を植えつけるための溝を十本、平行に掘った。そこまでしてから菊の花壇のところに戻り、小さくて元気のいい新芽を引き抜き、その一本一本の要らない葉を鋏で刈り込んでから、向きを揃えて小さな山に積みあげていった。

道のほうから車輪の軋む音と重たげな蹄の音が聞こえてきた。イライザは顔をあげた。見ると、川沿いのヤナギとハコヤナギが隙間なく植わった土手伝いの田舎道を、一風変わった馬車が一風変わった顔ぶれに曳かれて近づいてくるところだった。スプリング・ワゴンと呼ばれるタイプの古ぼけた荷馬車で、馬車のうえにキャンバス地の布が、その昔大平原を横断するのに使われた大型の幌馬車の幌のような恰好に丸く張ってあった。それを鹿毛の老馬と灰色と白の交じった小さな騾馬《らば》が曳いていた。のろのろと歩くその二頭を、幌のような覆いの前に垂れたところを左右に開き、そのあいだに坐った無精髭を生やした大柄な男が御していた。荷馬車のしたの後輪のあいだにもぐりこむような恰好で、痩せて骨と皮ばかりになった雑種犬がのたのたと歩いていた。幌がわりに張ったキャンバス地の布には、あっちを向いたりこっちを向いたりしている不揃いな文字で、こんなふうに書いてあった――〈なべ、かま、ほおちょ、はさみ、しばかるき、しゅうりうけおい〉。品物の名前を二段に並べ、そのしたにこれ見よがしに、やけに堂々とした文字で〈しゅうりうけおい〉とある。どの文字にも、黒い塗料が先細りになって垂れた跡がついていた。

地面にしゃがみ込んだまま、イライザはがたがたした、今にも分解してしまいそうなその荷馬車が通り過ぎるのを眺めていた。ところが荷馬車は通り過ぎていかなかった。古びてゆがんだ車輪をぎしぎし、ぎいぎい軋らせながら、農場内の母屋まで延びている小道へと入ってきたのだ。後輪のあいだをとぼとぼと歩いていた痩せ犬が荷馬車のしたから飛び出してきて、先頭に立って走りだした。農場で飼っているシェパードが二匹、すかさず向かっていった。そして、三匹とも途中でぴたりと立ち止まった。ぴんと立てた尾を震わせ、脚をまっすぐに踏ん張りながら。それから、大使のような威厳を見せつけながら互いにゆっくりと円を描いてまわりつつ、気難しげにくんくんとにおいを嗅ぎあった。キャンバス地の幌を張った荷馬車は、イライザの花壇の金網のフェンスのところまで近づいてきて停まった。侵入者の犬は、二匹に一匹ではかなわないと悟ったのか、尻尾を垂れて荷馬車のしたに退却し、そこで首の毛を逆立て、歯を剝《む》き出しにした。

荷馬車の御者台に坐っていた男が、大声で言った。「その気になりゃ、喧嘩に強い犬なんだがな」

イライザは声をあげて笑った。「あら、そう。で、いつになったらその気とやらになるの？」

その笑い声につられたように、男も屈託のない笑い声を響かせた。「そうさな、何週間もそうならないこともあったりするよ」そう言うと、男はぎくしゃくした動きで車輪をまたぎ、御者台から降りてきた。馬と騾馬はうなだれていた。水をもらえずにしおれた花のように。

イライザは男がずいぶん大柄だということに気づいた。髪と髭には白いものが交じっていたが、年寄りには見えなかった。黒いスーツを着ていたが、見るからに着古していて皺《しわ》くちゃで、機械油のしみらしきものが点々と散っていた。笑い声がやむのと同時に、男の顔からも眼からも笑みの影が消えていた。暗くなった眼に、御者や船乗りたちの眼に浮かぶ、あの不機嫌に考え込んでいるような表情が浮かんだ。男は金網のフェンスに両手をかけた。どちらの手もたこだらけで、ひび割れていて、そのひびのひとつひとつが黒い線になっていた。型崩れした帽子をかぶっていたが、それを脱いで男は言った。

「実はだね、奥さん、いつも通ってる道からはずれちまってね。おたくのまえの砂利道をこのまま進んでいくと、あの川を越えてロサンゼルス街道に出られるかな?」

イライザは立ちあがって、ごつい植木鋏をエプロンのポケットに突っ込んだ。「そうね、まあ、出られることは出られるけど、かなり大まわりになるし、川を渡らなきゃならない。砂地だから馬車を曳いて渡るとなると、けっこうたいへんよ。あの馬と騾馬じゃ、難しいんじゃないかしら」

男はいくらかむきになった様子で言い返した。「まあ、奥さんは見たことがないからな。たまげるぞ、こいつら、馬車を曳かせたらめっぽう強いんだから」

「その気になれば、でしょう?」とイライザは言った。

男はちらりと笑みを浮かべた。「そうそう、その気になりゃな」

「だったら」とイライザは言った。「サリーナス街道まで引き返して、そこからロサンゼルス街道に出たほうが早いと思うわ」

男は太い指をフェンスの金網に引っ掛けてしたに引っ張り、ぴんと鳴らした。「いやね、奥さん、急いでるわけじゃないんだよ。毎年、シアトルとサンディエゴのあいだを往復してるんだけど、行きも帰りものんびりしたもんでね。片道に半年ぐらいかけるんだ。いい気候を追いかけて移動してるんだよ」

イライザは手袋を脱いで、鋏を入れたエプロンのポケットに突っ込んだ。それから男物の帽子をかぶった頭に手をやって、つばのしたをさぐってほつれ毛を押し込んだ。「そんなふうに言われると、なんだか悠々自適でいいご身分に聞こえるわ」とイライザは言った。

男はなれなれしくフェンスにもたれ、身を乗り出してきた。「あそこに書いてある文句に気づいたかもしれないけど、おれは鍋をなおしたり、包丁や鋏を研いだりするのが商売でね。なんぞ御用はないかな？」

「ないわ」イライザは間髪を容れずに答えた。「なんにもないわ、お願いできるような仕事は」身構えたように、きつい眼になっていた。

「何をおいても鋏ってやつは、いちばん厄介なんだ」解説する口調になって男は言った。「たいていの人が自分で研ごうとして、却って駄目にしちまうもんだが、こっちはこつってもんを心得てるからね。専用の道具だってある。ぎざぎざした刃がついてて、言ってみりゃ、専売特許もんだ。仕上がりは保証するよ」

「けっこうよ。うちの鋏はどれもよく切れるから」

「だったら、まあ、そういうことで。それじゃ、鍋はどうだい？」と男は食いさがった。「へこんじまったり、穴が穿《あ》いちまった鍋はないかい？　任せてもらえりゃ、新品同然になおせるよ。新しいのを買わなくてすむわけだから、節約になるってもんだ」

「いいえ、けっこう」イライザはそっけなく言った。「お願いできるような仕事は、ほんとにないの」

男は大袈裟に思えるほど悲しそうな顔をしてみせた。声にも哀れっぽいめそめそした調子が加わった。「今日はまだひとつも仕事にありつけてなくってね。この分だと、今夜は晩めしも抜きってことになりそうだ。なにしろ、いつもの道をはずれちまってるからね。シアトルからサンディエゴまでの街道沿いなら、お得意さんだらけなんだよ。どこん家《ち》でも、おれに任せようってんで、仕事を取っといてくれるのさ。おれに任せりゃ、まちがいないし、節約にもなるってちゃんと心得てるもんだから」

「悪いけど」苛立ちをにじませて、イライザは言った。「うちは間に合ってるの」

それまでイライザに向けられていた男の眼が、彼女の顔を離れてあたりをきょろきょろさまよいはじめた。定めなくあちこち見まわしていた視線が、イライザが作業をしていた菊の花壇のところでとまった。「奥さん、そいつはなんの苗で?」

イライザの顔から、苛立ちと頑《かたく》なさが溶けるように消えていった。「ああ、あれは菊よ。白や黄色の大きな花が咲くの。毎年育ててるんだけど、このあたりじゃ誰よりも大きな花を咲かせてるのよ」

「あの茎の長い花だね？　茎のてっぺんで色のついた煙がぱっと噴き出したみたいなやつだろ？」

「そうそう。うまいことを言うわね」

「慣れるまでは、においがちょいと鼻につくけど」

「ぴりっとした爽やかなにおいよ」とイライザは言い返した。「鼻についたりなんかしないわ」

男はすかさず口調を変えた。「おれは嫌いじゃないよ、あのにおい」

「今年は、直径が十インチもある花を咲かせたのよ」とイライザは言った。

男はフェンスのうえから身を乗り出してきた。「そういえば、この道をちょいと戻ったとこに、顔馴染《なじ》みのご婦人が住んでるんだけど、その人ん家《ち》の庭がまたみごとなんだよ。花って花が植わってるんだが、菊だけがないんだ。で、このあいだ、銅底の洗濯盥《だらい》の修理を引き受けたときに――いやね、これがまたやっかいな仕事なんだよ。もちろん、おれに任せときゃ、きっちり修理してみせるけどね――ともかく、そのときに、その奥さんに言われたんだよ。『どこかで立派な菊を見かけたら、種をもらってきてもらえないかしら』って。そうそう、そんなふうに頼まれたんだった」

イライザの眼がきらりと輝き、いきいきとした熱を帯びた。「その人、菊のことはあまり詳しくないみたいね。菊って花はもちろん、種から育てることもできるけど、それよりもそこに植わってるような小さな新芽を挿して根付かせるほうが、ずっと簡単なのよ」

「ほう、なるほど」と男は言った。「ってことは、その人に持ってってやるわけにゃいかないってことだね」

「あら、そんなことないわ」イライザは大きな声になって言った。「砂を湿らせたとこに新芽をいくつか挿してあげるから、それを持っていってあげればいいじゃない？砂が乾かないよう、気をつけてさえいれば鉢のなかで根がつくわ。それを地面に植え替えればいい」

「そうしてもらえりゃ、御の字だよ、奥さん。ああ、あのご婦人も大歓びするにちがいない。おたくの菊はいい菊だってことだから」

「そうよ、きれいな花を咲かせるわ」とイライザは言った。「そりゃ、もう、とってもきれいよ」イライザは眼をきらきら輝かせた。型崩れした帽子をむしり取るようにして脱ぎ、自慢の褐色の髪をさっとひとゆすりした。「植木鉢に植えてあげるから、それを持っていきなさいな。そこじゃなんだから、庭に入ってきて」

庭先の門扉を抜けて、男が庭に入ってくるのを待たずに、イライザは小走りになって、両側にゼラニウムの植わった小道を家の裏手に向かった。そして、大きな赤い植木鉢を抱えて庭に戻った。手袋のことなど、すっかり忘れてしまっていた。苗床のそばの地面に膝をつき、素手で砂土を掘り返しては色鮮やかな新しい植木鉢にすくって入れた。次いで、さっき積みあげておいた新芽の小山に手を伸ばし、何本かつかむと、それを砂土に挿し、力強い指で押し込み、根本の土を拳で叩くようにして固めた。男はすぐそばに突っ立ったまま、うえからその作業をのぞきこんでいた。「このあと、どうすればいいか、教えておくわね」イライザは男に向かって言った。「あなたが覚えておけば、その奥さんに教えてあげられるでしょう?」

「そうだな、忘れちまわないよう、がんばってみるよ」

「それじゃ、いい? この植木鉢の新芽は、だいたい一カ月ぐらいすると根がつくわ。そうしたら地面に降ろすの。一本ずつ、だいたい一フィートぐらいの間隔をあけて、こういうしっかりと肥えた地面に植え替えてやるのよ、わかる?」黒い土をひとつかみして、イライザは男のほうに差し出してみせた。「地面に降ろしてやると、見る見る成長してぐんと丈が伸びるわ。次に忘れちゃいけないのが、七月に入ったら剪定しなくちゃならないってこと。地面から八インチぐらいのところまで切り詰めちゃうの」

「花をつけるまえに？」と男が尋ねた。

「そう、花をつけるまえに」熱がこもるあまり、イライザの表情は真剣で引き締まっていた。「剪定すると、すぐにまた伸びてくるのよ。でもって、九月の終わりごろになると、蕾《つぼみ》がつきはじめる」

そこでいったんことばを切り、途方に暮れたような表情になった。「その時期がいちばん注意しなくちゃならないのよね。蕾がつきはじめるころが」迷いながら、ことばを選んでいる口調で、イライザは言った。「どんなふうに説明したらいいか、よくわからないけど」顔をあげ、相手の眼を探るようにのぞきこんだ。唇が半開きになっているせいか、なにごとかに耳を澄ましているようでもあった。「でも、ともかく説明してみるわね」とイライザは言った。「〝園芸家の手〟ってことば、聞いたことない？」

「いや、奥さん、残念ながらないな」

「そう。説明するって言っても、どんな感じかってことしか言えないんだけど。いらない蕾を摘み取るときのことよ。指先に全神経が集まってくるの。こっちはただ指が動くのを見てるだけ。指が勝手に動いてくれるから。感じでわかるのよ。指が勝手に動いて次から次へと蕾を摘み取っていくんだけど、残しておかなくちゃいけない蕾をまちがって摘んじゃうなんてことはぜったいにないの。指は植物のことを知ってるから。わかるかしら？　指と植物とがひとつになってるの。それが感じられるのよ。腕のほうまで伝わってくるの。指はちゃんとわかってて、ただのひとつも摘みまちがったりなんてしない。こっちはただ感じるだけでいいの。感じることさえできれば、まちがった蕾を摘んじゃうなんてことは起こりっこない。わかる？　わたしの言ってること、わかってくれた？」

地面に膝をついたまま、イライザは男を見あげた。熱い思いで、胸が大きくふくらんでいた。

男は眼をすがめるようにしていた。そして、当惑したように、その眼をすっと逸《そ》らした。「わかるような気がしなくもないな」と男は言った。「ときどき、あの荷馬車のなかで夜を過ごすときなんか――」

男のことばをさえぎって、イライザはかすれかけた声で言った。「あなたみたいな生活はしたことがないけど、言いたいことはわかる。夜の闇がひときわ濃いときでしょ？　ほら、夜空の星がちゃんと星の恰好をして見えて、あたりがしんと静まりかえってるときなんか。そういうとき、自分の身体が浮きあがって、うえにうえにと引っ張られていくように感じる。そういうことでしょ？ きらきらとまたたいてる星のひとつひとつが身体のなかに飛び込んでくるみたいな。そういう感じでしょ？ 熱くて、鋭くて、そして……とってもすてきな感じがする、そうなんじゃない？」

地面に膝をついたまま、イライザの手は、油じみた黒いズボンを穿いた男の脚のほうに伸びていた。ためらいがちな指先が、もう少しでズボンに触れそうになった。そこで、その手が地面に落ちた。地面にぺったりとしゃがみ込んだイライザの姿は、主人に甘えてじゃれつこうとしている犬のようだった。

男は言った。「そう、いいもんだよ。奥さんが言ったとおりだ。けど、晩めしにありつけないときだけは、そうはいかなくなる」

イライザはそのときにはもう、立ちあがっていた。必要以上に背筋をしゃんと伸ばして。恥じらう気持ちが顔に出ていた。イライザは植木鉢を差し出し、男の腕のなかにそっと降ろした。「はい、どうぞ。荷馬車の座席に載せておけば、気をつけて見てられるでしょ？ ええと、それじゃ、なにかあなたに頼めそうな仕事がないか見てくるわね」

家の裏手にまわって空き缶の山をひっかきまわし、古くてひしゃげたアルミの片手鍋をふたつほど発掘した。ふたつとも抱えて庭に戻り、男に手渡した。「ほら、これなんかどう？　あなたならなおせるんじゃない？」

男の態度が一変した。職人の顔つきになったのだ。「なおせるとも。新品同様にしてみせよう」男は荷馬車のところまで引き返すと、馬車の後部に小さな金床を据え、油まみれの道具箱をひっかきまわして打ち出し用の小さな金槌を引っ張り出した。イライザは門扉からそとに出て、男が鍋のへこみを叩いて延ばすのを眺めた。男は口元を引き締め、自信に満ちた表情になっていた。作業が難しい部分に差しかかると、下唇をきゅっと吸い込み、上唇で押さえるようにした。

「この荷馬車のなかで寝るの？」とイライザは尋ねた。

「そうだよ、奥さん、この荷馬車のなかで寝るのさ。このなかなら降ろうが照ろうがおかまいなしだ。牛みたいに気楽なもんだよ」

「きっとすてきよね」とイライザは言った。「とてもすてきに決まってる。女にもそういう暮らしができればいいのに」

「女に向いてる暮らしじゃないよ」

イライザの上唇がわずかにめくれあがって前歯がのぞいた。「どうしてわかるの？　向いてないなんて、どうして言えるの？」

「いや、そりゃ、おれにはわからないよ、奥さん」言い訳するように男は言った。

「もちろん、おれなんかにわかることじゃない。さてと、どっちの鍋もなおったよ。これでもう新しいのを買わなくてすむ」

「おいくら？」

「そうだな、五十セントにまけとくよ。安くていい仕事をするってのがおれの流儀でね。だからこそ、街道沿いのあちこちにお得意さんがいて、歓んでもらえてるのさ」

イライザは母屋から五十セント硬貨を取ってきて、男の差し出した掌に載せた。

「そのうち、思いがけない商売敵がいることに気づいてびっくりする、なんてことになるかもしれないわよ。鋏を研ぐのは、わたしにもできるし、小さな鍋のへこみぐらいなら叩いてなおすことだってできる。女にもできることがあるってところを見せてあげてもいいんだけど？」

男はハンマーを道具箱にしまい、小さな金床も見えないところに押し込んだ。「女の身には寂しい暮らしだよ、奥さん。恐い思いをすることだってあるし。ひと晩じゅうずっと、荷馬車のしたを動物《けもの》がごそごそ動きまわってる気配がするんだから」片手を騾馬の白い尻に置いて身体を支えながら、男は横木をまたいで、荷馬車の御者台にあがった。座席に腰を落ち着け、手綱を取った。「奥さん、ご親切にどうも」と男は言った。「奥さんに教えてもらったとおりにしよう。戻ってサリーナス街道に出ることにするよ」

「そうそう、忘れないでね」イライザは声を張りあげて言った。「向こうに着くまで時間がかかるようなら、砂が乾いてしまわないように気をつけて。ちゃんと湿らせておいてね」

「砂？　砂って、奥さん……ああ、そうか。菊の苗のことだね。わかった、気をつけるよ」男は舌を鳴らして合図をすると、馬も騾馬ものんびりと胸懸《むながい》に体重を預けて歩きだした。雑種の犬は荷馬車の後輪のあいだの定位置にもぐりこんだ。荷馬車は向きを変え、急ぐ様子もなくのんびりとおもての通りに出ると、川沿いの道をもときたほうに向かいはじめた。

金網のフェンスのまえに突っ立ったまま、イライザはのろのろと進んでいく荷馬車を見送った。肩を張り、頭をそらして。眼を半ばつむっていたので、眼のまえの光景はぼんやりとしか見えていなかった。声にならない唇の動きが、「さよなら――さよなら」ということばになった。それから今度は小さな声で囁《ささや》いた。「そっちは明るい方角。行く手には光が輝いてる」自分の囁き声に、イライザははっとした。ぶるっと身を震わせて自分を取り戻し、誰かに聞かれなかったかどうか、あたりを見まわした。聞いていたのは、犬だけだった。地面で眠っていた二匹の犬は、揃って頭をもたげ、イライザのほうに眼を向けたが、すぐにまた首を落ち着け、眠りに戻った。イライザは身をひるがえし、母屋に駆け込んだ。

台所に入って調理用コンロの奥に手を伸ばし、貯水タンクに触れてみた。昼食をこしらえたときに火を使ったので、コンロの熱で温められた湯がたっぷりと溜まっていた。浴室に移動すると、泥で汚れた服を勢いよく脱いで片隅に放った。そして、小さな軽石で身体をこすった。脚も、太腿《ふともも》も、下腹も、胸も、腕も、皮膚がすりむけて赤くなるぐらいまで。身体を拭いてから、寝室の鏡のまえに立って自分の身体を眺めた。おなかに力を入れて引っ込め、胸をぐっとまえに突き出すようにした。次いで鏡に背を向け、首をねじって肩越しに後ろ姿を観察した。

しばらくして、ゆっくりと身支度にとりかかった。いちばん新しい下着を身に着け、いちばん上等のストッキングを穿き、イライザにとっては美しさの象徴でもあるワンピースに袖を通した。それから髪をていねいに梳かして整え、眉を引き、口紅を差した。

化粧がまだ終わらないうちに、馬の蹄の立てる遠雷のような音がして、ヘンリーと手伝いのスコッティが叫び交わす声が聞こえてきた。赤毛の去勢牛を柵囲いに追い込んでいるのだろう。最後に庭先の門扉が閉まる音がした。イライザは夫の帰宅を待ちかまえた。

玄関先の階段をあがってくる足音が聞こえた。家に入ってくるなり、妻を呼ぶ声がした。「イライザ？　どこにいるんだい？」

「ここよ、着替えてるとこなの。出かける支度がまだ終わってなくて。汗を流したいんならお湯は残ってるわよ。でも急いでね。それでなくとも遅くなっちゃってるんだから」

浴槽に身を沈める音が聞こえてくると、イライザはヘンリーのダークスーツをベッドに拡げ、その隣にシャツと靴下とネクタイを並べ、磨いてある靴をベッドの脇に揃えて置いた。それから玄関先のポーチに出て、椅子に腰をおろし、つんと澄まして姿勢を正すと、川沿いの道に眼をやった。濃く垂れこめた灰色の霧のなか、霜にあたって黄ばんだ葉をまとったヤナギの木立が、陽光の細い帯のように見えた。灰色のどんよりとした午後の景色のなかで、それだけがただひとつの色彩だった。イライザは長いこと、身じろぎもしないで坐っていた。瞬きさえほとんどしないで。

玄関のドアの閉まるばたんという音がして、ヘンリーがポーチに出てきた。歩きながら、ネクタイをベストのなかに押し込んでいた。イライザは姿勢を正し、表情を引き締めた。ヘンリーは急に立ち止まって、イライザのことをしげしげと眺めた。「おや……おや、おや、イライザ。なんだかやけにいい感じじゃないか」

「いい感じ？　わたしがいい感じに見えるってこと？　どういう意味なの、その〝いい感じ〟って？」

ヘンリーの答えは要領を得なかった。「さてな、なんて言ったもんか。なんだかいつもとちがって見えるんだよ。強くて幸せそうに」

「わたしが強い？　そうね、確かにわたしは弱くはないわ。だけど、どういう意味なの、あなたのその〝強い〟って？」

ヘンリーは面食らったような顔になった。「こいつはゲームかなんかかい？」と心許なげに言った。「ことば遊びをしようってんだな。よし、きみは強そうに見える。仔牛の背骨を片膝でへし折れるぐらい強そうで、そいつをスイカみたいにぺろりとたいらげちまうぐらい幸せそうに見える」

ほんの一瞬、イライザの硬さが緩んだ。「ヘンリーったら、なんてこと言うの？自分で自分の言ってることがわかってないんだから」そこでまた、よそ行きの自分に戻った。「ええ、わたしは強いわ」とイライザは誇らしげに言った。「どれほど強いか、自分でも今までわかってなかったけど」

ヘンリーはトラクターを入れている納屋のほうに眼をやった。その眼をイライザのほうに戻したときには、いつもの眼差しになっていた。「車を出してくるよ。エンジンをかけているあいだに、コートを着てくるといい」

イライザは家に入った。ヘンリーが門扉のところまで車を出し、エンジンをアイドリングさせている音が聞こえてきてから、帽子をかぶった。長いことかけて、あっちを引っ張り、こっちを押さえたりした。ヘンリーがエンジンをいったん切ったところで、コートに袖を通してそとに出た。

ふたりの乗った小型のロードスターは、川沿いの未舗装の道を飛び跳ねるように走った。小鳥が飛び立ち、ウサギが草叢に駆け込んだ。ツルが二羽、大儀そうに羽ばたきながらヤナギの木立を越えて、川床に舞い降りた。道のずっと先のほうに黒っぽい小さな点のようなものが見えた。その瞬間、イライザにはわかった。

その横を通り過ぎるときには、見ないつもりだったが、眼がいうことをきかなかった。イライザは哀しくなって胸にひとりつぶやいた。「わざわざ道に放り出してくともないのに。遠くに投げ捨てることだってできたでしょうに。そのぐらいは手間でもなんでもないはずなのに。でも、植木鉢が惜しかったんだわ」とイライザなりに理由を探した。「植木鉢は手元に残したかったのね。だから遠くに放り投げるわけにはいかなかったんだわ」

カーブを抜けると、前方に荷馬車が見えた。ふたりの乗ったロードスターが荷馬車を追い越すとき、イライザは身体ごと夫のほうに向きなおった。小さな幌馬車もどきと、馬と騾馬という一風変わった組みあわせの曳き手を見なくてもすむように。それは一瞬で終わった。出来事は過去のものとなったのだ。イライザは振り向かなかった。

ロードスターのエンジンの音にかき消されてしまわないよう、声を張りあげて言った。「いい晩になりそうね。おいしいものが食べられるんですもの」

「おやおや、ずいぶん目まぐるしくご機嫌が変わるんだな」ヘンリーはぼやくように言った。そして、ステアリングから片手を放し、その手でイライザの膝を軽く叩いた。「もっとたびたび食事に連れださなくちゃいけないってことだな。それが夫婦円満の秘訣ってやつになりそうだ。農場の暮らしは、おれにとってもきみにとっても、たいへんなことばかりだから」

「ねえ、ヘンリー」イライザは夫に尋ねた。「食事のときにワインを呑まない？」

「いいとも、呑もうじゃないか。ああ、名案だよ」

それからしばらく黙り込んでから、イライザはまた夫に声をかけた。「ねえ、ヘンリー、ボクシングの試合のことだけど、お互いひどい怪我をするぐらい殴りあったりするもの？」

「まあ、たまにはそういうことにもなるけど、それほどしょっちゅうってわけじゃないよ。なぜだい？」

「鼻柱を折られて胸のあたりまで血が垂れてきたって記事を読んだから。選手のはめてたグローブが血を吸って重くなった、なんてことも書いてあったし」

ヘンリーはイライザのほうに顔を向けた。「何かあったのかい、イライザ？　きみがそんな記事を読んでたなんて、知らなかったよ」車をいったん停止させてから、右に曲がり、サリーナス川にかかる橋を渡った。

「女の人でも、ボクシングの試合を見にきてる人っているんでしょ？」

「ああ、そりゃ、いないこともないけど。どうしたんだ、イライザ？　ボクシングの試合を見に行きたいのか？　きみの気に入るとは思えないけど、ほんとに見たいんなら連れてこうか？」

イライザは力なく座席の背にもたれかかった。「いいえ、けっこうよ。とんでもない。ボクシングなんか見たくないもの。ええ、ほんとよ」そして、顔を隠すように横を向いた。「食事のときにふたりでワインが呑めればそれで充分よ。充分すぎるほどよ」それからコートの襟を立て、夫に見られないようにして、ひっそりと弱々しく、老婆のように泣いた。

蛇

The Snake

若い研究者であるフィリップス博士がズックの大袋を担ぎあげて潮だまりをあとにしたときには、もう陽が暮れかけていた。フィリップス博士は岩場を踏み越えて通りに出ると、ゴム長靴をびしゃびしゃいわせながら歩いた。モントレー市内の缶詰工場街にある小さな民間の商用目的の研究施設に帰りついたときには、街灯がつくころになっていた。研究施設といってもちんまりとしたせせこましい造りの建物で、半分は湾の水上に組まれた橋桁のうえに、もう半分は陸地にまたがっていた。両隣にはどちらも、なまこ板をめぐらせた、鰯《サーディン》の缶詰工場の大きな建物がのしかかるように建っている。

フィリップス博士は研究所の木の階段をのぼってドアを開けた。檻のなかのシロネズミがせわしなく金網をのぼったりおりたりしていた。捕獲して囲いに入れてある猫は、ミルクをねだってみゃあみゃあ声をあげていた。解剖台のうえのまぶしいほど明るい電灯をつけてから、フィリップス博士は肩にかけていた湿ったズックの袋を床に降ろした。次いで、窓のところまで足を運び、ガラガラヘビの飼育箱をのぞき込んだ。蛇どもはガラスの飼育箱の四隅にかたまってじっとしていたが、頭だけは一匹ずつはっきりと見分けがついた。それぞれの灰色がかった何色ともつかない眼は、何も見てはいないようだった。ところが、博士が飼育箱のうえに身を屈めると、あちらからもこちらからもいっせいに、ちょろちょろと舌が伸びてきて、ゆっくりと上下に揺れはじめた。二股になった先端が黒く、奥のほうはピンク色の舌だった。やがて、相手が博士だとわかると、舌は次々に引っ込んだ。

フィリップス博士は革のコートを脱いで、ブリキのストーブに火を起こした。水を入れた鍋をストーブにかけ、豆の缶詰を缶ごとどぶりと鍋に沈めた。それから、その場に突っ立ったまま、床におろしたズックの袋をじっと見つめた。博士は瘦せた若者で、四六時中顕微鏡をのぞいてばかりいる人間に特有の、穏やかで、何かに気を取られているような眼をしていた。そして短いブロンドの顎髭をたくわえていた。

ストーブの煙突を空気が昇っていくひそやかな音がして、ストーブ本体から暖気が洩れはじめた。研究所の建物を支えている杭を、湾のさざ波が静かに洗っている。部屋の周囲の壁に造りつけた棚には、この研究施設が売り物にしている海洋生物の標本の陳列瓶が、なん段にもわたって並んでいた。

フィリップス博士は片隅のドアを開けて奥の寝室に入った。本がずらりと並んでいる狭い部屋で、そこに軍用の簡易ベッドがひとつ、読書用のスタンドに坐り心地のよくない椅子が一脚、置いてあった。博士はゴムの長靴を脱いで羊革の室内履きに履き替え、もとの部屋に戻った。ストーブにかけた鍋の水がしゅんしゅんいいはじめていた。

ズックの袋を持ちあげ、明かりに白々と照らされた解剖台に置くと、袋の中身を取り出した。ありふれたヒトデが二ダースばかり。博士はそれらを解剖台に一列に並べた。何かに気を取られているような博士の眼が、金網の檻のなかを忙しなく動きまわっているシロネズミに向けられた。博士は紙袋から穀物を取り出し、檻の餌箱に入れた。ネズミたちはいっせいに金網を這いおりてきて、餌箱の中身に飛びついた。ガラス棚に並べたタコやクラゲの小さな標本のあいだに、瓶入りの牛乳が置いてあった。フィリップス博士はその牛乳を棚から降ろして猫の囲いに近づいた。けれども牛乳を容器に入れてやるまえに、囲いのなかに手を入れて、大きいのに痩せているぶちの野良猫をそっと抱きあげた。何度か撫でてやってから、小さな黒塗りの箱に入れて蓋を閉め、閂《かんぬき》をかけ、小型のコックをひねって箱のなかにガスを送り込んだ。しばらくのあいだ、黒塗りの箱から猫がもがくぐもった音が聞こえた。そのあいだに博士は猫の囲いの給餌皿を牛乳で満たした。一匹の雌猫が背中を丸めて博士の手に身体をすりつけてきた。博士は笑みを浮かべ、そいつの首筋を撫でてやった。

そのときにはもう、箱から物音はしなくなっていた。博士は小さなコックを締めた。黒塗りの箱は気密性が高く、箱のなかはガスでいっぱいになっているはずだった。

ストーブにかけた鍋の湯が沸き、豆の缶詰の周囲でごぼごぼと勢いよく煮立っていた。フィリップス博士は大きな鉗子《かんし》を使って缶詰を引きあげ、蓋を開け、中身の豆をガラスの皿に空けた。豆を食べながら、解剖台に並べたヒトデの様子を観察した。ヒトデの腕のあいだから、乳色をした液体が小さなしずくになってにじみ出ていた。博士は急いで豆をかき込み、空になった皿を流しに運び、備品戸棚に近づいた。戸棚から顕微鏡とひと重ねになったガラスの小皿を取り出した。そのガラスの小皿の一枚一枚に、海水の出る蛇口から海水を注ぎ、ヒトデの手前に一列に並べた。続いて懐中時計を取り出して、白光に照らされた解剖台に載せた。床下の杭に打ち寄せる波が、小さな溜め息をついている。博士は抽斗《ひきだし》からスポイトを取り出し、ヒトデのうえに屈み込んだ。

そのとき、そとの木の階段を急ぎ足でのぼってくる、忍びやかな足音がした。次いで研究所のドアが強くノックされた。ドアを開けに向かう博士の若い顔を、いくらか迷惑そうな渋い表情がよぎった。戸口のまえに立っていたのは、背の高い痩せた女だった。地味な黒っぽいスーツ姿で、平たい額に深々と垂れかかったまっすぐで癖のない黒髪が、風に吹かれでもしたかのように乱れていた。解剖台のうえの明かりの強い光を受けて、黒い眼がきらきらと光っていた。

女は柔らかな、咽喉《のど》に絡むような声で言った。「お邪魔してもかまいませんか？　聞いていただきたいことがあるんです」

「今はちょっと手が離せないんです」気乗りしないことを隠さず、博士は言った。「途中で何度か作業をさせてもらうことになりますよ」それでも戸口のまえからしりぞいた。背の高い女はするりと室内に入ってきた。

「お話ができるようになるまで、静かに待たしていただきます」

博士はドアを閉め、寝室から坐り心地のよくない椅子を運んでくると、弁解する口調で言った。「ご覧のように実験を始めたばかりなんで、ここで中断するわけにはいかないんです」この研究所には、びっくりするほどたくさんの人が、ふらりと入り込んできては、博士にあれこれ質問をしてくる。そこで、よく訊かれる質問については、博士のほうで定型の説明のようなものを考えてあった。決まりきった説明をするだけなので、いちいち考えなくてもしゃべることができるのだ。「こちらにおかけください。二、三分お待ちいただければお話をうかがえるかと思います」

背の高い女は解剖台に顔を近づけた。博士はスポイトを使ってヒトデの腕のあいだから分泌液を採取し、ボウルの海水のなかに注ぎ出し、続けて今度は乳色をした液体を吸い上げ、それも同じボウルに注ぎ出すと、スポイトの先端でボウルの海水をそっとかきまぜた。そして、お決まりの説明を早口で述べはじめた。

「生殖時期を迎えたヒトデは、干潮時に外気にさらされると、精液や卵子を体外に排出します。生殖時期にある個体を選んで水のそとに持ちだすことで、干潮と同じ条件を与えてやるわけです。今、ぼくは精液と卵子を採取して、このボウルのなかで混ぜあわせました。今度は、この混ぜあわせたものを少しずつ、ここにある十枚の観察皿に入れます。そして十分が経過した時点で最初の皿のものをメントールで殺します。二十分が経過したら二番めのグループを同様に殺し、あとは二十分ごとに新たなグループを殺していきます。そうすることで、それぞれの段階で変化を停止させることになるので、そのひとつひとつを顕微鏡のスライドに固定して、生物学の研究資料に用いよう、というわけです」博士はそこでいったんことばを切った。「この最初のグループですが、顕微鏡でのぞいてごらんになりますか？」

「いいえ、けっこうです」

博士はすばやく女のほうに顔を向けた。たいがいの者が、顕微鏡をのぞきたがるものなのだ。女は解剖台には眼もくれていなかった。博士を見ていた。黒い眼は博士に向けられてはいたけれど、彼を見ているようには思えなかった。なぜなのか、その理由を博士は悟った――虹彩が瞳孔と同じぐらい黒くて、ふたつのあいだに色の境界線がないからだった。女の返答に、フィリップス博士はいささか気分を害した。むやみに質問攻めにされるのもうんざりではあったが、こちらのやっていることにまるで興味をしめさない、というのもそれはそれで苛立たしいことだった。この女をどぎまぎさせてやりたい、という欲望が博士の胸のうちで湧いてきた。

「最初の十分が経過するのを待つあいだに、やってしまわなくてはならないことがあるんですが、人によっては、そういうものは見たくもないと言うんです。なんでしたら、終わるまで向こうの部屋にいらしてもかまいませんよ」

「いいえ」女はあの柔らかな、抑揚に欠けたしゃべり方で言った。「どうぞおかまいなく、なさるべきことをなさってください。話を聞いていただけるようになるまで、お待ちします」膝のうえに両手を載せて、女はあくまでも落ち着き払っていた。眼だけはきらきらと輝いていたが、身体のそれ以外の部分はすべて、活動をいったん停止した休眠状態にあるようだった。その様子から、博士はこんなふうに思った——「どう見ても、新陳代謝が低そうだ。おそらくカエル並みに」ショックを与えて、この不活発な無気力状態から目覚めさせてやりたい、という欲望が、またしても博士をとらえた。

博士は小さな木枠箱を解剖台に載せ、外科手術用のメスや鋏を並べ、耐圧管に太い注射針を取りつけた。それから処分用の箱からぐったりとなった猫の死体を取り出し、木枠箱に入れると、猫の四肢を箱の両脇のフックに固定した。そこでちらりと横目で女の様子をうかがった。女は先ほどから微動だにしていなかった。それまでと同様、平然と落ち着き払っていた。

木枠に固定された猫は、にたりと笑っているような顔を明かりに向け、尖った犬歯のあいだからピンクの舌先を突き出していた。フィリップス博士は猫の咽喉の部分の皮膚に手際よく鋏を入れ、メスに持ち替えて切開し、動脈を探りあてた。しかるのち、完璧な技術で血管に針を滑り込ませ、途中で抜けることがないよう、縫合糸《ガット》でしばって固定した。「まずは防腐処置をします」と博士は説明した。「防腐液を入れ、その後、静脈系統には黄色の、動脈系統には赤の着色剤を注入します。血液の循環についての解剖模型にするんです。生物学のクラスで使うんですよ」

博士はそこでまた女のほうをうかがった。女の黒い眼は、埃の膜でもかかっているように煙って見えた。なんの表情もうかがえないその眼で、女は猫の切開された咽喉を見つめていた。切開創からは一滴の血も洩れていなかった。きれいな切り口だった。フィリップス博士は時計に眼をやった。「最初のグループの処置の時間です」博士は一番めの観察皿にメントールの結晶を何粒か振り入れた。

女の存在が博士の神経にさわりはじめていた。ネズミどもはまたしても、檻の金網をせわしなくのぼったりおりたりしながら、きいきいとか細い声で鳴いていた。建物のしたの橋脚に波がぶつかるたびに、ごくかすかな振動が伝わってくる。

博士はぶるっと身震いをした。ストーブに石炭をいくつか放り込んでから椅子に腰を降ろし、「さて」と言った。「これであと二十分間は、何もすることがありません」改めて見ると、女は下唇から顎先までのあいだがやけに短かった。女はゆっくりと目覚めはじめているように見えた。意識の深淵の底から、徐々に浮かびあがってきているかのようだった。頭があがり、顔が起き、埃の膜に覆われたような黒い眼が室内をひとわたり移動し、最後に博士のところに戻ってきた。

「お待ちしていました」と女は言った、両手は膝のうえに並んだままだった。「こちらの研究所に蛇はいるでしょうか?」

「いますよ、もちろん」と博士は言った。声がいくらかうわずっていた。「ガラガラヘビを二十匹ほど飼育しています。毒液を採取して送るんですよ、蛇の抗毒血清を研究しているあちこちの施設に」

女の眼は博士から動かなかったが、博士を見つめているというよりも、その視線で博士を包囲し、博士のまわりの大きな円全体を眺めているようだった。「雄はいますか、雄のガラガラヘビは？」

「それがですね、実はまったくの偶然からつい最近、いることがわかったんです。ある朝、出勤してきてみると、大きな蛇が自分よりもちょっと小さい蛇と、その……つまり交尾をしていたんです。こんなふうに捕獲された状態でその手の行為に及ぶというのは、かなり珍しいことでね。でも、まあ、それで雄がいるとわかったわけです」

「どこにいますか？」

「どこって、ほら、そこの窓際のガラスの飼育箱のなかにいますよ」

女の顔がゆっくりとそちらに向けられた。だが、膝のうえの両手はじっとしたまま動かなかった。女は博士のほうに向きなおった。「見せていただけますか？」

博士は立ちあがって窓際の飼育箱まで足を運んだ。砂を敷いた底に、ガラガラヘビの塊ができていた。何匹もがもつれあっているのに、頭部は一匹ずつ見わけがついた。

次々と舌が出てきて、ちろりちろりと動いたかと思うと、その舌が空気の振動を探って上下にへろへろと揺れるのだ。フィリップス博士はどうにも落ち着かなくなって、振り向いた。女は博士のすぐ隣に立っていた。椅子から立ちあがる音などしなかったのに。聞こえていたのは、橋脚に打ち寄せる波のざわめきとネズミどもが金網を駆けあがったり這いおりたりする忙しない物音だけだったのだ。

低い声で女は言った。「どれでしょうか、おっしゃっていた雄は？」

博士は、飼育箱の片隅に一匹だけ離れて横たわっている、埃を思わせる灰色をした太い灰色の蛇を指さした。「あれです。長さが五フィート近くあります。テキサスから来たやつです。こっちの太平洋岸の蛇は、たいていもっと小型ですからね。餌にネズミをやるんですが、あいつが独り占めですよ。ほかの蛇に喰わせてやりたいときには、あいつを隔離しておかなくちゃならないんです」

女は、その蛇の水気のない平べったい頭をじっと見おろしていた。先端が二股になった舌がするりと出てきて、しばらくそのまま震えていた。「で、あれはまちがいなく雄なんですね？」

「ガラガラヘビというのは、不思議な生き物なんです」いささか上っ調子なしゃべり方になりながら、博士は言った。「一般的に信じられている説は、ほとんどどれもまちがいなんですよ。なので、ことガラガラヘビに関しては、ぼくとしても断定的なことは言いたくない。ですが、ええ、あいつが雄だということは保証できますよ」

女の眼は、蛇の平たい頭から離れなかった。「あれをわたしに売っていただけませんか？」

「売る？」思わず大声になって博士は言った。「あの蛇を、あなたに売る？」

「だって、ここでは標本を売っているんでしょう？」

「ええ、そりゃ、まあ——売ってますよ。売ってないわけじゃないけど……」

「おいくらでしょう？　五ドル？　十ドル？」

「いやいや、まさか！　せいぜい五ドルですよ。だけど——ひとつお訊きしますが、ガラガラヘビについて、多少なりとも知識はお持ちですか？　咬まれる危険性もあるんですよ」

女はしばらくのあいだ、黙って博士を見つめた。「連れて帰るつもりはありません。ここに預けておきたいんです。預けてはおくけど、だけど、わたしのものにしたいんです。ここに来て、眺めたり、餌をやったりして、これはわたしのものだと思いたいんです」女はそう言うと小さなバッグを開けて五ドル紙幣を取り出した。「お納めください。これで、あれはわたしのものですね」

フィリップス博士は、不安を覚えはじめた。「自分のものにしなくても、見にくることはできますよ」

「でも、わたしのものにしておきたいんです」

「おっと、いかん！」と博士は叫んだ。「時間のことを忘れてた」博士は解剖台に駆け寄った。「三分も超過してしまった。あまり影響が出ないといいんだが……」気を揉みながら、二番めの観察皿にメントールの結晶を何粒か振り入れた。それからまた惹き寄せられるように、女がじっと蛇を見つめている飼育箱のところまで戻った。

女が質問をした。「この蛇ですけど、何を食べているんですか？」

「シロネズミを餌として与えてます。ほら、あそこの檻にいるやつです」

「この蛇を別の箱に移してもらえませんか？　餌をやってみたいんです」

「しかし、今は必要ありませんよ。今週はもうネズミを一匹、食ってますからね。ガラガラヘビってやつは、ときには三カ月も四カ月も何も喰わないことがあるんです。以前に飼育してたやつで、なんと一年以上も何も食べなかったのがいましたよ」

女はあの低い声の抑揚に欠けたしゃべり方で、質問をしてきた。「ネズミを一匹、売っていただけませんか？」

博士は肩をすくめた。「わかりました。あなたはガラガラヘビがものを食べるところを見たいんですね。いいですよ。ご覧に入れましょう。ネズミは一匹、二十五セントです。見ようによっては闘牛に勝るとも劣らない迫力だろうし、また見ようによっては蛇がただものを食うってだけのことですけどね」博士の口調は辛辣になっていた。自然界の営みを娯楽にする連中を、博士は嫌悪していた。博士は釣りや狩猟を愉しむ人間ではなく生物学者だった。知識のためなら千匹の動物を殺すこともできるが、ただの愉しみのためなら昆虫一匹殺せなかった。それは博士なりに考え、割り切り、結論の出ていることだった。

女はゆっくりと博士のほうに顔を向けた。薄い唇に笑みの兆しらしきものが浮かんでいた。「わたしの蛇に餌をやってみたいんです」と女は言った。「まずは別の箱に移すことにします」女は飼育箱の蓋を開けると、あっと思う間もなく手を突っ込んだ。博士は跳びついて、女を引き戻した。飼育箱の蓋がぱたんと音を立てて閉まった。

「ちょっとは考えてから行動したらどうです？」思わず声を荒らげて、博士は言った。「そりゃ、咬まれても死ぬことはないかもしれない。だけど、とんでもない目に遭いますよ。手当するにしたって、ぼくにできることにも限界がありますからね」

「それでは、あなたが移してください」落ち着き払って、女は言った。

フィリップス博士は動揺していた。そして自分が、女のあのどこを見ているともわからない黒い眼を避けていることに気づいた。蛇の箱にネズミを入れることが、ひどくまちがったことのような、とても罪深いことのような気がしてならなかったが、その理由は博士自身にもわからなかった。見せてほしいとせがまれて蛇の箱にネズミを入れたことは、これまでにも何度もあった。けれども、今夜のこの要求は、どうにも気色が悪かった。気持ちの整理をつけたくて、博士は弁明を試みた。

「見るのは悪いことじゃない。蛇の能力が理解できるでしょうからね。ガラガラヘビに対して敬意を抱くようになるでしょう。それから、蛇が獲物をしとめる夢を見てとてつもない恐怖を感じたという人がよくいますよね。あれは、獲物のネズミを主観的に見てるんですよ。ぼくはそう思います。その人自身がネズミになってしまっているんです。でも、一度、実際に蛇がネズミを食べるところをその眼で見れば、すべてを客観的に見られるようになります。ネズミはただのネズミに過ぎなくなって、恐怖感がなくなります」

博士は壁にかけてあった、革の輪索《わなわ》のついた長い棒に手を伸ばした。そして飼育箱の上げ蓋を開けて、輪索を差し込み、大きな蛇の頭に引っ掛けて革紐を絞った。尻尾のラトルを鳴らす乾いたジャラジャラという音が室内に鋭く響いた。棒の柄に太い胴体が絡みつき、反り返ったが、博士はかまわず持ちあげて、給餌箱に蛇を放り込んだ。

蛇はしばらくのあいだ、飛びかかる構えを見せていたが、そのうちにジャラジャラという音がおさまった。蛇は給餌箱の隅のほうに這いずっていくと、その身体で大きな8の字をこしらえ、じっと動かなくなった。

「ごらんになっておわかりになったと思いますが」と博士は言った。「ここで飼っている蛇はかなり人に慣れてます。長いこと飼育してますからね。やろうと思えば、素手で扱えないこともないでしょう。しかし、ガラガラヘビを素手で扱っていれば、それがどんな名人であっても咬まれるのは時間の問題です。ぼくとしては、そういう危険はおかしたくないんですよ」そこでまた女のほうにちらりと眼をやった。蛇の給餌箱にネズミを入れるのが、どうにも気が進まなかったのだ。女は給餌箱の真ん前に移動してきていた。その黒い眼はまた、石のような色をした蛇の頭に向けられていた。

「ネズミを入れてください」と女が言った。

博士は仕方なくネズミの檻に向かった。なぜかネズミが可哀想でならなかった。そんな気持ちになったのは初めてのことだった。博士の眼が、こちらに向かっていっせいに金網をよじのぼってくる、白い身体の群れに向けられた。「どれを？」と博士は胸につぶやいた。「どれを選べばいいんだろう？」不意に腹立たしくなって、博士は女のほうを振り返った。「いっそ猫を入れてみましょうか？　本物の戦いが見られますよ。猫が勝つことも考えられます。もっとも、そうなったら、蛇も生きちゃいないでしょうけど。どうです？　ご希望でしたら猫を売ってさしあげますけど」

女は博士を見もしなかった。「ネズミを入れてください」と女は言った。「この蛇に食べさせてやりたいんです」

博士はネズミの檻を開けて、手を突っ込んだ。伸ばした指先が探り当てた一本の尻尾をつかみ、丸々と太った眼の赤いネズミを檻から引っ張り出した。ネズミはじたばたともがき、身体を丸めて博士の指に噛みつこうとして力尽き、尻尾からぶらさげられたまま四肢を拡げて動かなくなった。博士は足早に部屋を突っ切ると、給餌箱を開けて砂敷きの底にネズミをおろした。そして「さあ、よく見ててくださいよ」と上擦った大声で言った。

女は返事をしなかった。その眼は、飼育箱の隅でじっと動かない蛇に向けられていた。蛇の舌が、出たり引っ込んだりしながらちろちろと動いていた。飼育箱のなかの空気を味わっているのだ。

ネズミは床に足をつけて立つと、くるっと向きを変え、自分の毛の生えていないピンクの尻尾を嗅いでみてから、恐れ気もなく砂のうえをちょこまかと歩きだした。鼻をひくひくさせながら。部屋のなかは静まり返っていた。聞こえてきたのが、橋脚のあいだを抜ける波がついた溜め息なのか、あるいは女のついた溜め息なのか、フィリップス博士にはわからなかった。眼の隅で、女が前屈みになり、身体をこわばらせたのを見て取った。

給餌箱の隅から、蛇は滑らかに、ゆっくりと動きだした。舌がちろちろと出たり引っ込んだりしていた。蛇の動きはあまりにも緩慢で、あまりにも滑らかなので、動いているように見えなかった。給餌箱の反対の隅に坐り込んでいたネズミが顔をあげ、細くて白い毛に覆われた胸をなめはじめた。蛇の動きはとまらなかった。首を深いSの字に湾曲させたまま、前進を続けた。

博士は室内の静けさに押しつぶされそうになった。全身の血液が頭にのぼってくる気がした。思わず大声を張りあげていた。「ほら、見てください！　ああして首を曲げている。いつでも飛びかかれるよう身構えてるんです。ガラガラヘビは慎重な生き物です。臆病と言ってもいいぐらいですよ。身体の機能が、実に精緻にできてるんです。獲物にありつくときには、それこそ外科医も顔負けの機敏さと手際のよさを発揮します。自分の武器を軽率には使いません」

蛇は給餌箱のまんなかあたりまで這いずってきていた。ネズミは顔をあげて蛇に眼をやったものの、すぐにまた無頓着に胸をなめる作業に戻った。

「世の中でこれほど美しいものはありませんよ」と博士は言った。身体じゅうの血管が脈動していた。「そして、これほど恐ろしいものもない」

蛇はいつの間にか獲物に肉薄していた。頭が砂から数インチほど持ちあがった。その頭がゆっくりとまえにうしろに揺れ動いた。狙いをつけ、距離をはかり、もう一度狙いをつけているのだ。フィリップス博士はそこでまた女のほうにちらりと眼をやった。そして、胸が悪くなった。女の頭も揺れていた。それほど大きくはなく、ごくごくかすかにではあったが、前後にゆらゆらと動いていた。

ネズミはもう一度顔をあげて蛇を見た。今度は前脚をおろし、あとずさり、そして次の動作に移ろうとした瞬間――一撃を喰らった。眼にもとまらぬ速さの、あっという間の出来事だった。ネズミは眼に見えない手で殴られでもしたかのように、びくんと身をすくませた。蛇はするすると後退してもとの隅に引っ込み、とぐろを巻いた。舌をへろへろと動かしながら。

「完璧だ！」とフィリップス博士は叫んだ。「肩甲骨のまさにど真ん中だ。毒牙は、たぶん、まちがいなく心臓に食い込んでますよ」

ネズミはその場から動けなかった。ただ突っ立ったまま、荒い息を吐いている様子は、小さな白いふいごのようだった。次の瞬間、いきなりぴょんと跳ねあがり、横ざまに倒れた。ぴくっぴくっと脚を蹴りあげたかと思うと、一秒後にはもう絶命していた。

女の身体から力が抜けた。ぐったりとした姿が、眠そうでもあった。

「いかがです？」感想を求める口調で博士は言った。「気分がすっきりしたんじゃありませんか？」

女は煙るような眼を向けてきた。「これから食べるんでしょうか？」と女は尋ねた。

「当然ですよ。もちろん食べます。スリルを味わいたくて殺したわけじゃありませんからね。空腹だったから殺したんです」

女の唇の両端が、そこでまたかすかに持ちあがった。女は蛇に眼を戻した。「食べるところが見たいわ」

見ると、蛇はふたたび給餌箱の隅から這いだしてきていた。首は攻撃をかけるときの曲げ方にはなっていなかったが、相手が逆襲してきたらひとっ飛びで後退できるよう、用心ぶかく慎重に接近していた。まずはそのずんぐりとした鼻先でそっとネズミの身体を突き、すぐさま身を引いた。相手がまちがいなく死んでいると確認できると、今度は顎でネズミの全身を頭のてっぺんから尻尾の先までくまなく撫でまわした。そうやって獲物のサイズを測定しながらキスでもしているかのようだった。最後に口を開け、顎をがくっとはずした。

フィリップス博士はともすれば女の方に顔が向きそうになるのを、意志の力で食いとめていた。「ここで女が口を開けていたりしたら、胸が悪くなって吐いてしまうだろう。恐ろしくなってしまうだろう」と思いながら、博士は眼をそらしつづけた。

蛇はぱっくりと開いた上下の顎をネズミの頭に当てがい、ゆっくりとした規則正しい蠕動《ぜんどう》運動でもってネズミを呑み込みにかかった。上下の顎が咬みあわされると、咽喉がぐっとせりあがり、ふたたび上下の顎が咬みあわされることが繰り返された。

フィリップス博士は蛇の給餌箱に背を向け、解剖台のところに戻った。「おかげでこの連続実験はだめになりましたよ」と苦りきった口調で言った。「これじゃ完璧なひと組にはなりませんからね」観察皿のひとつを低倍率の顕微鏡にセットしてレンズをのぞいてみたが、しばらくすると腹立ちまぎれに、全部の観察皿の中身を流しに捨てた。いつの間にか波が静かになったようで、床のしたから湿った囁《ささや》きが聞こえてくるだけになっていた。博士は足元の落とし戸を開けると、黒い水にヒトデを残らず放り込んだ。それから解剖台の木枠箱のなかで磔刑《はりつけ》になっている猫のところで足をとめた。猫は明かりを見あげたまま、ひょうきんに笑っていた。防腐液を注入されて、猫の身体は膨れあがっていた。博士は圧力をとめ、注射針を抜いて、血管を結索した。

「コーヒーでもいかがですか?」と博士は尋ねた。

「いいえ、けっこうです。じきに失礼しますから」

蛇の給餌箱のまえに立っている女のところに、博士は近づいた。ネズミはすっかり呑み込まれて、蛇の口の端から、ピンクの尻尾が一インチばかり、せせら笑う舌のようにはみだしているだけになっていた。そこでまた咽喉が膨らんだかと思うと、その尻尾もするっと見えなくなった。はずれていた顎の関節がかくっともとに収まった。大きな蛇は重たそうに身を引きずって給餌箱の隅に引っ込み、大きな8の字になって砂のうえに頭を落とした。

「眠ったわ」と女は言った。「わたしももう失礼します。でも、いずれまた、わたしの蛇に餌をやりに通ってまいります。ネズミの代金はお支払いします。たくさん食べさせてやりたいんです。そして、いつか——連れてかえるつもりです」その一瞬、女は煙った夢から覚めたような眼になった。「忘れないでください、あの蛇はわたしのものです。毒を抜いたりしないでください。毒を持ったままにしておきたいんです。では、ご機嫌よう」女は足早に戸口に向かい、研究所から出ていった。木の階段を降りていく靴音は聞こえたが、舗道を歩き去っていく靴音は聞こえなかった。

フィリップス博士は椅子の向きを変えて、蛇の飼育箱のまえに坐り込んだ。そして眠っている蛇を眺めながら、考えを整理しようとした。「心理学であつかう性的象徴については、かなり本も読んだけど、それでは説明がつきそうにないな」と博士は思った。「もしかすると、ぼくは孤独すぎるのかもしれない。この蛇は殺してしまったほうがいいのかもしれない。こんなときに――いや、それはちがうな。どんな存在に対しても、ぼくは祈るなんてことはできやしない」

それから何週間も、博士は女がまた訪ねてくるのを待っていた。「今度訪ねてきたら。ここにひとりきりで放っておいて、ぼくは外出してしまおう」と心に決めていた。「あんな胸糞の悪いものは、もう見たくない」

女はその後、一度も姿を見せなかった。何カ月ものあいだ、博士は町を歩いているときに、女を探した。あの女ではないか、と思って背の高い女のあとを追いかけたことも何度かあった。けれども、あの女に会うことはなかった――もう二度と。

白いウズラ

The White Quail

I

居間の暖炉の向かい側は、窓のしたのクッションつきの腰かけからほぼ天井までの、大きな張り出し窓になっていた。鉛枠にはめ込んだ板ガラスが、小さな菱形を連ねていた。窓からの眺めは、できることならその窓辺の腰かけに坐って眺めるのが望ましく、そうすると庭だけではなくその向こうに続く丘まで見渡せた。庭の芝生には、庭木として植えられた何本ものオークの木が、木陰を投げかけ、それぞれの根本を取り囲む恰好で手入れの行き届いた花壇が設けられている。花壇に植わっているのはサイネリアだ。どれも大株で、深紅から群青まで彩り豊かな花を、茎がたわむほどたっぷりと咲かせていた。芝生の先にはフクシアが、庭の小さな代表として整然と一列に植えられていた。その前面に浅い池があるのだが、池の縁はしごくもっともな理由から芝生と段差がないよう平らに造られている。

庭のはずれは裏手の丘陵地帯につながっていて、すぐに傾斜がはじまっている。野生のクロウメモドキの繁みやらツタウルシやら枯草やらミズナラやらが野放図に繁り、人の手はまったく入っていない。正面にまわって見ない限りは、この家がぎりぎりではあるが、それでもいちおう〝町〟にあることなど、おそらくわかりもしないだろう。

ハリー・E・テラー夫人ことメアリー・テラーは、その窓も庭も〝理想的〟だと思っていたが、そう思うにはそれなりの理由があった。その家と庭を造るために、何年もまえからそこの土地に眼をつけていたのではなかったか？　そこの土地がまだ丘の肩に接した干からびた荒れ地だったころから、そんな家とそんな庭を何度も何度も心に描いていたのではなかったか？　だからこそ、この五年間というもの、好意を示してくる男が現れるたびに、この人はあの庭と釣りあいが取れるだろうか、と考えていたのではなかったか？　その場合、「この人はあの庭を気にいるかしら？」とはあまり考えなかった。「あの庭はこの人みたいな男を気に入るかしら？」と考えた。庭は彼女自身であったし、どうせなら彼女自身が気に入った相手と結婚するべきだと思っていたからだった。

ハリー・テラーと出会ったとき、庭は彼のことを気に入ったようだった。ハリーが結婚を申し込み、そうした状況に置かれた男が誰しもそうなるように彼もまた御多分に洩れず、むっつりと黙り込んで返事を待っていると、彼女はいきなり大きな張り出し窓のことやら、芝生とオークの木とサイネリアのある庭のことやら、人の手の入っていない荒れ放題の丘のことやらを持ち出してきた。これにはハリーもいささか度肝を抜かれたにちがいない。

ハリーは「そうか、それはいいね」とどちらかと言えば気のない返事をした。

メアリーは言った。「馬鹿みたいだと思う？」

返事を待たされていることもあって、ハリーはいくらか不機嫌になっていた。「いや、もちろん、そんなことはないよ」

そこでようやくメアリーは結婚を申し込まれていたことを思い出し、承諾する旨を伝えて、キスを許した。それから言った。「芝生と段差ができないようにして、小さなセメントの池を作るの。なぜだかわかる？　あのね、あそこの丘にはあなたなんかが思いもよらないぐらいたくさんの鳥がいるの。ハシボソキツツキとかオウゴンヒワとかハゴロモガラスとか、もちろんスズメやベニヒワだっているし、ウズラもたくさんいるのよ。だったら、池を作れば、そういう鳥たちが水を飲みに来るようになっても不思議じゃないでしょう？」

彼女はとてもきれいだった。何度キスをしても、またしたくなった。彼女はそれを許した。「それからフクシアも」と彼女は言った。「フクシアを忘れるわけにはいかないわ。熱帯のクリスマス・ツリーみたいだもの。あ、それから、芝生は毎日、熊手で掃除をしてもらわなくちゃならないから」オークの木って葉が落ちるから」

ハリーは笑い声をあげた。「きみはおかしな人だね。し、家も建ってないし、庭木だって植えてもいないうちから、オークの葉が芝生に落ちることを心配してるんだから。でも、きみはとてもきれいだ。きみを見てると、なんというか……そそられるよ」

そんなことを言われたものだから、彼女はいささかあっけにとられた。一瞬、当惑の表情が浮かんだ。それでももう一度キスを許した。最後に彼を送り出してから、自分の部屋にこもった。彼女の部屋には小さな青い書き物机が置いてあって、そこにいろいろなことを書き留めておくのに使っている雑記帳が載っていた。彼女はクジャクの羽根ペンを握って、〝メアリー・テラー〟と書いてみた。何度も、何度も。一度だけ、いや二度ばかり、〝ハリー・E・テラー夫人〟とも書いてみた。

II

その土地を購入し、家を建て、ふたりは結婚した。メアリーは綿密に庭の図面を描き、職人たちが作業に入ると、一瞬たりとも眼を離さなかった。何をどこに配置するべきか、メアリーは細かいところにいたるまで心得ていた。浅い池についても、セメントを流し込む職人に池の形を描いた図面を渡した。先端が尖っていないハートのような形をしていて、縁のところから底に向かってなだらかな傾斜をつけ、鳥が水を飲みやすいようにしてあった。

そんなメアリーを、ハリーは感心して見守った。「こんなきれいな女に、これほどの才覚があろうとは誰も思ってもみないだろうね」とハリーは言った。

そう言われると、メアリーも悪い気はしなかった。メアリーは信じられないぐらい幸せだった。だから、こんなことを言ったのだ。「よかったら、あなたもこの庭に好きなものを植えたっていいのよ」

「いや、いいんだ、メアリー。きみの考えていることがこの庭に表現されていくのを眺めているだけで、ぼくには充分満足なんだ。最後まできみの思いどおりにしたらいい」

ハリーがそういう人だったからこそ、メアリーは彼を愛したのだ。とはいえ、結局のところ、その庭はやはりメアリーの庭だった。彼女が考案し、彼女の意志を反映させ、色彩の配置に至るまで、彼女なりの工夫を凝らしに凝らした庭だった。万一、ハリーがその庭には不似合いな花を植えたがったりしたら、正直なところ、庭は台なしになっていただろう。

やがて緑鮮やかな芝生が根づき、オークの根本にぐるりと埋め込んだ鉢でサイネリアが花を咲かせた。小さなフクシアの灌木も、細心の注意を払って移植したので、葉の一枚も萎《しお》れることなく定着した。

庭を見渡す張り出し窓のしたの腰掛けには、クッションが積みあげられた。日中はほとんどずっと窓から陽光が差し込んでくるので、クッションには色褪せが目立たないよう、明るい色の布のカバーがかけてあった。

すべての作業が終わり、どこもかしこも自分の頭のなかで描いていた図面と寸分たがわず仕上がるのを、メアリーは辛抱強く待ちつづけた。そして、ある夕方、仕事先から帰宅したハリーを、窓辺の腰掛けのところに連れていった。「ほら、見てみて」とメアリーは囁《ささや》くような声で言った。「できあがったのよ、わたしがこうしたいと思ってたとおりに」

「きれいだ」とハリーは言った。「とてもきれいだ」

「でもね、ある意味ではちょっとだけ残念でもあるの、できあがってしまったことが」とメアリーは言った。「でも、もちろん、嬉しい気持ちがほとんどなんだけど。

ねえ、ハリー、この庭はこのままどこも変えないようにしましょうよ。たとえば、植え込みの木が一本でも枯れたりしたら、同じ場所にまったく同じ木を植えるの」

「ずいぶん凝り性なんだな、うちの奥さんは」とハリーは言った。

「そうかしら。でもね、わたし、この庭のことをずうっと長いあいだ考えに考えてきたわけでしょ？　だから庭が自分の一部になっちゃってるのよ。ちょっとでも変えたりしたら、わたしには自分の一部が引っこ抜かれたように感じるのよ」

ハリーは手を伸ばし、メアリーに触れようとして、途中でその手を引っ込めた。

「ぼくはきみのことを愛してる、ものすごく」そこで口をつぐみ、しばらく間をおいてから言った。「でも、きみのことが怖くもあるんだ」

メアリーは慎ましやかに笑みを浮かべた。「あなたが？　わたしのことを怖がってる？　わたしのどこが怖いって言うの？」

「そうだな、なんて言ったらいいか、きみには触れちゃいけないような気がするんだよ。理解しきれないというか、謎めいたとこがあるんだよ、きみには。たぶん、自分じゃ気づいていないと思うけど。きみは、この庭に似てるのかもしれないな――きちっとしてるんだ、徹底的に。だから、ぼくは歩きまわるのにもびくびくしてしまう。きみの植えたものをうっかり駄目にしやしないかと心配で」

メアリーは歓んだ。「ねえ、あなた」と彼女は言った。「わたしに思いどおりの庭を造らせてくれたのは、あなたよ。あなたがこの庭をわたしの庭にしてくれたのよ。ええ、そうよ。あなたはわたしの大事な人なの」そしてハリーにキスを許した。

Ⅲ

夕食に人を招いたとき、メアリーはハリーの自慢の妻だった。美しくて、落ち着いていて、非の打ちどころがなかった。鉢に花をあしらえば、その仕上がりは繊細で優雅だった。庭のことが話題になると、慎ましやかでためらいがちになり、なにやら彼女自身のことを話しているかのようだった。ときには客人を庭に案内することもあった。客人に向かってフクシアの植え込みを指さし、こんなふうに言うのだ。「この人にはずいぶんはらはらさせられたんです。うまく育ってくれるかどうか、わからなくて」つまりは木を人間扱いしているようなものだった。「肥料をどっさり食べさせて、それでようやく機嫌をなおして、元気になってくれたんです」そして、ひとりでひっそりと笑みを浮かべる。

庭仕事をしているときのメアリーは、生き生きとしていた。着るのはいつも、丈が長くてノースリーブの鮮やかなプリント地のワンピース。陽よけに、どこからか見つけてきた昔ふうのボンネットをかぶり、手をまもるためにしっかりした厚手の手袋をはめるのだ。そんな恰好で袋と大きなスプーンを持ち、花の根本に肥料を撒いてまわるのを眺めているのがハリーは好きだった。夜になってからふたりして庭に出て、ナメクジやカタツムリを退治するのも好きだった。メアリーが懐中電灯で手元を照らし、実際に殺すのはハリーが引き受けた。ナメクジやカタツムリが見つかると、叩きつぶし、ぐじゃぐじゃした泡のたつかたまりになるまでめったうちにするのだ。メアリーにとっては見ていて気持ちのいいものではないはずなのに、懐中電灯の光が揺らぐことはなかった。「大した女だ」とハリーは思った。「あの楚々とした美しさの裏に、鋼の強さが隠れてるってわけだ」メアリーのおかげで、害虫退治はわくわくできるひと時でもあった。「ほら、そこ。大きなのが一匹、這ってる、這ってる」とか「そいつはあの大きな花を狙ってるのよ。殺して。さっさと殺しちゃって」というようなことを口にするのだ。害虫退治が終わると、ふたりは愉しく笑い声をあげながら家に戻るのだった。

メアリーは鳥のことで気を揉んでいた。「水を飲みに降りてこないのよ」と不満を口にした。「まるで来ないわけじゃないんだけど、ほんの数羽なの。何が原因で寄り付かないのかしら」

「まだ慣れてないんじゃないかな。そのうち来るようになるよ。もしかしたら、猫でもうろついてるのかもしれないね」

メアリーは頰を紅潮させ、息を深く吸い込んだ。そして、かたちのいい唇をきゅっと引き結んだ。「猫がうろついてるんなら、魚に毒を仕込んで置いとかなくちゃ」と興奮した口調で言った。「わたしのかわいい鳥を追いかけまわすなんて、ぜったいに許せないもの」

ハリーは妻をなだめなくてはならなかった。「わかった。それじゃ、こうしよう。空気銃を買ってくるんだよ。猫が来たら撃てばいい。空気銃じゃ殺せやしないけど、痛い目に遭わせてやれば二度と寄りつかなくなるだろうから」

「そうね」いくらか落ち着いた口調で、メアリーは言った。「そのほうがいいかもしれない」

夜の居間は、とても居心地がよかった。暖炉では、いつも火が勢いよく燃えていた。月が出ている晩には、メアリーは明かりを消した。そしてふたりして椅子に腰をおろし、窓越しに冷たく青い庭と黒ずんだオークの木を眺めた。

窓から眺める庭は、静かで、不変だった。けれども、庭の端のところから丘の黒々とした繁みが拡がっていた。

「あれは敵なの」メアリーはあるときそう言った。「荒々しくて、手入れもされてなくて、もつれ放題にもつれてるでしょ？　そういう世界が、わたしの庭に侵入してこようとしてるの。でも、入ってはこられないの。フクシアが食い止めてるから。そのためにあそこに植えたんだし、フクシアも自分の役目をちゃんと心得てるのよ。鳥は入ってきてもいいの。鳥も確かにあの荒っぽい世界で暮らしてはいるけど、水と安らぎを求めてわたしの庭にやって来るんだわ」メアリーは声を立てずに笑った。「そういうことには、ちゃんと意味があるのよ、ハリー。どういう意味なのかは、わたしにも全部はわかってないけれど。でも、深い意味があるの。だって、近ごろでは、ウズラが降りてくるようになったんだもの。今日の夕方には、十羽以上もあの池に来てたのよ」

ハリーは言った。「きみの頭のなかをのぞいてみたいよ。ふわふわとあちこち飛びまわってるようでいて、実は冷静で、落ち着いてる。なんと言うか……自信があるんだよ、自分の考えてることに」

メアリーはハリーに近づき、しばらくのあいだ、彼の膝に坐った。「そんな自信満々ってわけじゃないのよ。あなたには、わからないかもしれないけど。でも、わからないでいてくれて、ありがたいわ」

Ⅳ

ある晩、ハリーがスタンドの明かりで新聞を読んでいたときのこと、メアリーがいきなり飛びあがった。「植木鋏を庭に置きっぱなしにしてきちゃったわ」とメアリーは言った。「夜露で錆《さ》びちゃう」

ハリーは新聞から顔をあげた。「取ってきてやろうか?」

「ううん、わたしが行ってくる。あなたじゃ見つけられないでしょうから」メアリーは庭に出て、植木鋏を見つけ、ついでに窓から居間をのぞいてみた。ハリーはまだ新聞を読んでいた。居間の様子ははっきりと見てとれた。絵を眺めているようでもあり、これから始まる芝居の舞台セットのようでもあった。暖炉のなかで炎の幕が揺れていた。メアリーはその場にじっと立ち尽くしたまま、眼を凝らした。あの大きくてゆったりとした椅子に、つい今しがたまで腰をおろしていたのだ。こうして庭に出てきていなければ、何をしていただろうか、と考えた。庭に出てきているのはメアリーの霊的存在だけで、たとえば意識と視力だけで、それ以外の部分は、まだあの椅子に残ったまだとしたら？　椅子に坐っている自分自身の姿が、見えるような気がした。ふっくらとした腕と長い指が椅子の肘掛けに置かれているところが。線の細い、神経質そうな顔がこちらに横顔を見せながら、何か考え込んででもいるように暖炉の火明かりに見入っているところが。「あの人、何を考えてるのかしら？」メアリーはつぶやいた。「あの人の頭のなかでは、どんなことが起こっているのかしら？　そのうち立ちあがるかしら？　ううん、ただ坐ってるだけ。あのドレスは襟ぐりが空きすぎてるから、ほら、あんなふうに片側にずれて肩まで見えちゃってる。でも、それが却ってすてきかもしれない。無造作のようでいて、すっきりと垢抜けた印象になってる。あら――今度は笑ってる。何か愉しいことを考えてるのね」

そこでふとわれに返って、自分のしていたことに気づいた。はしゃいだ気分になっていた。「わたしがふたりいた」とメアリーは思った。「自分で自分の姿を見ることができるなんて、人生がふたつあるようなもんだわ。おもしろいじゃないの。見たいと思ったときには必ず見られるものなのかしら？　わたしが見たのは、ほかの人がわたしを眺めたときに見える姿ってことよね。今のこと、ハリーにも話して聞かせてあげなくちゃ」けれども、そのとき、別の光景が見えてきた。今の出来事を描写して、なんとか説明しようとしている自分の姿だった。ハリーは新聞越しにこちらを見あげ、真剣で、戸惑ったような、痛々しいとも言えそうな表情を眼に浮かべている。メアリーがいろいろなことを話して聞かせるとき、ハリーはいつも理解しようと一生懸命になる。理解しようと思っているのに、うまくいったためしがない。今夜のこの幻影のことも、話して聞かせたら、きっとハリーはあれこれ問いただしてくるだろう。メアリーの言っていることを理解しようとして、聞かされたことを何度も何度もひっくり返して徹底的に検《あらた》め、結局はぶちこわしてしまうだろう。メアリーの言っていることに水を注《さ》そうというつもりはこれっぽっちもないのに、どうしてもそうなってしまうのだ。光が当たれば萎《しぼ》んでしまうものに、やたらと光を当てずにはいられない人だから。そう、あの人にはやっぱり話さないことにしよう、とメアリーは思った。また庭に出て、今夜と同じことをしたくなるに決まってるんだから。あの人に話して駄目にされてしまったら、同じことをしたくても、もうできなくなってしまう。

窓越しに、ハリーが新聞を膝のうえに置いてドアのほうに眼をやるのが見えた。メアリーは急いで屋内《なか》に戻ると、植木鋏を差しだし、庭に出た目的を示してみせた。

「ほら、見てちょうだいよ、もう錆びかかってる。朝まで放っておいたら錆でまっ茶色になって使い物にならなくなってたとこだわ」

ハリーはうなずき、笑みを浮かべた。「新聞に出てたんだが、貸付に関する例の新しい法案は、うちの会社にとってはますます面倒なことになりそうだよ。政府は、われわれの邪魔ばかりする。融資を受けたい人間がいる以上、どこかが融資しなけりゃならないってのに」

「融資とか貸付とか、わたしにはよくわからないけど」とメアリーは言った。「でも、この町の自動車は一台残らず、あなたの会社が所有権を持ってるようなものだって、言ってる人がいたわ」

ハリーは声をあげて笑った。「いや、まあ、一台残らずってのは大袈裟だけど、かなりの台数にはなるだろうね。少しばかり景気が冷え込むと、うちの会社は儲かるんだ」

「なんだかひどい話じゃない?」とメアリーは言った。「人の弱みに付け込んで儲けてるみたいに聞こえるけれど」

ハリーは新聞をたたんで椅子のそばのテーブルに載せた。「そうかな。ぼくは弱みに付け込んでるとは思ってないよ」とハリーは言った。「うちの会社は、どうしても金《かね》が要るって相手に用立ててやってるだけなんだから。利率は法律で定められてる。われわれが勝手にどうこうできることじゃないんだ」

メアリーは形のよい腕と手を伸ばして、椅子の肘掛けに載せた。ちょうど先ほど、窓越しに眺めた光景のように。「実際にはそうなんでしょうけど」とメアリーは言った。「ただ、あなたの言うのを聞いてると、困ってる人を利用して儲けてるように聞こえるの」

ハリーはそれから長いこと、真剣な表情で暖炉の火に見入っていた。メアリーには夫の考えていることが手に取るようにわかった。メアリーに言われたことを気に病んでいるのだ。でも、まあ、お金を儲けるということがほんとうはどういうものなのかを知ることは、ハリーにとっても悪いことではないはずだった。どんなことでも、頭のなかでただ考えているよりも、実際に行動に移したときのほうが、正しいことだと思えるものだ。この機会に少しばかり心の大掃除をすることは、ハリーにとっても無駄ではないだろう。

しばらくすると、ハリーはメアリーのほうに眼を向けてきた。「ひとつ訊いていいかな。きみだって本気で思ってるわけじゃないよね。ぼくのしている仕事が人の弱みに付け込んでるって？」

「あら、やだ、わたしには融資とか貸付とかの知識がないのよ。人の弱みに付け込んでるかどうかなんて、わかりっこないじゃない？」

ハリーは納得しなかった。「でも、そんな感じがするんだろ？　ぼくのしている仕事が恥ずかしいと思ってるんじゃないか？　だったらぼくも、自分の仕事が好きになれないよ」

メアリーは不意に嬉しさと歓びを感じた。「恥ずかしいなんて思ってやしないわ、お馬鹿さんね。生活費を稼ぐ権利は誰にだってある。あなただって、自分が得意とすることをすればいいのよ」

「本当にそれでいいのかい？」

「当たり前じゃないの、お馬鹿さん」

メアリーが自分の小さな寝室に引きあげ、ベッドに入ったところで、かすかに、カチリという音がして、ドアノブがまわり、またゆっくりともとの位置まで戻るのが見えた。ドアには鍵がかけてあった。一種の意思表示として。話し合いをする気はない、という合図なのだ。鍵をかけたことが、問いかけられるであろう質問に対する、潔癖で、簡潔で、断固とした答えだった。それにしても、ハリーは変わってる、とメアリーは思った。ドアを開けようとするとき、いつだってなるべく音がしないよう、できるだけそっとドアノブをまわすのだ。まるで妻には気づかれたくない、とでもいうように。でも、メアリーはいつも必ず気づいた。ハリーは優しくて紳士的な夫だ。妻の寝室のドアノブをまわしたときに、ドアに鍵がかかっていると知ると、なんだか自分が悪いことをしたような気になるのだろう。

メアリーはライトスタンドの鎖を引っ張って明かりを消した。暗闇に眼が慣れると、窓のそとの半月に照らされた庭を眺めた。ハリーは優しくて、ものわかりのよい夫でもあった。あの犬の一件のときもそうだった。あのとき、帰宅したハリーは家のなかに駆け込んできた。もののたとえではなく、文字どおり走りこんできたのだ。ひどく興奮した様子で、顔を真っ赤に火照《ほて》らせて。メアリーはぎょっとした。何かよくないことが起こったにちがいないと思ったのだ。あまりにショックで、夕方になってから頭が痛くなったほどだった。帰宅するなりハリーは、叫ぶようにこんなことを言った。「ジョー・アダムズん家《ち》の——あいつん家《ち》の牝のアイリッシュ・テリアが、仔犬を産んだんだ。うちに一匹くれると言ってる。純血種で、これがイチゴみたいに赤い毛をしてるんだよ!」ハリーは本気でその仔犬をもらいたがっていた。だから、仔犬をもらってくるわけにはいかないことを思うと、メアリーの胸は痛んだ。でも、そのわけをハリーがすぐに理解してくれたことが誇らしくもあった。犬は庭に植えた植物に悪さをするし、場合によっては花壇を掘り返したりもするし、何よりも困るのは犬がいると小鳥たちが怖がって池に近づいてこなくなってしまう——メアリーがそう説明すると、ハリーはすぐに納得した。たとえば、メアリーが庭から見た幻影のような複雑な話は手に余るのかもしれなかったが、犬のことは理解してくれた。そのあと、メアリーが頭が痛いと言ったときには、少しでも痛みが和らぐようにと額にフロリダ水《オーデコロン》を擦り込んでくれもした。頭痛は想像力がもたらした、ありがたくない副産物だった。メアリーには実際に見えたのだ、犬が庭を駆けまわり、あちこちを掘り返し、せっかく植えた植物を駄目にしてしまうところが。そうしたことが実際に起こったのとほとんど変わらないほどの衝撃を受けたのだ。ハリーは申し訳なさそうな顔をしていたが、メアリーがそれほどまでの想像力の持ち主であることは、彼にはいかんともしがたいではないか。ハリーを責めることはできなかった。ハリーにはわかるはずもないことなのだから。

V

夕方近くなって太陽が丘の向こうに姿を消すと、メアリーが言うところの〝本当の庭の時間〟となる。そのころには、手伝いに通ってきているハイスクールの女の子が、学校を終えてやってくるので、その子にキッチンの仕事を任せてしまえた。神聖な時間といってもよかった。メアリーは庭に出ると、芝生を突っ切り、オークの木陰に半ば隠すように置いてある折りたたみ椅子に近づく。そこからは、庭にやってきた小鳥が池で水を飲んでいる姿をたっぷりと眺めることができた。そして、本当の意味で、庭を感じることができるのだ。ハリーは仕事先から帰宅しても、家のなかで新聞を読みながらメアリーが戻ってくるのを待っている。眼を星のようにきらきらさせて戻ってくるのを。庭で過ごすのを邪魔されることを、メアリーが嫌がるからだった。

季節は夏を迎えようとしているところだった。メアリーはキッチンをのぞき、なんの問題もないことを確かめた。それから居間をひとまわりして、暖炉に用意してある薪に火をつけた。あとは庭に出るばかりだった。太陽は丘の向こうに沈み、夕暮れどきの蒼みがかった薄靄《うすもや》がオークの木の間にたゆたっていた。

メアリーは思った。「はっきりとは眼に見えないけれど、何百万という妖精がわたしの庭にやってきてるのかもしれない。ひとりひとりを見わけることはできないけれど、何百万も集まっているから空気の色が変わるんだわ」そして、そんなすてきなことを思いついた自分に微笑みかけた。刈り込んだ芝生は水撒きをしたおかげで、しっとりと湿っていてみずみずしかった。サイネリアは、色鮮やかな花で空中に小さな色の光輪を打ちあげている。フクシアの木も、枝がしなうほどの花をつけていた。蕾はクリスマス・ツリーの小さな赤い飾り《オーナメント》のようだし、開ききった花はバレエのスカートを拡げた女の人を思わせる。まさしくあるべき姿だった。フクシアの木として、これ以上は望めないほど完璧な姿だった。そんな姿を見せつけることで、庭の向こうの敵ども——藪やら野放図に繁り放題の雑草やら手入れのされていない木々やらの戦意を喪失させるのだ。

メアリーは夕暮れどきの芝生を突っ切って、いつもの椅子のところまで歩き、腰をおろした。小鳥たちが集まってきているのが音でわかった。庭の池に降りてこようとしているのだ。「グループをこしらえているとこね」とメアリーは思った。「夕方、わたしの庭に降りてくるための。ってことは、この庭を気に入ってくれてるってことよね。わたし、この庭を初めて訪ねてくる人になってみたい。わたしがふたりになれたら——『こんばんは、メアリー。さあ、どうぞ庭にお入りになって』『まあ、なんてすてきなんでしょう』『ええ、わたしもとても気に入ってるの。特にこの時間は。あら、ちょっと、メアリー、おしゃべりはなしよ。小鳥たちを驚かせたくないの』」メアリーはひっそりと、ハツカネズミのようにおとなしく、椅子に坐ったまま動かなかった。高まる期待に唇を半開きにして。藪のなかで、ウズラが鋭い声をあげていた。ハシボソキツツキが一羽、池の縁に舞い降りてきた。タイランチョウが二羽、水面のうえに飛び出してきたかと思うと、小刻みに羽を動かしながら空中で停止している。

それから藪にひそんでいたウズラが次々と姿を現した。思わず笑ってしまうような、ちょこまかした足取りで走り出てくると、いったんぴたりと動きをとめ、小首をかしげて、危険がないかどうかを見定めようとしている。群れのリーダー格の黒い疑問符のような鶏冠を戴く身体の大きなウズラが、「前方、異常なし」とひと声、進軍喇叭《らっぱ》のようにさえずると、それを合図に群れはいっせいに水辺に降りはじめた。

そのときだった、びっくりするようなことが起きた。藪のなかから、一羽の白いウズラが飛び出してきたのだ。メアリーは身動きひとつできなかった。そう、それはまちがいなくウズラだった。なのに、雪のように真っ白なのだ。こんなことって……こんなことって、あるのかしら？　震えるような歓びが、はちきれんばかりの歓びが、メアリーの胸を膨らませた。メアリーは息を凝らした。その小さく可憐な白い雌のウズラは、ほかのありきたりのウズラから離れ、池の向こう側の岸にまわった。そこで立ち止まり、あたりを見まわしてから、水にくちばしを近づけた。

「まあ」メアリーは心のなかで叫んだ。「あのウズラはわたしみたい」恍惚となるほどの強烈な歓びが湧きあがってきて、身体が震えだしそうだった。「あの子はわたしの霊的存在だ。なんの混じりけもなくなるまで煮詰めた、わたしのエッセンス。ウズラの女王さまにちがいない。これまでわたしが経験してきたすてきなことを全部あわせた存在なのよ」

白いウズラはもう一度、くちばしを水に差し入れると、水を咽喉《のど》に送り込むため、頭をぐっと反らせた。

たくさんの思い出がいっせいに湧きあがってきて、メアリーの胸をいっぱいにした。どことなく物悲しさがつきまとっているものばかりだった。そう、どれもこれも、たいてい物悲しい気持ちになる思い出ばかり。たとえば小包が届く。小包の紐をほどくあいだはうっとりとなるけれど、小包の中身が必ずしもそれに見あうものだとは――イタリアから、それはみごとなキャンディが届く。「ちょっと、これは食べちゃ駄目よ。こういうのは食べるんじゃなくて、見て愉しむものなの」だから、メアリーは食べたことがなかった。眺めているだけだった。今と同じように、うっとりしながら。「まあ、メアリーはなんて愛らしいんでしょう。物静かでおしとやかで、まるでリンドウみたいだこと」そういうことばも聞いているだけだった。今と同じように、うっとりしながら。

「メアリー、いいこと、しっかりしてちょうだいね。あなたのお父さんが――たった今、亡くなったの」身内を亡くしたと知らされた最初の瞬間も、今と同じようにうっとりとなった。

白いウズラは片方の翼をうしろに伸ばし、羽づくろいをはじめた。「この子は、何もかもが美しかったころのわたしだわ。言うならば、わたしの芯。わたしの心なんだわ」

Ⅵ

庭の蒼かった空気が、紫色に変わりはじめていた。フクシアのつぼみが小さな蠟燭《ろうそく》の炎のように燃え立って見えた。そのとき、藪のなかから灰色の影がするりと忍び出てきた。メアリーは口をあんぐりと開けた。庭の椅子に腰かけたまま、恐怖で麻痺したように動けなくなった。藪から這い出してきたのは、一匹の灰色の猫。それが池のほうに、池で水を飲んでいる小鳥たちのほうに忍び寄ろうとしている。死神のように。恐ろしさのあまり、メアリーは眼を瞠《みは》った。こわばった咽喉に片手が伸びた。次の瞬間、麻痺が解けた。メアリーはすさまじい勢いで悲鳴をあげた。ウズラは低いつぶやきのような羽音を立てて飛び去った。猫は跳びあがって藪のなかに逃げ込んだ。それでもメアリーは悲鳴をあげ続けた。ハリーが家から飛び出してきた。「メアリー！どうした、メアリー？」

夫に触れられると、メアリーはぶるっと身震いをして、箍《たが》がはずれたように泣きだした。ハリーは彼女を抱きあげ、家のなかに運び込み、次いで彼女の部屋まで連れていってベッドに寝かせた。メアリーは震えていた。「いったい何があったんだい？何がそんなに恐かったんだい？」

「猫よ」メアリーはうめくような声で言った。「小鳥たちを狙って庭に忍び込んできたの」それから身を起こした。眼をぎらぎらと光らせて。「ハリー、毒入りの餌を置いてちょうだい。今夜のうちにやらなくちゃ。そうよ、やらなくちゃ駄目。あんな猫にいつまでもうろつかれちゃたまらないもの」

「いいから横になりなさい。そうとうショックだったんだね」

「約束して、毒入りの餌を置くって」メアリーはハリーの顔をじっと見つめ、夫の眼の奥に納得を拒む光を見て取った。「約束して、今この場で」

「だがなあ、そうは言っても——」どこか申し訳なさそうにハリーは言った、「——毒入りの餌なんか置いたりしたら、犬が食っちまうかもしれないだろう？どんな動物も毒にやられると、ひどく苦しむらしいんだ」

「かまうことないわ」メアリーの声が甲高くなった。「どんな動物だろうと、わたしの庭には来てほしくないもの。猫だろうと、犬だろうと」

「いや、それは駄目だ」とハリーは言った。「毒入りの餌なんて置きたくない。そんなことはできないよ、ぼくには。その代わり、明日の朝は早起きをするよ。このあいだ買った空気銃で、その猫を撃ってやる。二度とやってこないように。空気銃の弾丸《たま》でも、当たりゃかなり痛い。痛い思いをすれば、そいつも懲りて寄りつかなくなるさ」

ハリーが言いなりにならなかったのは、初めてのことだった。この事態にどう対処すべきか、メアリーにはわからなかった。考えようにも、頭が痛くてたまらなかった。我慢できないほど頭痛がひどくなると、ハリーは毒入りの餌を置くのを拒んだ埋め合わせをしようとした。小さな布にフロリダ水を染み込ませて、それでメアリーの額を撫でることで。白いウズラのことをハリーに話してみようか、とメアリーは思った。話したところで、たぶん信じようとはしないだろう。でも、それが彼女にとってどれほど大事なことかがわかれば、毒入りの餌を置くことを承知してくれるかもしれない。昂《たかぶ》っていた気が鎮まるのを待って、メアリーは言ってみた。「ねえ、あなた、庭に白いウズラがいたの」

「白いウズラ？　ハトの見間違いじゃないのかい？」

ああ、やっぱり。最初のひと言で、もう駄目になってしまった。「わたしだってウズラぐらい見ればわかります」メアリーは声を張りあげて言い返した。「それに、すぐそばで見てたのよ。あれは白い雌のウズラよ」

「そりゃ、一見の価値ありだな」とハリーは言った。「だって聞いたこともないよ、白いウズラなんてものがいるなんて」

「でも、わたしは見たの。この眼で見たの」

彼女の額に布を押し当てながら、ハリーは言った。「だったら、そいつはたぶん、色素異常《アルビノ》なんじゃないかな。羽の色素が欠損してるとか、何かそんなふうな理由があるんだよ」

メアリーはまたしても感情が抑えがたく昂ってくるのを感じた。「わかってくれないのね。あの白いウズラは、このわたしだったのよ。誰にも見つけることのできない秘密のわたしなの。うんと奥深いとこに潜んでるわたしなの」理解しようとする努力で、ハリーの表情がゆがんでいた。「これだけ言っても、あなたにはまだわからない？　あの猫はわたしを狙ってたの。わたしを殺そうとしてたのよ。だから毒入りの餌を置いてって言ってるの」メアリーは相手の顔をのぞきこんだ。駄目だ、この人は理解していない。理解できないのだ。それなのに、どうして話してしまったりしたのか？　と今さらながら悔やまれた。気持ちがこんなに乱れていなければ、話そうなどと思いもしなかっただろうに。

「今夜は目覚まし時計をセットして寝るよ」とハリーは請けあった。「でもって、明日の朝、その恐いもの知らずのドラ猫に、びしっと一発、思い知らせてやるからね」

午後十時になると、ハリーはメアリーをひとりにして彼女の部屋から出ていった。ハリーがいなくなると、メアリーは起きあがって部屋のドアに鍵をかけた。

翌朝、ハリーのセットした目覚まし時計の音で、メアリーは眼を覚ました。部屋のなかはまだ暗かったが、窓越しに早朝の灰色の光が差し込んできていた。ハリーが服を着ている、物音ともいえないような物音が聞こえた。ハリーは足音をしのばせて妻の寝室のまえを通り、戸外《そと》に出て、音を立てないよう慎重にドアを閉めた。妻を起こしてしまうことがはばかられたからだった。片手でつかんでいる空気銃は、買ったばかりの新品でぴかぴかしていた。灰色の朝の空気は清々しく、身が引き締まるようだった。ハリーは背筋を伸ばし、胸を張って、しっとりと湿った芝生に軽やかに歩を進めた。庭の片隅で足を止め、朝露の降りた芝生のうえに腹這いになった。

庭は徐々に明るくなってきていた。ウズラの甲高い声が早くも聞こえはじめていた。そのうち、小さな褐色の一群が藪から姿を現した。藪を出てすぐのところでぴたりと止まり、集団で聞き耳を立てるようにいっせいに首をくっと伸ばしている。ややあって、群れのリーダー格の、身体の大きなウズラが「前方、敵影なし」のひと声を放つと、指揮下にあるウズラたちはちょこまかした速足で、池に突進していった。少し遅れて、メアリーの見かけた白いウズラも、仲間たちのあとを追って出てきた。白いウズラは池の向こう側に回り込み、くちばしを水にひたし、それから首をぐっと反らした。ハリーは空気銃を構えた。白いウズラは小首を傾げ、こちらに眼を向けてきた。空気銃がまがまがしい音を吐きだした。ウズラの群れはあっという間に散開し、藪の奥に逃げ去った。だが、白いウズラはその場に倒れ、びくっと身体を震わせたかと思うと、そのまま芝生のうえで動かなくなった。

ハリーはゆっくりと近づき、そのウズラを拾いあげた。「殺す気はなかったんだ」と自分に言い聞かせるようにつぶやいた。「おどかして追っぱらっちまおうと思ってただけなんだ」それから、手のなかの白い小鳥に眼を向けた。頭部の、片方の眼のすぐしたのところに空気銃の弾丸が命中していた。フクシアが一列に植わっているところまで歩き、その先の藪めがけてウズラの死骸を放り投げた。一瞬ののち、空気銃をしたに置き、藪のなかに分け入った。そして、白いウズラを見つけて拾いあげると、丘の斜面のずっとうえのほうまで運んでいって、落ち葉の積み重なったそのしたに埋めた。

メアリーは部屋のまえを通り過ぎるハリーの足音を聞きつけた。「ハリー、猫を撃ってくれた？」

「あの猫はもう二度とこないよ」ハリーはドア越しに言った。

「そう、死んでくれるといいんだけれど。でも、詳しいことは聞きたくないわ」

ハリーは居間に入り、大きな椅子に腰を降ろした。室内はまだ薄暗かったが、大きな張り出し窓から見える庭は明るく輝き、陽光を受けたオークの梢が金色に染まっていた。

「こんな最低な人間はいない」とハリーは自分に向かってつぶやいた。「妻があんなに大切にしていたものを殺しちまうなんて、ぼくは性根の腐った最低の人間だ」それから、うなだれて床を見つめた。そして「寂しいよ」と言った。「ああ、ぼくは寂しい。寂しくて寂しくて、たまらないんだよ」

朝めし

Breakfast

あのときのことを思い出すたびに、わたしの胸は歓びでいっぱいになる。今になっても、どういうわけか、ごくごく細かいことまで鮮明に、眼のまえに浮かびあがってくる。気がつくと、何度となく思い返していて、そのたびに埋もれた記憶の奥底からさらに細かいことが引き出されてきて、不思議なほど温かな歓びが胸に満ちてくるのである。

明け方だった。東の山々は濃紺に沈んでいたが、その背後から差しはじめた暁光が山の端を薄紅色に染めていた。夜明けの光は天空に向かうにつれて冷たく、鈍く、弱々しくなり、わたしの頭上を越え、西の空に落ちかかるあたりで夜の真闇《まやみ》に溶け込んでいた。

寒かった。耐えられないほどの寒さではなかったが、それでもぬくもりが恋しくて、わたしは両手をこすりあわせてポケットの奥深くまで突っ込み、背中を丸めて、せかせかと足早に歩いていた。東西を山に挟まれているので、あたりはようやく夜が白みかけ、何もかもが紫がかった灰色を帯びていた。田舎道を歩くうちに、先のほうに、地面よりもほんの少しだけ色味の薄い灰色をしたテントが見えてきた。そのすぐ横でオレンジ色の炎がちらついた。古ぼけて錆《さび》だらけの鉄の薪コンロのひび割れから、なかの炎が舌を出したのだった。太くて短い煙突から灰色の煙が勢いよく立ちのぼっていた。煙はひと筋長く、高いところまで伸びていってそこで周囲に拡がり、薄くなって消えていった。

薪コンロのそばに、若い女がいるのが見えた。女というよりも、まだ娘といったほうがよさそうだった。色の褪せた木綿のスカートとブラウスという恰好だった。彼我の距離が縮まるにつれて、女が片腕を曲げていて、その腕で赤ん坊を抱いているのだとわかった。乳をやっているのだ。寒くないよう、赤ん坊の頭にブラウスをかぶせて。それなのに、じっとしているわけではなかった。せわしなく動きまわっては、薪コンロの火を突ついて掻き立てたり、錆だらけの覆いをずらして空気の通りをよくしたり、コンロのオーブンの扉を開けたりしていた。そのあいだもずっと赤ん坊に乳をやっているのだが、そのせいで仕事が妨げられるとか、身のこなしの軽やかできびきびとした優雅さが崩れるといったことは、まったくなかった。若い母親の身のこなしには、熟練した者の無駄のない正確さのようなものが感じられた。薪コンロのひび割れからほとばしるオレンジ色の炎が、テント地に映り、影となって躍った。

そのころにはずいぶんそばまで来ていたので、ベーコンを炒める匂いとパンの焼けるにおいがした。わたしにとっては何よりも嬉しく、好ましく、心温まるにおいだった。東から差していた光が、見る見るうちに天空いっぱいに拡がりはじめた。わたしは薪コンロに近づき、両手を伸ばして火にかざした。暖気に触れたとたん、ぶるっと身震いが出た。そのとき、テントの垂れ幕が撥ねあげられ、なかから若い男が出てきた。続いてもうひとり、年嵩の男が出てきた。ふたりとも真新しいブルーのオーバーオールに、同じく真新しいダンガリーのジャケットをはおっていた。ジャケットの真鍮のボタンが鈍く光っていた。どちらの男も精悍《せいかん》な顔つきをしていた。そして、互いによく似ていた。

若い男のほうは黒い無精髭が、年嵩の男のほうは白いものの交じった無精髭が伸びていた。ふたり揃って、頭も顔も濡れていた。髪の毛先から水が滴り、いかにも剛《こわ》そうな髭にも水滴がついていた。頬も濡れて光っていた。ふたり並んで立ち、明るみはじめた東の空を黙って眺め、片方が欠伸をするともう片方も欠伸を洩らし、そしてまた山の端を照らす光に眼をやった。それから振り向いて、わたしのほうに眼を向けてきた。

「おはよう」と年嵩の男が言った。愛想がよくもなく、悪くもない顔をしていた。

「おはようございます」とわたしは言った。

「おはよう」と若いほうの男も言った。

ふたりの濡れた顔が、ゆっくりと乾いていっていた。ふたりとも薪コンロに近づき、手をかざした。

若い娘は仕事の手をとめなかった。こちらに顔を向けるでもなく、自分のしていることだけに眼を向けている。髪の毛が眼のまえに垂れてこないよう、頭のうしろでひとつにまとめ、紐で結わいていた。娘が動くたびに、束ねた髪が揺れた。大きな荷箱のうえに、娘はブリキのカップを並べ、次いでブリキの皿とナイフとフォークを並べた。それから炒めたベーコンをたっぷりの脂のなかからすくいあげ、ブリキの大皿に載せた。ベーコンはじゅうじゅうと音を立てながら脂が抜けていき、ちりちりに縮みあがった。娘は錆びた薪コンロのオーブンの扉を開けて、四角い天板を引き出した。分厚く大きなホットビスケットが焼けていた。

焼きたてのホットビスケットの匂いが拡がった。男たちはふたりとも深く息を吸い込んだ。若いほうの男が低い声で言った。「いやあ、こたえられないんだよな、これが」

年嵩の男がわたしのほうに顔を向けた「朝めしは食ったのかい?」

「まだです」

「そうか。だったら、まあ、一緒にどうだ」

それがきっかけになった。わたしたちは荷箱のところまで歩き、荷箱を囲むようにして地べたに坐った。若いほうの男が言った。「あんたも綿摘みかい?」

「いや」

「おれたちは十二日間ぶっ通しで仕事にありついてるんだ」と若者は言った。

薪コンロのところから、若い娘が言った。「おかげでふたりとも、着るものまで新調できたのよね」

ふたりの男は、自分たちの着ている真新しいダンガリーのジャケットとズボンを見おろして、小さく笑みを浮かべた。

若い娘はベーコンを盛った大皿と、焼きたてのホットビスケットと、ベーコンの肉汁《グレービー》を入れたボウルとコーヒーのポットを並べると、自分も箱のそばに坐り込んだ。赤ん坊は寒さ避けにまだ母親のブラウスに頭を突っ込んだまま、乳を飲んでいた。乳を吸う音がわたしにも聞こえた。

わたしたちはめいめいの皿に食べものを取りわけ、ビスケットにベーコンの肉汁《グレービー》をかけ、コーヒーに砂糖を入れた。年嵩の男は口いっぱいに頬張り、頬張ったものを嚙み、さらに嚙んで飲み込んだ。それから言った。「いやあ、うまい。実にうまいなあ」それからまた口いっぱいに頬張った。

若者が言った。「この十二日ってもの、おれたちはうまいものを腹いっぱい食ってるんだ」

誰もがそそくさと、がつがつと食べ、お代わりとしてまたがつがつと食べた。そのうちに腹が満たされ、身体も温まった。熱くて苦いコーヒーが咽喉《のど》を灼《や》いた。わたしも男たちも、コーヒー滓《かす》の溜まった飲み残しを地面に空けて、お代わりを注いだ。

いつの間にか、陽の光が色づいてきていた。赤みがかった輝きが加わったせいで、空気がいっそう冷たく感じられた。ふたりの男はちょうど東のほうを向いていたので、顔いっぱいに夜明けの光を受けていた。ふと顔をあげたとき、年嵩のほうの男の眼に東の山とその稜線越しに差してくる陽光が映っているのが見えた。

ふたりの男はカップに残ったコーヒー滓を地面に空けて、揃って立ちあがった。

「さあて、そろそろ行かないとな」と年嵩の男が言った。

若いほうの男が、わたしのほうに顔を向けて言った。「綿摘みをやる気があるなら、口をきいてやってもいいけど」

「いや、行かなきゃならないところがあるんだ。朝めし、どうもご馳走さん」

大したことじゃないと言うように、年嵩の男は手を振った。「なんの、なんの。お客があるってのはいいこった」そして若い男と連れだって歩きだした。東の山の端から差してくる光で、あたりは燃えたつように赤く染まっていた。わたしはその場を離れ、また田舎道を歩きはじめた。

それだけのことなのだ。それがなぜ、これほどまでに嬉しく快いことだったのか、もちろんわたしにはその理由がわかっている。そこには、崇高な美に通じる要素がある。それが思い出されるたびに、温かなものが胸を満たすのである。

正義の執行者

The Vigilante

　町の公園を満たしていた大きな興奮の渦も、人々の叫びや荒っぽい動きも、徐々に静まりつつあった。ニレの木立のしたには、まだ何人もの人が突っ立っていて、二ブロックほど先の街灯の蒼白い光がそれをぼんやりと照らしていた。それでも人々のあいだには疲れたような沈黙が拡がっていた。暴徒のうちの何人かは、人目を避けるように暗闇に姿を消していた。公園の芝生は大勢の足に踏み荒らされて、寸断されている。

　マイクはすべてが終わったことを悟った。気が抜けたような虚脱感にみまわれているのも感じた。まるで幾晩も徹夜が続いたあとみたいに、ずしりとくる疲れを覚えていた。とはいえ、それは夢でも見ているような、けだるい心地よさをもたらす、灰色の疲れでもあった。帽子を目深に引きおろして、マイクは歩きだした。公園を離れるまえに、最後にもう一度振り返った。

集団のまんなかあたりで、誰かがよじった新聞紙に火をつけたものを高く掲げていた。マイクのいるところからでも、その炎が、ニレの木から吊るされた灰色の裸の死体の両足に絡みつくのが見えた。黒人《ニガー》が死ぬと、その肌が青みがかった灰色になるのが、マイクには不思議なことに思われた。燃える新聞紙の火明かりが、上を向いている人々の顔を照らし出した。誰もが黙り込み、身じろぎひとつしなかった。吊りさげられた男から、誰ひとり眼を離そうとしなかった。

死体を焼こうとしている男は誰だかわからなかったが、その男に対して、マイクはいらだちめいたものを感じた。薄暗がりのなかで、そばに立っている男のほうに顔を向けて言った。「あんなことをして、なんになる?」

男は何も答えず離れていった。

新聞紙の松明が消えると、公園は一転してほとんど闇に沈んだ。が、すぐにまた、よじった新聞紙に火がつけられ、死体の足のしたにかざされた。マイクは、それを眺めている別の男のところに近づいた。「あんなことをして、なんになる?」と今度もまた言った。「あいつはもう死んでるんだ。痛くも熱くもないじゃないか」

今度の男は、口のなかで何やらぶつぶつとつぶやいたが、新聞紙のあげる炎から眼を離そうとはしなかった。「いや、よくぞやってくれたよ」と男は言った。「これで郡は金《かね》の節約になるし、こうるさい弁護士どもの出番もなくなる」

「そうそう、おれが言いたかったのは、そこなんだよ」マイクは頷いた。「こうるさい弁護士なんぞの出る幕じゃない。だけど、あいつを燃やしたところでなんの役にも立ちゃしない」

男はまだ新聞紙の炎に見入っていた。「だが、まあ、やったって悪くはない、だろ？」

眼のまえの光景を、マイクは食い入るように見つめた。何もかもがなまくらにしか感じられなかった。見ているのに、見ていないような気がした。眼のまえの光景には、あとになって人に話して聞かせることができるように、覚えておきたいと思わせるものがあるのに、鈍い倦怠感のせいで、眼にしているものの鋭さが削ぎ落とされているようなのだ。脳みそは、これはとんでもないことであり、重大な出来事でもあると言っているのに、眼と心がそれに同調しないのだ。ただのありふれた出来事に感じられてしまうのだ。三十分ほどまえ、暴徒と一緒になって雄たけびをあげ、ロープを引っ張る機会をものにするためにほかの連中と競《せ》りあいをしたときには、胸がいっぱいで、気がつくと涙を流していたというのに。今は何もかもが死んでいた。何もかもが現実のこととは思えなかった。黒々とした暴徒の集団も、こわばった人形《ひとがた》の集まりになっていた。火明かりに照らし出される顔はどれも、木でできているように無表情だった。マイクは自分のなかにこわばったものと、現実から遊離したものを感じた。

しばらくしてマイクは、それまで見ていたものに背を向け、公園をあとにした。

暴徒の周囲から離れるとすぐに、冷たい孤独感に包まれた。こんなときには連れがいてほしいものだと思いながら、マイクは通りを足早に進んだ。広い通りは、ほかに人影もなく、がらんとしていて、公園で眺めた光景のように現実味が感じられなかった。街灯の明かりを受けて、通りの先まで延びる路面電車の鋼鉄の線路が、二本の線となってうっすらと光っていた。明かりの消えた商店のウィンドウに、常夜灯の電球が映り込んでいる。

マイクはそのとき、少しまえから胸のあたりがなんとなく痛かったことに気づいた。さわってみると、筋が腫れていた。それで思い出した。暴徒が留置場の閉まったままの扉に殺到したとき、マイクはその先頭に立っていたのだ。扉に突進しようとする四十人もの男たちがかけてくる圧力が、マイクを戦艦の衝角[1]のように扉にぐいぐいと押しつけた。そのときは、痛みなどほとんど感じなかったし、今も痛みというよりも孤

1　敵艦に当たって穴を穿《あ》けるために艦首のしたに設けられている突出部。

独の疼きじみたものに感じられる。

歩道の二ブロック先に、〈ビール〉というネオンサインが出ていた。マイクはそこに向かって足を速めた。店には人がいるだろうし、会話もあったりするだろうから、今のこの沈黙を追い払うことができるだろう。マイクはそれを願った。できることなら、その人たちが今夜の私刑《リンチ》に参加した連中でないほうがいいとも思った。

店は小体《こてい》で、店内には経営者兼バーテンダーの男しかいなかった。小柄な中年男で、陰気くさい口髭を生やし、おいぼれネズミを思わせる、賢《さか》しらで、卑しげで、つねにおどおどしているような顔つきをしていた。

マイクが店内に入ると、バーテンダーの男はすばやく頷いてよこした。「お客さん、眠りながら歩いてきたって顔ですね」とバーテンダーの男は言った。

マイクはびっくりしてバーテンダーに眼をやった。「おれもちょうど、そんなふうに感じてたんだ。眠りながら歩いてるみたいだって」

「よかったら、強めのを一杯、差しあげましょうか？」

マイクは迷った。「いや、咽喉《のど》が渇いてるんでね、ビールを頼む……おたくもいたのか、あの場に？」

小柄なバーテンダーは、今度もまたネズミのような顔でうなずいた。「といっても最後のほうだけだけど。あいつはもうくたばってて、一件落着って感じでしたよ。こういうときは、みんな、咽喉が渇くだろうと思ったんで、急いで戻ってきて店を開けたんです。ところが、誰も来やしない。お客さん、あんただけですよ。どうやら、あたしの目算ははずれちまったみたいだ」

「このあと来るかもしれない」とマイクは言った。「公園には、まだ大勢残ってたから。まあ、だいぶ醒《さ》めてはいたけど。新聞紙に火をつけて、あいつを焼こうとしてる連中がいたよ。あんなことしたって、なんにもならないのに」

「そう、そのとおり。まったくなんにもなりゃしない」小柄なバーテンダーはそう言った。まばらな口髭がぴくりと動いた。

ビールが出てくると、マイクはセロリソルトを少し加えて口をつけ、長々とひと呑みしたあと、「うまい」と言った。「ようやく人心地がついたよ」

バーテンダーの男はカウンター越しに身を乗り出し、顔を近づけてきた。眼が輝いていた。「お客さんは、ずっとあの場にいらしたんですか——留置場に押しかけたときからずっと、何もかもつきあったわけで?」

マイクはもうひと口ビールを呑んだ。それからグラス越しに、ビールの底に沈んだセロリソルトの粒から細かい泡が立ちのぼるのを眺めた。「つきあったよ、何もかも」とマイクは言った。「実を言うと、最初に留置場に踏み込んでいったなかにいたんだよ。ロープを引っ張る手伝いもした。ときには、そういう場合があるってことさ、市民が自分らの手で正義を行わなくちゃならない場合が。でないと、こうるさい弁護士どもがしゃしゃり出てきて、ろくでなしの悪党を自由の身にしちまう」

ネズミじみた顔が、ひょこひょこと上下に動いた。「まったくもって、そのとおり」とバーテンダーの男は言った。「弁護士ってのは、誰彼かまわず自由の身にしちまいますからね。あの黒人《ニガー》は結局のところ、犯人だったわけでしょう？」

「ああ、まちがいないよ。自白までしたってことだし」

そこでまた、バーテンダーの顔がカウンター越しに近づいてきた。「で、お客さん、どんなふうに始まったんです？　あたしが行ったときには、あらかた片がついちまってたし、着いたとたんに戻ってきちまったもんだから。でもって、急いで店を開けたんですよ、帰りにビールを呑みたがる人がきっといるだろうと思ってね」

マイクはビールを呑み干すと、空になったグラスを押し出し、お代わりを頼んだ。

「もちろん、みんな薄々はわかってたんだよ、そういうことになりそうだって。おれは留置場の向かいのバーに陣取ってた。正午《ひる》過ぎからずっとねばってたんだ。そこに男が入ってきて、『待つこたねえだろうが』と言ったのさ。それでバーに陣取ってた連中と一緒に店を出て、通りを渡って保安官事務所まで押しかけてみりゃ、大勢集まってるんだよ。しかも後から後からやってきて人数は増える一方だ。おれたちは事務所のまえに突っ立ったまま、大声でわめいた。そのうち保安官が出てきて演説をぶちやがったけど、全員で野次り返して黙らせた。そうこうしてるうちに、二二口径のライフルを持ったやつが通りに出ていって、街灯を撃った。そう、そいつが契機《きっかけ》だな、たぶん。おれたちはいっせいに事務所になだれ込んで、留置場の扉をぶち壊しはじめた。保安官はただ観てるだけさ。そりゃそうだろう、いくら保安官ったって、あの黒人《ニガー》の悪党ひとりを助けるために大勢の善良な人間を撃つなんて真似はできやしない」

「おまけに保安官の選挙も近いことだし」とバーテンダーの男が口を挟んだ。

「まあ、それはともかく、保安官はじきに大声を張りあげて叫びはじめた――『諸君、人違いするな。頼むから、人違いだけはしないでくれ。いいか、四番めの監房だぞ』って」

「しかし、ありゃ、いささか気の毒だったよ」マイクはゆっくりと言った。「留置場にぶち込まれてたほかのやつらまで震えあがっちまったんだ。鉄格子の隙間から見えるんだ。あんな顔つき、見たことないね」

バーテンダーは興奮してきたのか、自分にも小さなグラスにウィスキーを注ぎ、それをひと息で呑みほした。「そりゃ、無理もないでしょう。三十日も喰らいこんでるとこに、私刑《リンチ》ってことで眼の色の変わってる連中が乱入してきてごらんなさいよ。誰だって怯えますって。人違いで引きずり出されたりしたら、たまったもんじゃない」

「そうそう、おれが言いたかったのは、そこなんだよ。だから、ちょいと気の毒になったと言ったんだ。で、ともかく、おれたちは目当ての黒人《ニガー》がぶちこまれてる監房まで突き進んだ。野郎は監房のなかで突っ立ってた。身体を硬くこわばらせて、とことん酔っ払ってるみたいに眼をつむって。そこにひとりが踏み込んで、野郎を殴り倒した。起きあがってきたんで、そこをまた別のやつが殴りつけた。あの野郎はまた倒れた。そのときに頭をコンクリートの床にぶつけたんだ」マイクはカウンターに身を乗り出し、磨きあげた木の天板を人差し指で叩いた。「こいつはおれがそう思うってだけのことだけど、あの野郎はそれで死んじまったんだと思う。なぜそう思うかって言うと、あの野郎の着てるもんを剝ぎ取るときに、おれも手を貸したんだが、身をよじりもしないんだよ。吊るしあげたときだって、ぴくりともしなかった。ありゃ、もう死んでたんだよ。ふたりめのやつに殴られたあとは、生きちゃいなかったんだと思うな」

「まあ、どっちにしろ結果は同じってことですよ」

「いや、それはちがう。物事には、けじめってもんが必要だ。あの野郎はそれだけのことをしたんだから、それだけの目に遭って当然だったんだよ」マイクはそう言うと、ズボンのポケットに手を突っ込んで、青いデニムの引きちぎられたような切れ端を取りだした。「こいつがあの野郎の穿いてたズボンの切れっ端《ぱし》だ」

バーテンダーは身を屈めて顔を近づけ、マイクの差し出した布の切れ端をじっくりと眺めた。それからひょいと顔をあげた。「お客さん、こいつを譲っちゃもらえないかな、一ドルで？」

「いやいや、そういうつもりじゃないから」

「いいでしょう、だったらその半分を二ドルでどうです？」

マイクは胡散臭い相手を見る眼で、バーテンダーを見やった。「こんなもの、なんで欲しがるんだ？」

「さあ、さあ、お客さんのグラスをこっちにください。このビールはあたしがご馳走しますよ。そのズボンの切れっ端ですけどね、店の壁に飾るんです、したに小さな説明書をつけて。店にやって来るお客さんたちに見せるんですよ」

マイクはポケットナイフを取り出してデニム生地をふたつに切り裂き、引き換えにバーテンダーから一ドル銀貨を二枚、受け取った。

「知りあいに、そういう説明書きをこしらえる人がいましてね」と小柄なバーテンダーは言った。「この店に毎日のように来てるんです。その人に頼めば、こいつのしたにつけるのにぴったりな説明書きを考えて、小さな洒落たカードをこしらえてくれるでしょう」それから警戒するような顔つきになった。「今度のことで、保安官は誰かを逮捕したりするでしょうかね？」

「まさか、するわけがないだろう。なんのために、そんな面倒なことをする？　今夜、留置場に押しかけたのは、選挙のときに一票を投じる連中だぞ。公園に誰もいなくなったら、保安官が出張ってきてロープを切り、あの黒人《ニガー》を木から降ろす。でもってもろもろ後始末して、それで終わりだよ」

バーテンダーは店の戸口からおもてを眺めた。「やっぱり、あたしの目算が狂ったな。みんな咽喉が渇いて一杯呑みたくなるんじゃないかと思ったけど。もうだいぶ遅くなっちまいましたからね」

「おれもそろそろ帰るよ。なんだか疲れた」

「お帰りになるのが南のほうなら、あたしも店を閉めてお供しますよ。あたしは南の八番街に住んでるんです」

「なんだ、だったら、うちからほんの二本先の通りじゃないか。おれのうちは南の六番街だ。いつもうちの前を通ってるはずだよ。これまで一度も見かけたことがないのが不思議なぐらいだな」

バーテンダーはマイクの使ったグラスを洗い、長いエプロンをはずした。帽子をかぶり、コートを着込み、店の戸口のところで赤いネオンサインと店内の明かりを消した。それからしばらく、マイクはバーテンダーとふたり、歩道に立ったまま公園のほうを振り返って眺めた。町は静まり返っていた。公園からは、物音も人の声も聞こえてこなくなっていた。一ブロックばかり先を、制服姿の警官がひとり、懐中電灯で店のウィンドウを照らしながらゆっくりと歩いていた。

「ほらな?」とマイクは言った。「まるで何ごともなかったみたいじゃないか」

「まあ、帰りがけにビールの一杯も呑みたいと思った人たちは、どこかほかの店に行ったってことですね」

「おれの言ったとおりだろ」とマイクは言った。

人気《ひとけ》の途絶えた通りを、ふたりはぶらぶらと歩き、商店街を抜けて南に折れた。

「ところで、あたしはウェルチといいます」とバーテンダーの男が名乗った。「この町に来て、まだ二年にしかならないもんで」

マイクはまたしても孤独に包まれるのを感じていた。「不思議なもんだな——」しゃべりかけたところで口をつぐみ、それからまた改めて口を開いた。「おれはこの町の生まれだ。今も住んでる家で生まれたんだ。かみさんはいるけど、子どもはいない。かみさんもこの町の生まれだから、おれたち夫婦のことは知らないやつなんていないんだがね」

ふたりは何ブロックか歩きつづけた。商店街から離れて、通りの両側には、灌木を植え込みにした庭やらきれいに刈り込んだ芝生やらを抱える、見場のいい住宅が並んでいた。葉をたっぷりとまとった背の高い木立ちが、街灯の光を受けて歩道に影を落としている。野良犬が二頭、互いのにおいを嗅ぎあいながら、のたのたとそばを通り過ぎていった。

しばらくしてウェルチが低い声で言った。「どんな人間だったんでしょうね。あの黒人《ニガー》のことですけど」

孤独を感じていたので、マイクは答えた。「新聞には悪党だと書いてあったな。新聞はあれもこれも読んでみたけど、どの新聞にもそう書いてあった」

「そうですね、新聞ならあたしも読みましたよ。でも、気になりませんか、ほんとのとこはどんな人間だったんだろうって。これまで知りあいになった黒人《ニガー》のなかには、なかなか立派なやつもいましたからね」

マイクはウェルチのほうに顔を向け、反論する口調で言った。「そりゃ、おれだって真っ当な黒人《ニガー》のひとりやふたりは知ってるさ。一緒に仕事をしたことだってある。真っ当な連中だったよ。白人だったら知りあいになってもいいと思えるようなやつらだった。だけど、それとこれとは話が別だろう、悪党なんだから」

マイクの見幕に、小柄なウェルチは黙り込んだ。しばらくしてウェルチは言った。

「でも、お客さんにもほんとのとこはわからないんじゃないですか、あいつがどんな人間だったか？」

「ああ、わからないよ。なんせ、黙って突っ立ってただけなんだから。眼をぎゅっとつむって、両手をだらりと垂らして。そこをぶん殴られたんだ。おれがそう思ってるだけかもしれないけど、おれたちが引きずり出したときには、もう死んでたんだ」

歩道を歩きながら、ウェルチはマイクのほうに寄ってきた。「このあたりは立派な庭ばかりだ。こういう庭を維持してくには、ずいぶんと金《かね》がかかるでしょうね」それから、もっと間合いを詰めてきたので、ウェルチの肩がマイクの腕をこすった。「あたしは私刑《リンチ》ってものに行ったことがないんです。どんな気持ちになるんですか、やったあと？」

マイクは身体を引き、相手と距離を取った。「別にどんな気持ちにもならないよ」前屈みになって、いくらか足を速めた。小柄なバーテンダーは小走りになってついてきた。街灯の数が少なくなった。闇が濃くなり、安全になった。だしぬけに、マイクは言った。「自分だけが切り離されたような気持ちになるよ。それに疲れたような感じもする。だけど、満足みたいなものも感じるんだ。やるべきことをきっちりやったみたいな。それでも疲れを感じるんだ。疲れてて、眠いような感じなんだ」マイクは足取りを緩めた。「ああ、ほら、台所に明かりがついてる。あそこがおれのうちだ。かみさんが寝ないで待ってるんだ」自分の小さな家のまえで、マイクは足を止めた。

その横でウェルチも、おどおどと立ち止まった。「ビールが呑みたくなったときには――ビールじゃなくて、もっと強いやつでもいいですよ――うちの店に来てください。真夜中まで開けてますから。知りあいにはサービスしますよ」それだけ言うと、おいぼれネズミのようにちょこまかと走り去っていった。

マイクは「おやすみ」と声をかけた。

それから家の横をまわって裏口から家に入った。ガス・オーブンのまえの椅子に妻が気難しげな顔で腰をかけていた。オーブンの扉を開けたままにして、痩せた身体を温めているところだった。戸口を抜けて入ってきたマイクに向かって、不機嫌そうな眼を向けてきた。

それからその眼が大きく見開かれ、マイクの顔から離れなくなった。「女と一緒だったのね？」マイクの妻はしゃがれ声で言った。「どういう人なの、相手の女は？」

マイクは声をあげて笑った。「いきなりそんなことを言って、抜け目なく網を張ったつもりなんだろ？　ああ、おまえは確かに抜け目がないよ。どうして、おれが女と一緒だったと思うんだ？」

マイクの妻は刺々しく言った。「あんたのその顔にそう書いてあるからよ。そんな顔して帰ってきてばれないとでも思ってるわけ？」

「よし、わかった、いいだろう」とマイクは言った。「おまえがそこまで抜け目がなくて、何でもお見通しだって言うんなら、おれからは何も話してやらないことにする。明日の朝刊が届くまで待つんだな」

妻の不満げな眼にためらいの色が浮かぶのが見えた。「あの黒人《ニガー》のこと？」と彼女は言った。「あの黒人《ニガー》をみんなで吊るしちゃったってこと？　だって、みんな言ってたもの、自分たちで決着をつけてやるって」

「訊かなくたってわかるだろ、なんたって抜け目がなくてなんでもお見通しなんだろうから。おれからは何にも話してやらないよ」

マイクは台所を抜けて浴室に入った。壁にかけてある小さな鏡のまえに立った。そして帽子を脱いで自分の顔を眺めた。「なるほど、かみさんの言うとおりだ」とマイクは声に出さずにつぶやいた。「おれの気持ちが、確かに、そっくりそのまま顔に出てるよ」

装具《ハーネス》

The Harness

ピーター・ランドールはモントレー郡の農業従事者のなかでも、最高の敬意を払われている人物だった。以前に一度、フリーメイソンの大会でちょっとしたスピーチをすることになったとき、紹介役は彼のことをカリフォルニアの若き会員たちの範とすべき人物であると言ったほどだ。年齢はじきに五十になるところ、態度は謹厳寡黙、万事において控えめで、おまけに手入れの行き届いた顎髭をたくわえている。そんなわけで、どんな集会に出ても、髭を生やしている人物にごく当たり前に向けられる尊敬の眼差しを集めることになった。眼までが謹厳だった。ブルーの眼なのだが、あまりにも謹厳なものだから憂いをたたえているようにさえ見えるのだ。ピーター・ランドールには力があるが、その力は内に秘められたものだということを誰もが知っていた。ときどき、これといった理由もなく、その眼にむっつりとふさぎ込んだ狭量な色が浮かんで、性悪な犬のような眼になることもあったが、そうした表情はあっという間に消えてなくなり、その顔にすぐにまた抑制と誠実さが戻ってくるのだった。体格の面では、背が高くて肩幅が広かった。姿勢を矯正しているのかと思うほど、両肩をぐっとうしろに引き、軍人のように腹を引っ込めていた。農業に従事している者にはとかく前屈みになりがちな者が多いだけに、この姿勢の良さだけでもよけいに敬意を集めることになった。

ピーターの妻のエマについては、あんな骨と皮だけの小柄な女が、しかも年がら年中病気ばかりしている身でよく生きていられるものだ、というのが衆目の一致したところだった。エマの体重は三十九キロだった。年齢は四十五歳、それほどの高齢でもないのに顔は皺《しわ》だらけで肌の色もくすんでいた。けれども黒い眼は生きようという決意にらんらんと光っていた。誇り高い女で、めったなことでは愚痴などこぼさなかった。父親はフリーメイソンの会員で三十三階級を授与されていて、一時期はカリフォルニアの本部《グランド・ロッジ》の最高責任者《ウォーシップフル・マスター》を務め、生前は婿であるピーターがフリーメイソン内で順調に昇進していくことに、並々ならぬ関心を持っていたのだった。

そのピーター・ランドールだが、年に一度、妻を農場に残して、一週間ほど留守にするのを恒例としていた。ひとりで留守を預かるエマを気遣って訪ねてくる近隣の住人たちに、エマは判で押したように「主人は仕事関係の用事があって出張しているんです」と説明した。

そしてピーターがその出張から戻ってくると、エマは決まってひと月、場合によってはふた月近く寝込むのだった。これはピーターには負担が大きかった。というのも、日ごろからエマは家事全般を一手に引き受けていて、手伝いの女を雇うことを拒んでいたため、エマの具合が悪くなると、ピーターが家事をやらざるをえなくなるのだ。

ランドール家の農場は、サリーナス川の向こう岸に拡がり、丘のふもとまで続いていて、低地と高地の配分がまさに理想的だった。大昔、サリーナス川がモントレー郡の土のなかでもとりわけ地味の肥えた土を運んできて板のようにのっぺりと平らに拡げた四十五エーカーの肥沃な平地と、牧草地や果樹園に適したゆるやかな傾斜のある八十エーカーの高地である。白塗りの母屋は、そこの住人夫婦同様、こざっぱりとしていて控えめだった。母屋のすぐまえの庭はフェンスに囲まれ、花壇にはエマの意向でピーターが、ポンポンダリアとムギワラギクとカーネーションとナデシコを植えていた。

母屋の玄関まえのポーチからは、のっぺりと拡がった平地越しに、サリーナス川とその両岸に続くヤナギやハコヤナギの木立まで見渡すことができるし、その先の川向こうのビーツの畑も、さらにはその向こうにのぞく、サリーナスの街にある郡裁判所の円屋根まで見晴るかすことができる。午後になるとよく、そのポーチに出した揺り椅子に坐って過ごすエマの姿を見かけた。風が出てくると家のなかに引きあげてしまうのだが、それまでは揺り椅子に坐ってせっせと編み物をするのだ。ときどき顔をあげて、平地か果樹園か母屋の建っている傾斜地のしたの斜面で働いているピーターに眼をやった。

サリーナス盆地《ヴァレー》に点在する農場で借金の返済に汲々としているところは少ない。ランドールの農場もまた然り。賢く選択して丹精込めて育てられた作物が、借入金の利息を支払い、人並みの暮らしを支え、さらに数百ドルの余剰も出るので、それを元金の支払いに充てることで毎年着々と借金を減らしていた。ピーター・ランドールが隣人から尊敬され、その口から発せられる数少ないことばが、それがたとえ天候や世の中の些事に関することであっても、周囲から傾聴されるのも意外でもなんでもなかった。たとえば、彼が「うちは今度の土曜日に豚をつぶすつもりだ」と言うと、それを耳にした者はたいてい帰宅したのち、次の土曜日に豚をつぶした。どうしてそうするのか、当人たちにもその理由はわからなかったが、ピーター・ランドールが豚をつぶすつもりだというのなら、そうするのが正しく、安全で、習わしにかなったことのように思えたからだった。

ピーターがエマと結婚して二十一年になる。ふたりは家具は上等なものを、それも家じゅうの部屋という部屋に置くことができるぐらいたくさん集めた。額入りの絵画もそれなりの点数を、花瓶もありとあらゆる形のものを、書籍はどっしりとした装幀のものを集めた。ふたりには子どもがいなかったので、家は無傷のままだった。落書きとも無縁だった。玄関と裏口のポーチには、靴拭いとヤシの繊維を編んだ分厚いマットが置かれ、そとの泥が家のなかに持ち込まれるのを防いでいた。

病気で寝込んでいないとき、エマは家の維持管理に眼を配った。部屋のドアや戸棚の扉はちょうつがいに油を注し、掛け金はゆるんだり抜けたりしているねじが一本もない状態になっていた。家具や室内の木造部分には年に一度、ニスを塗りなおした。修繕や手入れはたいてい、ピーターが年に一度の出張から戻ってきたあとに行われることになっていた。

エマがまた寝込んだ、という噂が近隣に広まると、隣人たちはサリーナス川沿いの道を医者の車が通るのを待ちかまえるのが恒例だった。

「大丈夫だよ、じきによくなる」彼らの質問に、医者はそう答えるのだった。「まあ、そうだな、二週間か三週間は寝てなくちゃならないだろうがね」

すると、善良な隣人たちはケーキを持ってランドールの農場を訪ね、足音をしのばせて病室をのぞくのだ。病室のびっくりするほど大きな胡桃材《くるみ》のベッドには、小柄で痩せた鳥がらのような女が寝かされていて、よく光る小さな黒い眼を隣人たちに向けてくる。

「奥さん、カーテンをちょっとだけでも開けましょうか？」と問いかけると、

「いいえ、お気遣いはありがたいけれど、けっこうです。戸外《そと》の光はわたしの眼には毒ですから」という答えが返ってくる。

「なにかわたしたちに手伝えることは？」

「いいえ、お気遣いはありがたいけれど、けっこうです。ピーターがよくやってくれているので」

「だったら、何かしてほしいことがでてきたら、そのときは遠慮なく――」

エマは筋金入りのしっかり者だった。だから、病気で寝込んでいるときも、ピーターにパイやケーキを届ける以外に、エマのためにできることは何もなかった。訪ねていくと、ピーターはたいていキッチンにいて、こざっぱりとした清潔なエプロンをつけ、湯たんぽに湯を入れたり病人用に牛乳寄せ《ジャンケット》をこしらえたりしているのだった。

そんなわけで、ある年の秋、エマが倒れたという噂が流れはじめたときも、農場の奥方連中はピーターのために焼き菓子をこしらえ、いつものように見舞いにいく準備

をしたのである。

隣の農場のチャペル氏の細君は、サリーナス川沿いの道路に立ち、車で通りかかった医者を呼びとめた。「先生、エマ・ランドールの具合は?」

「あんまりよくないね、チャペルの奥さん。あれは正真正銘の病人だよ」

マーン医師にとっては、どんな病人であれ、実際に死体になっていない限り、回復の途上にあるということになっていたものだから、エマ・ランドールは明日をも知れぬ状態だという噂が近隣の農場に広まった。

重篤な状態が長いこと続いた。ピーターが自ら浣腸をしてやったり病床用の差し込み便器を運んだりした。医者からは看護婦を雇ってはどうか、との提案があったが、その提案は病人の猛々しいほど鋭いひと睨みであっさり却下された。病人ではあっても、エマの希望は尊重されたのである。ピーターは食べ物を口に運んでやり、身体を洗ってやり、胡桃材の大きなベッドを整えてやりつづけた。寝室のカーテンは閉まったままだった。

二カ月後、黒くて鋭い小鳥のような眼に膜がかかり、あれほどきっぱりとしていた意志が減退し、人事不省となった。そのときになってようやく看護婦が通ってくるようになった。ピーター自身も痩せて病人も同然で、今にも倒れてしまうのではないかと思われた。隣人たちはせっせとパイやケーキを差し入れしたが、次に訪ねてきてみると、どれもこれも台所に置きっぱなしになったまま、まったく手をつけられていないのだった。

エマが息を引きとった午後、たまたまチャペル夫人が訪ねてきていた。ピーターはたちまち半狂乱になった。チャペル夫人は医者に電話をかけ、次いで自宅に電話をして夫にすぐに来てほしいと頼んだ。ピーターが正気を失ったかのように泣きわめき、自分で自分の髯面を殴りつづけていたからだった。その姿を目の当たりにしたとき、エド・チャペルはきまりが悪くなった。

ピーターの頬髯は涙で濡れていた。家のなかのどこにいても、ピーターの泣きじゃくる声が聞こえた。あるときはベッドの脇にうずくまって枕に顔を埋《うず》め、あるときは寝室のなかを行きつ戻りつしながら仔牛の鳴き声のようなうなり声をもらした。エド・チャペルがおずおずと肩に手をかけ、困惑の面持ちで「しっかりしろ、ピーター。しっかりしなくちゃ駄目だろ」と言ったときには、無言でその手を払いのけた。医者が車でやって来て、死亡診断書に署名した。

葬儀屋がやってきたが、彼らもピーターには手を焼かされた。半狂乱だったからだ。死体を運び出そうとすると、ピーターは猛然と抵抗した。エド・チャペルと葬儀社の人間とで押さえ込み、医者が皮下注射を打ち、それでようやくエマを運び出すことができた。

けれども、そのモルヒネ注射を以てしても、ピーターを眠らせることはできなかった。部屋の片隅にうずくまり、苦しげに肩で息をしながら、ピーターは床をじいっと見据えていた。

「誰かついててやらないと駄目だな」と医者が言った。「ジャックさん、どうかな?」と看護婦に頼んだ。

「無理ですよ、先生。わたしひとりじゃどうにもできませんから」

「それじゃ、チャペルさん、あんたが残ってくれないか?」

「いいですよ、残りましょう」

「それじゃ、頼みますよ。通常の三倍量の鎮静剤《ブロム》を置いていきます。もしまた暴れるようなことがあったら、一錠飲ませなさい。それで効き目がなければ、こっちのアモバルビタール塩を。このカプセルをひとつ飲ませれば、落ち着くはずだから」

医者と看護婦は引きあげるまえに、呆《ほう》けたようになっているピーターを助け起こして居間に連れていき、ソファにそっと寝かせた。エド・チャペルは安楽椅子に腰をおろして、ピーターを見守ることになった。そばのテーブルに、水を入れたグラスと鎮静剤《ブロム》を置いて。

居間は大して広くはなかったが、清潔で、埃も溜まっていなかった。その日の午前中、ピーターが湿らせた新聞紙をちぎって床に撒き、掃除をしたばかりだったのだ。エドは暖炉の火床に小さな火を起こし、炎が大きくなったところでオークの薪を何本か追加した。早くも暗くなりはじめていた。小雨が窓を叩いていたが、じきに風が出てきて雨を拭き払った。エドは灯油ランプの芯を切り詰め、炎を小さくした。暖炉では火が音を立てていた。燃えあがる炎が髪の毛のようにオークの薪に絡みついていた。薬の効き目でソファに横になったままのピーターを、エドは安楽椅子から長いこと見守っていた。そのうちエドのほうも、いつの間にかうつらうつら船を漕いでいた。はっとして眼を覚ましたときには、十時近くになっていた。慌てて椅子から立ちあがって、ソファのほうに眼をやった。ピーターが身を起こして、こちらを見ていた。エドは反射的にテーブルの鎮静剤《ブロム》に手を伸ばしたが、ピーターは首を横に振った。

「必要ないよ、エド。なんの薬も要らない。あの注射はずいぶん効き目の強いやつだったんだろ？　もう大丈夫だ、落ち着いたよ。頭がいくらかぼうっとしてるだけだ」

「こいつを一錠だけ飲んでみないか。たぶん眠れると思うんだ」

「眠りたくないんだ」そそけだったよれよれの頰髯をいじりながら、ピーターは言った。そしてソファから立ちあがった。「失礼して顔を洗ってくるよ。いくらかさっぱりするだろうから」

しばらくして台所で水を出す音がした。エドは水の流れる音を聞くともなく聞いた。まもなくタオルで顔を拭きながら、ピーターが居間に戻ってきた。奇妙な笑みを浮かべていた。そんな顔をしているピーターを、エドはこれまで一度も見たことがなかった。おどけているような、戸惑っているような笑みだった。「うちのやつが死んで、おれは、なんと言うか、すっかり箍《たが》がはずれちまったんじゃないか？」

「そうだな――まあ、確かにけっこう暴れたよ」

「身体のなかで何かがぷつんと切れちまったみたいでね」事情を説明する口調でピーターは言った。「ズボン吊りのベルトみたいなもんが、ぷつんとね。でもって、おれはばらばらになっちまったんだよ。だけど、もう大丈夫だ」

エドは床に視線を落とした。茶色の小さな蜘蛛が這っているのが見えた。エドは足を伸ばして、蜘蛛を踏みつぶした。

そのとき、ピーターがいきなり尋ねた。「死後の世界ってもんはあると思うか？」

エド・チャペルは安楽椅子に坐ったまま、もぞもぞ尻を動かした。この手の話題は苦手だった。話題にすれば、そういうことが頭に浮かんでくるわけだし、浮かんでくれば考えないわけにはいかなくなるからだった。「まあ、そうだな、あるかないかと訊かれりゃ、あると思うって答えるだろうな」

「おれたちのやってることを、誰かが——死んじまった人間が、うえのほうから見てると思うか？」

「いや、そこまではどうかな。なんとも言えないな、おれには」

まるで独り言でも言っているような調子で、ピーターはしゃべりつづけた。「たとえうちのやつにおれが見えるとしても、おれのやってることが意に染まなかったとしても、あいつが生きてたあいだはあいつの望んでるとおりにしてやってたんだから、文句なんぞ言われるはずがない。あいつはおれを善良で立派な人間に仕立てた。それで満足すべきなんだよ。あいつがいなくなったあと、おれが善良でも立派でもなくなったら、それはとりもなおさず、すべてはかみさんのおかげだったってことを証明するようなもんだろう、ちがうか？　おれは善良で立派な人間だったよな、エド？」

「えっ、どういう意味だい、〝だった〟ってのは？」

「だから、一年に一度、一週間だけは別だけど、それ以外は善良で立派な人間だっただろ？　だけど、これからはわからないってことだ。自分でも何をやらかすか……」

ピーターの顔に怒りの表情が浮かんだ。「けど、これだけはわかってる」そう言うなり、立ちあがったピーターは、上着とシャツをむしりとるようにして脱ぎ捨てた。下着のうえに装具《ハーネス》をつけていた。両肩をうしろに引き、姿勢を矯正するためのものだった。ピーターは金具を緩めて装具《ハーネス》をはずし、勢いよく投げ捨てた。次いでズボンをずり落とした。腹まわりに、ゴムで伸び縮みする幅の広い帯を巻いていた。身をくねらせて帯を足元に落とすと、ピーターは思う存分腹を掻いてから、衣類をまた身に着けた。そしてエドに向かって笑みを浮かべた。今度もまた、あのピーターらしからぬ、戸惑っているような笑みだった。「うちのやつには、うまいこと操縦されてたのさ。どんな手を遣ったのかはわからんが、まんまとあいつの思うとおりにさせられてたんだよ。別に、ああせい、こうせいと命令されてたとも思えないんだが、いつだってあいつの思うとおりにしちまってた。ああ、おれは死後の世界なんてものがあるとは思っちゃいない。うちのが生きてたあいだは、病気をして寝込んでたときでも、あいつの望みどおりにしなきゃならなかった。だけど、死んじまったとたん、なんだか——そう、この装具《ハーネス》をはずしたようなもんだな。我慢の限界だったのさ。こんなのは、もうおしまいだよ、おしまいにしたんだ。これからはこんな装具《ハーネス》なんぞ着けずに暮らしてくことに慣れなきゃならなくなる」ピーターはエドに向かって指を振りながら「そりゃ、腹はせり出すだろうよ」ときっぱりと言った。「けどな、腹なんぞせり出させときゃいいんだよ。おれだってもうじき五十になるんだから」

エドはこういう話が苦手だった。この場から逃げ出したい気分だった。この手のことを話題にするのは、エドにしてみれば、褒められたことではなかった。「こいつを一錠だけ飲んでみないか。たぶん眠れると思うんだ」と先ほどと同じことを遠慮がちに繰り返した。

ピーターはまだ上着を着ていなかった。シャツのまえをはだけたまま、ソファに坐り込んでいた。「眠りたくないんだ。それより話がしたいよ。葬式のときには、この腹帯やら装具《ハーネス》やらをしなきゃならないだろうけど、葬式がすんだら火にくべちまおうと思ってる。そうだ、納屋にウィスキーが一本あったはずだ。取ってくるよ」

「いや、やめよう」とエドは慌ててとめた。「今は呑む気分じゃない。こういうときは呑むべきじゃないよ」

ピーターはソファから立ちあがった。「そうか、おれは呑むよ。呑む気になれないんなら、そこに坐っておれが呑むのを見てりゃいい。さっきも言っただろ、もうおしまいにしたんだよ」そう言い残すと、居心地の悪さのあまりものも言えずにいるエド・チャペルをその場に残して居間から出ていき、いくらもたたずに戻ってきた。

ウィスキーを抱えて。居間の戸口を抜けながら、もうしゃべりだしていた。「おれが好きなようにできたのは、あの出張のときだけだった。エマはなかなか賢い女だったよ。一年に一度ぐらい解放してやらなきゃ、おれは正気をなくすだろうってわかってたのさ。でもって、帰ってくると、待ちかまえてたように、ちくちくやるんだよ。こっちの気が咎めて、ああ、申し訳なかったと思わせるように仕向けるのさ」そこで声をぐっと落として、打ち明け話をする口調になった。「出先でおれが何をしてたか、知ってるか？」

エドはいつの間にか眼を大きく見開いていた。眼のまえにいるのは、エドの知らない男だった。気づくと、興味を惹かれていた。渡されるがままに、ウィスキーのグラスも受け取っていた。「いや、知らないよ。何をしてたんだね？」

ピーターはウィスキーをひと呑みして咳き込み、手で口元を拭った。「酔っ払ってたのさ」とピーターは言った。「サンフランシスコのあちこちの淫売屋にも足を運んだ。一週間ぶっ続けで呑みまくって、毎晩どこかの淫売屋に転がり込んでたんだよ」呑み干したグラスをそこでまた満たした。「エマも気づいてたと思う。けど、何も言わなかった。あの一週間がなかったら、おれは確実に爆発してた」

エド・チャペルは慎重にウィスキーのグラスに口をつけた。「おたくの奥方は、いつも出張だと言ってたよ。仕事関係の用事があって出かけてるんだって」

ピーターは自分のグラスを眺め、ひと息で中身を呑み干し、それからまたお代わりを注いだ。いつの間にか眼がぎらぎらと光りはじめていた。「いいから呑め、エド。こういうときは呑むべきじゃないと思ってるのはわかるけど——なんせ、女房に死なれたばかりなわけだし。だけどここにはあんたとおれしかいないんだから、誰にもわかりゃしないって。ついでに火をもっと熾《おこ》してくれよ。ああ、悲しくなんかないよ、おれは悲しんじゃいない」

エド・チャペルは暖炉に近づき、真っ赤に熾った薪を突いて盛大に火花を散らした。薪から弾けた火花は、きらきら光る小鳥のように舞いあがり、煙突のなかに吸い込まれていった。そのあいだにピーターはふたりのグラスにウィスキーを注ぎ足し、またソファに坐り込んだ。エドは安楽椅子に戻ると、ウィスキーがグラスになみなみと注がれていることには気づかないふりをして、ひと口呑んだ。頬が火照《ほて》っていた。酒を呑むことがそれほど悪いこととは思えなくなっていた。その日の午後のことも、ひとりの人間が死んだことも、すでに遠のき、曖昧な過去の出来事になってしまっていた。

「焼き菓子でもどうだ？」とピーターが言った。「ケーキがあるんだ。台所の戸棚に五つも六つも」

「いや、遠慮しとくよ」

「実を言えば、おれもだ」とピーターは言った。「ケーキなんぞもう二度と食いたかない。この二十年間、うちのやつが病気をして寝込むたびにケーキの差し入れをもらった。もちろんそうやって気遣ってもらえるのはありがたいことだよ。だけど、おかげでおれのなかではケーキが病気に結びつくようになっちまってね。おや、呑んでないじゃないか。いいから、呑めって」

そのとき、居間のどこかで何かが起こった。ふたりは顔をあげて、何が起こったのかを見極めようとした。居間の雰囲気は、一瞬まえとは明らかにちがっていた。ややあって、ピーターは照れくさそうに笑みを浮かべた。「暖炉のうえの置時計がとまったんだ。敢えてねじを巻こうって気にはならないね。目覚まし時計を新調しよう。針の音がもっと軽やかなやつを。あの置時計の、かちっ、かちっ、かちって音はどうも陰気でいけない」そこでまたグラスに口をつけてがぶりと大きくひと呑みした。「こんなことばかり言ってると、ピーター・ランドールはおかしくなっちまったらしい、なんて言いふらされそうだな」

エド・チャペルはグラスから顔をあげ、笑みを浮かべて首を横に振った。「いや、そんなことはしないよ。あんたの気持ちは、おれにもよくわかる。今までちっとも知らなかったんだ、あんな装具《ハーネス》やら腹帯やらで、わが身を締めあげてたなんて」

「男たるもの、背筋を伸ばしてしゃんとしてなきゃならないってことでね」とピーターは言った。「おれは生まれつき猫背だから」それから急に声を張りあげて怒鳴った。「ああ、おれは生まれつき馬鹿なんだよ！　それをこの二十年間、賢くて善良で立派な人間のふりをしてきた――あの年に一度の一週間を除いて」ピーターの声がさらに高くなった。「そういうふうに仕向けられてたんだよ、知らず知らずのうちに。おれの人生なのに、ちょっとずつおれのもんじゃなくなってたんだよ。ほらほら、もう一杯いこうや。納屋にもう一本あるから。麻袋の山のしたに隠してあるんだ」

エドはグラスを差し出し、お代わりをもらった。ピーターはしゃべり続けた。「おれはな、まえまえから、うちの農場の川沿いの平地を残らずスイートピーの畑にできたら、どんだけすばらしいだろうと思ってたんだ。考えてもみろって。玄関のポーチに椅子を持ち出してそいつに坐って眺めるんだよ、あの川沿いの一帯が一面のピンクとブルーに染まってるのを。そのうえを吹き渡る風がどんなにおいを運んでくるか、想像するだけでうっとりするじゃないか。きっとこたえられないよ、気が遠くなるほどすばらしいにおいだよ」

「いや、だけど、スイートピーで痛い目を見たやつは、これまでずいぶんいたじゃないか。そりゃ、もちろん種子《たね》はいい値になるけど、収穫までに厄介なことになるケースがあまりにも多い」

「そんなこと、気にしてられるか」とピーターは叫ぶように言った。「おれはなんでもたっぷりほしいんだよ。四十五エーカー分たっぷりの色とにおいがほしい。女もたっぷり太ったのがいい。枕みたいなでっかいおっぱいをしてる女がほしい。ああ、そうだよ、おれは飢えてる。ありとあらゆるものに飢えてるから、ありとあらゆるものがたっぷりほしい」

ピーターのわめき声を聞くうちに、エドは深く憂慮する面持ちになった。「こいつを一錠だけ飲んでみないか。たぶん眠れると思うんだ」

ピーターは恥じ入った表情になった。「いや、大丈夫だ。こんなふうにわめきたてるつもりはなかったんだ。だけど、今言ったようなことは初めて考えたわけじゃない。じつは何年もまえから考えてたことなんだよ。喩《たと》えて言うなら、子どもが夏休みのことを考えるようなもんだな。いざそのときが来たら、歳を取りすぎちまってるんじゃないかって心配してたよ。でなけりゃ、おれのほうが先に死んじまって、そういう機会には永遠にめぐりあえないかもしれないって。だが、おれはようやく五十だ。体力も気力もまだ充分残ってる。スイートピーの件はエマにも話してみたよ。けど、うんとは言ってもらえなかった。ほんと、どうにもわからないんだよ、あいつがどうやってておれを意のままに操縦してたのか」いかにも不思議そうな口調で、ピーターは言った。「いくら考えても、思い当たらなくてね。たぶん、あいつなりの遣り方があったんだろうと思う。だけど、あいつは死んじまった。それがはっきり感じられるんだよ。さっき、あの肩につけてた装具《ハーネス》を取っ払ったときと同じだ。エド。これからは姿勢なんぞ気にしない――どこに出ようと、おれは猫背で通してやる。家のなかに泥だらけの足跡をつけてやる。でっぷり太った大柄な家政婦を雇ってやる――ああ、そういう女《おんな》をサンフランシスコから連れてくる。でもって棚のうえにブランデーの壜を出しっぱなしにしておくんだ」

エド・チャペルは安楽椅子から立ちあがって、ひとつ大きく伸びをした。「ちょっとは落ち着いてきたかね。だったら、おれはそろそろ帰るよ。少しは寝とかないと。ピーター、暖炉のうえのあの時計だけど、ねじを巻いたほうがいいよ。止まったままにしとくのは時計によくない」

葬儀の翌日、ピーター・ランドールは農場の仕事を再開した。隣人のチャペル夫妻は、夜が明けるかなりまえからランドール家の母屋の台所に明かりがついているのを目撃していた。ふたりが寝床を離れる三十分もまえに、ピーターが角灯《カンテラ》を提げて庭を突っ切り、納屋に入っていくのも目撃していた。

ピーターは果樹園の木々の剪定を三日間で終えた。朝はまだ太陽が顔も出さないうちから、陽がとっぷり暮れて見あげても木の枝が見わけられなくなるまで働きつづけた。次いで川沿いの広大な平地に手を入れはじめた。土を起こし、ローラーをかけ、たいらにならした。見たことのない男がふたり、長靴に乗馬用のズボンという恰好でやってきて、ランドール農場の土地を調べた。土をつまんで指をこすりあわせ、地中に深々と穴掘機を打ち込み、そうして何カ所かから採取した土をそれぞれ小さな紙袋に入れて持ちかえった。

例年、農場を経営している者たちは、植えつけの時期が近くなると、互いの農場をひんぱんに訪問しあうようになる。訪問した先では地べたにしゃがみ込み、土をすくいあげては指先で土くれを砕いてみたりしながら、農産物の相場やら収穫高やらについて話しあい、豆類が高値で売れた年のことやそれとは正反対にエンドウがまるで不作で翌年の種子代さえまかなえなくなりそうだった年のことを引きあいに出した。こうした話しあいがさんざっぱら繰り返されたのち、たいていの場合、全員が同じものを植えつけることになるのがいつもの順当ななりゆきだった。農場の経営者のなかには、その意見がことのほか尊重される者がいた。たとえばピーター・ランドールなりクラーク・デウィットなりが今年は赤インゲンと大麦を植えることにしようと決めると、その年はたいていの農場の作物が赤インゲンと大麦になる。というのも、彼らは周囲の尊敬を集めていたし、また農場の経営者としてもそこそこ成功していたから、そういう人の計画というのは単なる思いつき以外のなんらかの根拠があるにちがいない、と思われていたのである。口に出されることこそなかったが、ピーター・ランドールとクラーク・デウィットには人並み外れた洞察力と特殊な予知能力があるにちがいない、とあまねく信じられていた。

毎年恒例の訪問の応酬がはじまったとき、周囲の者たちはピーター・ランドールが変わったことに気づいた。耕運機の運転台に腰かけたまま、ずいぶん機嫌よくしゃべるのだ。今年は何を植えるのかまだ決めていない、とのことだったが、その言い方がいかにもばつが悪そうで、明らかに言うつもりがないのだとわかった。ピーターの返答拒否が何度か続いたあと、ランドール家への訪問はぱたりととだえ、農場の経営者たちはこぞってクラーク・デウィットのところに足を運ぶようになった。クラーク・デウィットはその年はシュバリエ種の大麦を作るつもりだった。というわけで、近隣一帯の農場はどこも、デウィットの決定にならってその年の作付けの大部分をシュバリエ種の大麦にしたのだった。

とはいえ、訪問がとだえ、相談を持ちかけることがなくなったからといって、関心までなくなったわけではなかった。近隣の農場主たちは車で通りかかるたびに、ランドール農場の四十五エーカーの平地をじろじろと観察して、そこで行われている作業の内容から、ピーターが何を植えるつもりかを探りだそうとした。ピーターが播種機を押して平地を行ったり来たりしはじめると、誰も近寄らなくなった。というのも、何を植えるかは秘密にするということを、ピーターがそれはもうきっぱりと態度で示したからである。

エド・チャペルも、隣人のことについては沈黙を守った。あの晩のことを思い出すと、いささか恥ずかしくなった。ピーターが取り乱したことも恥ずかしかったし、ただ坐って愚にもつかない話を聞いていただけの自分自身も恥ずかしかった。あのとき口にした罰あたりな願望は本心なのか、それともあれはすべて妻に死なれたことによる一種の興奮状態がもたらしたものだったのか、それを見極めるため、エドは日々注意深くピーターを観察しつづけた。そしてピーターの肩が明らかにそれまでよりも丸まっていて、腹がまちがいなくいくらかせりだしてきていることにいやでも気づいた。家まで訪ねていってみると、母屋の床は泥で汚れたりしていないし、暖炉のうえの置時計もちくたく音を立てていた。エドはほっと胸を撫でおろした。

チャペル夫人のほうは、エマ・ランドールが死んだ日の午後のことを何かと言うと話題にした。「あのときのあの人の取り乱しようを見たら、誰だっておかしくなっちゃったと思うわよ。大声で泣いたりわめいたり、もう手がつけられなくてね。それで、うちの人が落ち着くまでそばについてたの。そう、夜遅くまで。なかなか寝ようとしないんで、仕方なくウィスキーを呑ませたんですって。でもね――」チャペル夫人は明るい口調になって言った。「悲しみを癒すには、仕事に精を出して夢中になるのがなによりの特効薬なのね。ピーター・ランドールは毎朝三時には起きてるわ。うちの寝室からあのうちの台所の窓の明かりが見えるからわかるの」

やがてネコヤナギがいっせいに銀のしずくのような花穂をつけ、道路の路肩に小さな雑草が萌え出しはじめた。サリーナス川はおよそひと月のあいだ、黒い濁流となり、その後水嵩が減っていってもとの緑色の水溜まりになった。その時点までにピーター・ランドールは農場の土地をそれはみごとに整えていた。どこもかしこもなめらかに均《なら》され、黒々としていて、小石よりも大きな土の塊はひとつもなかった、雨が降ると、地味が豊かな大地は紫がかって見えた。

しばらくして、その畑の黒々とした土から、淡い緑色をした細い線が幾筋も伸びはじめた。近隣の農場主のひとりが夕闇に乗じてフェンスをくぐってもぐり込み、その萌えだしたばかりの小さな小さな植物を一本つまんで引き抜いた。「ありゃ豆科の植物のどれかだよ」とその農場主は仲間たちに報告した。「おれの見たとこだと、エンドウだな。けど、だったらどうして、あんなに頑なに秘密にしたんだか。いや、おれは面と向かって訊いたんだよ、今年は何を植えるつもりなんだって。なのに、答えようとしなかったんだから」

噂はあっという間に広まった。「あれはスイートピーだ。信じられないことに、あの四十五エーカー丸々、スイートピーを播《ま》きやがったんだ！」農場主たちはクラーク・デウィットのところに押しかけ、意見を求めた。

デウィットの意見は――「スイートピーは、一ポンドあたり二十セントから六十セントにもなることがあるから、誰もが儲かると思ってる。だが、あれぐらい繊細で気を遣わせられる作物はない。まずは害虫だ。虫にたかられずにすめば、うまくいくかもしれないが、今度は陽射しが問題になる。気温が高くなってかんかん照りつけられると、莢《さや》が弾けて実が全部地面に落ちちまう。かといって、雨もよくない。ちょいと降られただけで、全滅なんてことにもなりかねない。まあ、運試しってことで何エーカーか植えてみるぐらいなら、悪くないと思うけど、畑全部ってのは、はっきり言ってどうかと思う。エマが亡くなったことで、ピーターは頭のねじが一本、抜け落ちちまったんだろうな」

この意見はあまねく流布した。誰もがそれを自分の意見として口にした。隣人同士がふたりで意見を述べあう場合は、互いに相手のことばの半分を聞いて残りの半分を自分の意見として述べた。当のピーター・ランドールだが、あまりにも何人もからこの意見を聞かされたものだから、とうとう腹を立てて、ある日相手を怒鳴りつけた。

「なあ、ここの土地は誰のもんだ？　おれが破産してもいいと思ってるんなら、おれには破産する権利があるんじゃないのか、ちがうか？」その発言を機に、周囲の見る眼が変わった。ピーター・ランドールは優秀な農場経営者だということを、誰もが思い出した。ピーターにはおそらく特別な予備知識があったんだろう、ということになった。だって、ほら、いつだったか長靴を履いた男がふたり来てたじゃないか、ありゃ――そうさ、土壌を専門に研究してる化学者だぜ！　こんなことなら、せめて何エーカーかでもスイートピーを植えておくんだった、と臍《ほぞ》を噬《か》む者も少なくなかった。

周囲のそんな後悔の念はとりわけ、ピーターの畑のスイートピーの蔓が伸びはじめたとき、伸びた蔓が畝を越えて隣の畝から伸びてきた蔓と絡みあって黒い土を覆い隠すようになったとき、蕾がつきはじめてどうやら豊作になりそうだとわかったとき、強くなった。

そうこうするうちに花が咲いた。それは四十五エーカー分の色と四十五エーカー分の香りだった。馥郁《ふくいく》たるその香りは、四マイル離れたサリーナスの街でも嗅ぐことができるほどだ、と噂された。学校の生徒たちがバスに乗って見学にきた。種子会社から派遣されてきた一団が、一日かけて蔓の様子を観察したり土に触ったりしていった。

ピーター・ランドールは、毎日午後になると玄関のポーチの揺り椅子に腰をおろし、遠くに拡がる一面のピンクと一面のブルーを眺め、次いでいろいろな色が交じった一画を眺めわたした。午後のそよ風が吹きはじめると、深々と胸いっぱいに息を吸い込んだ。ブルーのシャツの胸元をはだけているのは、その香りを肌にじかにふれさせようとしているふうにも見えた。

農場主たちは今度もまた意見を聞くために、クラーク・デウィットのところに押しかけた。デウィットはこんなふうに言った——「収穫が駄目になるかもしれない要因なら、ざっと十は挙げられる。まあ、ランドールにしてみりゃ、スイートピーさまさまだろうがね」その苛立ちを隠そうともしない口調から、クラーク・デウィットがいくらか嫉妬していることがみなの知るところとなった。農場主たちは彩り豊かな畑越しにランドール家の母屋を眺め、玄関のポーチに出した揺り椅子に坐るピーターを見て、改めて大した人物だと思い、敬意を新たにするのだった。

ある日の正午《ひる》さがり、そんなピーターを訪ねてきたエド・チャペルがポーチの階段をあがってきて言った。「いい出来だな、大収穫まちがいなしだ」

「どうやらな」とピーターは言った。

「ちょっと畑を見せてもらってきたよ。順調に莢がつきはじめてた」

ピーターは溜め息をついた。「花はそろそろおしまいだからな」とピーターは言った。「花が散るのは見たくない」

「そうか、おれならむしろ嬉しいけどな。このまま何事もなけりゃ、今年はかなりの収入になるんじゃないか？」

ピーターはバンダナを取り出して、鼻をひと拭きしたあと、つまんでひねりあげた。鼻がむずむずしていたのだ。「さびしいだろうな、このにおいが嗅げなくなったら」とピーターは言った。

しばらくしてエドはエマが死んだ晩のことを持ちだし、秘密めかして片眼をつむりながら言った。「家のことを頼める人は見つかったのか？」

「まだだよ」とピーターは言った。「探してもいないんだ、時間がなくてね」眼のまわりに皺ができていた。不安の為せる業《わざ》だった。だが、不安にもなろうというものだ、とエドは思った。今のこの時期、ほんのひと雨きただけで、今年の収穫がすべてぱあになってしまいかねないときなのだから。

その年の星巡りと天候が、スイートピー用に特別に誂《あつら》えられたものだったとしても、あれほどの作柄は望めなかったにちがいない。蔓を抜く時期になると、朝霧が地面低くまで這うようになった。引き抜いた蔓の大きな山が無事にキャンバス地のシートに拡げられたあとは、太陽が照りつけ、熱い陽光で莢をからからに乾燥させ、脱穀作業を楽にした。隣人たちは、黒くて丸い種が細長い木綿の袋にぎっしり詰めこまれていくのを眼にするにつけ、帰宅してから胸算用をはじめ、ピーター・ランドールはあの大収穫でいったいどのぐらい儲かるのだろうかと考え込んだ。クラーク・デウィットは信奉者の大部分を失った。農場主たちは誰もが、来年こそ、たとえあとをつけまわすことになったとしても、ピーター・ランドールが何を植えつけるのかを必ずや探り出してやろうと決意した。ピーターはどうして、たとえば今年がスイートピーに適している、ということが予測できたのだろうか？

そう、どう考えても、ピーターには特別な知識があるとしか思えないのだった。

サリーナス川上流の人間が、商用なり休暇なりでサンフランシスコに出ると、たいていは〈ラモナホテル〉に宿を取る。これはなかなか都合のいいことでもあった。ホテルのロビーで待ってさえいれば、誰かしら同郷の者に行きあえるからだ。で、同郷の者同士、ロビーのふかふかの椅子に腰を落ち着け、心置きなくサリーナスのことを話題にできるというわけだった。

エド・チャペルが今回、サンフランシスコにやってきたのは、細君の親戚が旅行を思い立ち、オハイオから出てくることになったからだった。それを出迎えにきたのだったが、列車が到着するのは翌朝の予定だった。そんなわけで、エド・チャペルは〈ラモナホテル〉のロビーに陣取り、サリーナスから来ている者はいないかと探したが、ロビーのふかふかの椅子に腰かけているのは見ず知らずの連中ばかりだった。それで映画を観に出かけた。戻ってきたときにも、もう一度故郷の人間がいないかときょろきょろしてみたが、そのときもやはり見ず知らずの人間しかいなかった。いっそのこと宿帳をのぞいてみようか、とも思ったが、それにはいかんせん時刻が遅かった。とりあえず腰を降ろして、吸いかけていた葉巻を最後まで吸うことにした。あとは部屋に引きあげて床に就くだけだった。

正面玄関のあたりが何やら騒々しくなった。フロントについていた受付係が手で合図を出すのが見えた。ベルボーイが慌てて飛びだしていった。エドは椅子に坐ったまま身体をひねり、そちらに顔を向けた。玄関まえに停まったタクシーから、男がひとり助け降ろされているところだった。ベルボーイが駆け寄り、その男を支えていたタクシーの運転手に代わり、男を支えながらドアを抜けてロビー内に連れ込んだ。見ると、その男はピーター・ランドールだった。眼はとろんとしていたし、唇は半開きで濡れていた。帽子をかぶっていないので、頭髪が乱れているのが見て取れた。エド・チャペルは飛びあがるようにして席を立ち、大股で歩み寄った。

「ピーター!」

ピーター・ランドールはベルボーイを相手に無駄に眼をぱちくりさせていた。「ほっといてくれよ」と力説していた。「大丈夫だから。いいから、ほっといてくれ。ほら、二十五セントやるから」

エドはもう一度声をかけた。「ピーター!」

とろんとした酔眼がのろのろとこちらに向けられた、次の瞬間。ピーターはエドの腕のなかに倒れ込んできた。「おれの旧友」とだみ声を張りあげながら。「古き良き友、エド・チャペルじゃないか。こんなとこで何してる? おれの部屋に行こう。一杯やろうじゃないか」

相手の身体を押し返して、エドはピーターを立たせてやると、「ああ、そうしよう」と言った。「おれも寝るまえにちょいと一杯やりたかったんだ」

「寝るまえにちょいと一杯？　馬鹿言え。そんなけちくさいこと言ってないで、これからふたりで繰りだそう。ショーかなんか見たっていいし」

ピーターの身体を支えながら、エドはエレベーターに乗り、彼の部屋まで連れていった。ピーターはベッドに身を投げだすようにして倒れ込み、じたばたしながらなんとか上体を起こして腰掛ける体勢になった。「浴室にウィスキーが一本あるだろ？　おれにも一杯注いできてくれ」

エドはウィスキーとグラスを取ってきた。「ピーター、あんた、この市《まち》に何しにきたんだ？　収穫のお祝いか？　今や金には不自由しないご身分だろうしな」

ピーターは片方の掌を突き出し、反対の手の人差し指で見せつけるようにものものしくその掌を叩いた。「ああ、確かに儲かった――けどな、博打《ばくち》だよ、あれは。ああ、博打とちっとも変わりゃしなかった」

「それでも、ともかく儲かったじゃないか」

ピーターは考え込むように眉間に皺を寄せた。「ことによったら、すってんてんになって明日はくズボンにも事欠いてたかもしれないんだ」とピーターは言った。「この一年間ってもの、来る日も来る日もずうっと、おれは心配ばかりしてた。だから博打とちっとも変わりゃしないって言ってんだ」

「まあまあ、そうは言っても、儲かったんだから」

するとピーター・ランドールはいきなり話題を変えてきた。「ゲロを吐きそうだったんだ」と言い出したのだ。「タクシーに乗ってるあいだずっと、吐きそうだった。ヴァンネス・アヴェニューの淫売屋を出てすぐに乗ったもんだから」と弁解でもするように言った。「ともかく、おれとしてもどうしようもなくてな、来ないわけにいかなかったんだよ、この市《まち》に。市《まち》に出て、これまでに溜まりに溜まってた澱《おり》みたいなもんをいくらかでも抜いてやらにゃ、おれはあのままいかれちまってた」

エド・チャペルは珍しいものを見る眼でピーターを眺めた。ピーターは背中を丸め、首をがくんと垂れていた。もつれた顎髭が薄汚くみえた。「ピーター」と呼びかけてみた。「あんた、あの晩——エマが亡くなった晩、言ってたじゃないか、これからは——これからは何もかもやり方を変えるつもりだって」

ぐらぐら揺れていたピーターの頭が、ゆっくりと起こされた。見ると、ピーターは生真面目な、思い詰めたような眼をしていた。その眼でエド・チャペルをじっと見つめてきた。「あいつは本当は死んじゃいなかったんだ」咽喉《のど》に絡む声で、ピーターは言った。「いまだにおれの好きなようにはさせてくれないんだよ。あのスイートピーのことじゃ、一年中おれの気を揉ませっぱなしだったし」そこで視線が泳いだ。「どういう手をつかってるんだか、おれにはさっぱりわからないんだがね」そう言って眉根をぎゅっと寄せると、今度もまた掌を突き出し、人差し指で叩いた。「だがな、エド・チャペル、これだけははっきり言っとく。おれはあの肩につける装具《ハーネス》は二度とつけない。どんなことがあっても絶対につけるつもりはない。それだけは覚えといてくれ」そしてまたしても首をがくんと前に垂らしたが、今度はすぐに顔をあげた。「おれは酔っぱらってる」と真剣な口調で言った。「実は淫売屋にも行った」それからまだ打ち明けたいことがあるかのように、エドのほうににじりよると、声を落とし、濁った囁《ささや》き声で言った。「けど、心配してくれなくても大丈夫さ。挽回すりゃいいんだから。家に帰ったら、何をすると思う？　電灯を取りつけようと思ってるんだ。電灯があったら便利だろうってずっとエマが言ってたから」そこまで言って、ピーターは横ざまにベッドに倒れ込んだ。

エド・チャペルはピーターの身体をまっすぐにしてベッドに寝かせ、着ていたものを脱がせてやってから、自分の部屋に向かった。

銀の翼で

With Your Wings

家に帰りたい。その気持ちだけは、彼自身にもはっきりとわかった。家に帰らなければ得られないものがあるとわかっていたからだ。ただ、それが何なのかは当の彼にもわからなかった。長期間に及んだ過酷な訓練のあいだは、自分と向きあう時間など持てるはずもなく、そもそも何かを望むということすらなかった。

訓練終了の式典は、現実のこととは思えなかった。同期十六名と共に整列し——誰もがイトスギの丸太のように直立不動の姿勢を取りつづけた。彼の軍服の胸の、ちょうど心臓のうえに銀の航空機搭乗徽章《シルバーウィングス》が留められた。大佐の激励演説は意識の半分で聞いた。残りの半分はもう家に向かっていた。

それから自分の車となったA型フォードのところまで歩き、運転席に乗り込んでドアを勢いよく閉めた。視野の隅に、肩の階級章の金色の線が見えた。胸の航空機搭乗徽章の重みを感じた。

幌を開けた車のエンジンをかけ、しばらくのあいだ騒々しいエンジンの音に、シリンダー内で上下するピストンの音に聞き入った。それから車を出し、正午過《ひる》ぎの金色の陽光のなかを進んだ。前輪が振られるたびに、ステアリングも右に左に動いた。頭上を通過していった訓練機が、機体を大きく傾けて方向を転じた。その機に、彼はちらりと眼をやった。あの機のパイロットは、もちろん、家に帰るわけではない。そう思ったとき、急にこうして大願を成就させたことが怖くなった。彼は軍帽のひさしをぐっと引きおろし、ステアリングを握ったまま姿勢を正した。

しばらく走ってハイウェイを降り、轍《わだち》のついた細い脇道に入った。マキバドリが一羽、車の少しまえの、道端のフェンスの支柱から支柱へちょこまかと飛び移りながら、澄んだ声で囀《さえず》っている。彼の帰郷を告げ知らせる伝令のように。綿花の畑には、今年の若木が強く、色濃く、みずみずしく繁っていた。

家のまえを通り過ぎるたびに、玄関先にたくさんの人が出てきていることに気づいた。子どもたちは洗いたての顔をしていちばん上等の、いちばん糊《のり》の利いた服を着せられ、なかには髪にたくさんのリボンをつけている子もいて……大人たちは、そのうしろの軒下にじっとたたずんでいる。

そして家のまえを通り過ぎていく彼のことを見送り、それから家族一同うち揃って畏《かし》こまった顔つきのまま玄関まえの階段を降り、通りに出て彼の車のあとをぞろぞろついてくるのだ。いちばん上等の晴れ着を着こんだ男や女や子どもたちが、教会にでも向かうように。熱割れのひびが入ったバックミラーに、それが映っていた。彼のあとについて通りに出てくる人たちの姿が。

彼の家族も玄関先まで出迎えに出ていた。父親は白いシャツに黒いストリングタイを締め、教会用のダークスーツを着て、痩せた顎を突き出すように姿勢を正して立っていた。母親は白地に青のプリント模様のワンピースを着て、両手を身体のまえにおろし、片手でもう片方の手を、不用意な動きを封じるようにつかんでいた。美しく成人した姉は、息もできないといったように唇を半開きにしているし、弟はあまりにも眼を大きく見開いているので、額に皺《しわ》が寄っている。

アメリカ合衆国陸軍航空隊の少尉であるウィリアム・サッチャーは、車を停め、運転席からゆっくりと降り立った。そして、自分の家の玄関に向かってゆっくりと歩きだした。そのうしろに隣近所から集まってきていた人たちが続いた。

このあとのことは、彼なりにあらかじめ考えてあった。悠然と構えて、あくまでも気軽に、こんなのはなんでもないことだという態度を取ろうと決めていた。父親には「やあ、父さん」と言って、母親と姉にはキスをして、幼い弟のことは抱きあげていささか手荒に縮れ毛の頭を撫でくりまわしてやろうと思っていた。

だが、そんなふうにはいかなかった。なんでもないことどころか……大したことだった。彼はゆっくりと歩を進め、玄関先で足を止め、ポーチに立っている父親を見あげた。背後で人の動くひそやかな物音が聞こえた。隣近所から集まってきた人たちが無言で間合いを詰め、彼を中心に半円をつくるのがわかった。彼にとっては故郷の、昔馴染《なじ》みの人たちが、彼を裁くために集まってきたかのようだった。

ポーチに注ぐ陽射しも、ポーチの手前に植わったバラに注ぐ陽射しも暖かかった。陽光は彼の肩の金色の階級章にも注いでいた。その陽射しは熱かった。視野の隅に金色の線が光っているのが見えた。家には意気揚々と帰ってくるつもりだったが、そんなふうにはいかなかった。彼は軍帽を脱ぎ、手に持った。金のワシの帽章のついた軍帽だった。背の高い父親が唇をなめるのが見えた。それからおもむろに、父親は口を開いた。

「息子よ、これからは黒人も空を飛ぶようになるな。おまえの翼で」

そのとき、彼にもようやくわかった。吸い込んだ息が、咽喉《のど》を鋭くふさいだ。玄関の階段をのぼり、誰にも眼を向けずに家族のあいだを擦り抜け、家に入り、自分の部屋に入った。自分が育ったところに。

そして、白いシーツのかかったベッドに仰向けになった。鼓動が激しかった。低くおさえた話し声が聞こえた。家のまえに集まった人たちが囁き交わす声だった。あの人たちはもうじき歌いはじめる。ウィリアム・サッチャー少尉には、それがわかった。そして、彼らにとって自分が何者であるかということも、今でははっきりとわかっていた。

解説　短篇作家としてのスタインベック

井上　健
（東京大学名誉教授・比較文学）

スタインベックの生涯とその文学

スタインベックはヘミングウェイの三つ年下でしかないが、ヘミングウェイ、ドス・パソス、フィッツジェラルドなどいわゆるロスト・ジェネレーションの一九二〇年代作家と、スタインベックら三〇年代作家とは、第一次世界大戦や戦後のパリ巡礼体験の有無をもって、世代として明確に分かれることになる。モダニズム文学の担い手であった二〇年代作家たちは、渡欧した者もしなかった者も、同時代ヨーロッパのモダンな芸術運動の新風にすすんで身をさらした。そして、アメリカ的伝統からはひとまず切り離された自由な地平で、現代社会とそこに生きる人間のかかえる問題とを、それに相応しい斬新な方法を駆使して描き出そうと試みた。これに対して、三〇年代作家がまず直視しなければならなかったのは、一九二九年、いわゆる「暗黒の木曜日」の株価大暴落に端を発する大恐慌とその長期にわたる余波という現実である。経済恐慌がほぼ一九三〇年代いっぱい続く中、三〇年代作家たちは、二〇年代文学の前衛的な手法を継承しつつも、社会的現実に目を閉ざすことなく、文学を通じた現実参加を実現していく道を様々に模索していった。そんな三〇年代文学の旗手にして、もっとも広範な読者の支持を獲得した作家こそが、ほかならぬスタインベックだったのである。

ジョン・アーンスト・スタインベックは一九〇二年二月二十七日、カリフォルニア州モントレー郡サリーナスに、製粉所勤務の父ジョン・アーンスト、元小学校教員の母オリーヴ・ハミルトンの長男として生誕した。父方はドイツ系、母方はアイルランド系である。父ジョンは、一九一〇年に製粉所が倒産して失職すると、飼料店を開くもうまくいかず、その後は、製糖工場の会計係などを務めた。母オリーヴは、寡黙で温和な父とは対照的な、活動的な、そして敬虔な女性で、家事全般を取り仕切り、慈善活動などにも熱心だった。スタインベックのピューリタン的道徳観、弱者に注ぐ視線などは、母親譲りのところが少なくない。スタインベックには九歳年上のエスター、七歳年上のエリザベスという二人の姉、三歳年下の妹メアリーがいて、メアリーは幼少時のスタインベックのよき遊び相手だった。

スタインベックの生誕地サリーナスは、サンフランシスコの南二百キロほどにある、サリーナス川の河口近くに位置する、モントレー郡庁所在地の町で、東には川沿いの長い肥沃な渓谷地帯が広がる。スタインベックが幼少期と青年期を過ごしたのは、サリーナスの西の海岸沿いの町モントレーで、その郊外のパシフィック・グローヴには一家のコテージがあり、スタインベックはここで最初の妻キャロル・ヘニングとの新婚生活を送った。モントレーから八十キロほど北の、樹木の生い茂った高台のロス・ガトスは、スタインベックが一九三六年から五年間、居を構えた地である。カリフォルニア州中部の、これら、海に程近い地域一帯は、第一短篇集『天の牧場』（一九三二）から戦後の長篇大作『エデンの東』（一九五二）に至るまで、スタインベック文学の背景および原風景をなし、フォークナーにとってのミシシッピー州、コールドウェルにとってのジョージア州がそうであったように、スタインベック文学を育む豊かな土壌であり続けた。

小学校教員だった母オリーヴの導きもあって、スタインベックは幼い頃から、英米文学の名作に読み耽った。幼少期の愛読書には、のちにその現代語訳を試みることになる、マロリー『アーサー王の死』も含まれている。一九一五年、サリーナス・ユニオン高校に入学したスタインベックは、ドストエフスキー、フローベールなどの文学書に熱中し、作家にならんと志す。一九一九年、スタンフォード大学に入学してからのスタインベックは、作家への夢を育みつつも、大学での勉強には今一つ身が入らず、成績も芳しくなく、経済的事情もあって、しばしば学業を中断して、農場手伝い、道路工事などの労働に従事し、ついには中退してニューヨークに赴くに至る。

しかし、学業的には不本意であったスタンフォード大学での六年間に、若きスタインベックは、のちの小説家スタインベックを少なからず決定づける体験を三つしている。その第一は、一九二四年、学内文芸誌『スタンフォード・スペクテーター』に、最初の短篇小説「雲の指」(Fingers of Cloud)と「桃源郷大学における冒険」(Adventures in Arcademy)の二篇を発表したこと。第二は、それと前後して、イーディス・ミリエリーズによる「短篇小説創作」の授業を受講したことである。スタインベックがその創作活動の出発点からしてすでに、小説の創作方法や技法にきわめて意識的な作家であった点は銘記しておくべきであろう。第三にあげるべきは、一九二三年、パシフィック・グローヴで開かれた、スタンフォード大学ホプキンズ海洋研究所の夏期講座で動物学概論を受講したことである。一九三〇年代におけるスタインベックの人間観、生命観、世界観の形成を方向づける体験であった。

ニューヨークでのスタインベックは、肉体労働に従事し、一時期は新聞記者として働き、短篇小説を執筆するも、発表の当てもなく、一九二六年六月、逃げるようにサリーナスに帰郷する。父親に財政的援助を仰ぎつつ、小説の執筆に勤しんで、一九二九年八月、ようやく最初の長篇小説、歴史冒険小説『金の杯』(*Cup of Gold*)を刊行するも売れたのは千五百部ほどだった。だが翌一九三〇年は、スタインベックにとって転機の一年となる。

スタインベックは念願かなって作家デビューを遂げたのを機に、一九三〇年一月、かねてより交際中だったキャロル・ヘニングと結婚して、パシフィック・グローヴのコテージに住む。キャロルは自立心旺盛かつ機知に富んだ活発な女性で、万事に内向きで、自分の殻に閉じこもりがちなスタインベックとは好対照をなし、二人は相補い合える関係であった。スタインベックは、父親の援助とキャロルの稼ぎに支えられ、安心して小説執筆に勤しんだ。詩作も手掛けるなど、文学的才能に恵まれていたキャロルは、スタインベックの原稿をタイプし、それを的確に批評し、常に夫を鼓舞し、導かんとした。だがやがて、自分の才能と人生とを犠牲にして夫に尽くしていることへの不満が、キャロルの神経を苛むようになる。二人の結婚生活はしばしば危機に陥り、スタインベックの愛情が歌手グウィンドリン・コンガーに移ることによって、一九四一年に別居、一九四三年、ついに離婚に至る。キャロルの人間像は、一九三〇年代にスタインベックの描いた多くの女性登場人物の造形に、その影を落としている。

ちなみに、スタインベックの三度の結婚生活は、キャロルとの結婚から別居（一九三〇～四一）、グウィンドリンとの同居、結婚から離婚（一九四一～四八）、映画スターの妻だったエレイン・スコットとの同居、結婚からスタインベックの死去まで（一九四九～六八）の三つの時期が、それぞれスタインベックの、カリフォルニア時代、ニューヨークに拠点を置きつつカリフォルニアにも長期滞在した時代、ニューヨーク時代に対応しており、その作風の変化とも少なからず連動している。

一九三〇年十月、スタインベックは、モントレーのキャナリー・ロウ（缶詰通り）にある太平洋海洋生物研究所の海洋生物学者エドワード・F・リケッツと出会う。以来、リケッツは一九四八年に事故死するまでの十八年間、スタインベックのかけがえのない親友であり、その自然観、世界観の師であり続けた。スタインベックはリケッツの研究所を足繁く訪れて、実験の場に臨場し、リケッツの調査や採集旅行にも同行した。両者は、いつも身近に接して、ともに思考していたので、その思索のどこまでがどちらのものなのかがわからないほどだった（スタインベック「エド・リケッツのこと」、一九五一）。リケッツはスタインベックの多くの小説に、科学者、医師などの役柄で登場する。

リケッツとの交友によってもたらされたものの中で、スタインベック文学にとってことに大きな意味を持ったのは「非目的論的思考」（Non-teleological thinking）である。スタインベックとリケッツの共著『コルテスの海――悠長な旅と調査の日誌』（*Sea of Cortez: A Leisurely Journal of Travel and Research*, 1941）第十四章の説くところによれば、「非目的論的思考」とは、「何らかの意図や目的に基づいて（その中には『神』の意図や目的も含まれる）、事物や事象がいかにあるべきか、いかにありうるかを問う」のではなく、「実際にそれがいかに存在しているのかを、ありのままに観察して受け入れる思考法」ということになる。これは実験に臨む自然科学者なら誰しも、あらかじめ自らに課している心構えでもあるだろう。今日的な視点からすれば、エコロジーにもつながる考え方である。

さらにリケッツはスタインベックに、ありのままに観察した事象を、常に「全体」との関係において、「全体」と「部分」の相互関係として考察する態度を、身をもって教え示した。『コルテスの海』によれば、「全体」は単に「部分」を足し合わせたものではなく、それ独自の特性を持つものなのである。これを集団と個人の関係に置き換えてみれば、「集団はそれに参加した個人の意志や個性を足し合わせたものではない。集団全体がひとつの個として、固有の特性を帯び、個人の総和をはるかに上回る威力を発揮する」ということになる。スタインベックとリケッツは、古代ギリシャ・ローマの歩兵密集部隊の名にちなんで、これを「ファランクス（phalanx）理論」と名付けた。群集や集団の心理学・生態学・行動学の既成の議論を、いわばより生物学的に、生命論的に展開したものである。

スタインベックは自然主義作家と見なされることもあるが、その世界認識や手法やリアリズムは、社会環境や遺伝に深く規定された人間の生態を、科学的に、精密に描き出そうとする自然主義者たちのそれとは似て非なるものである。二十世紀アメリカ最大の批評家エドマンド・ウィルソンがその同時代評で見抜いていたように、スタインベックの小説の変わらぬ基底をなすものは、生物学そのものに対する関心であり、人間の生活を動物的側面から捉えようとする志向であった(ウィルソン「ジョン・スタインベック」、一九四〇)。今日、ジョン・スタインベックという作家が、エコクリティシズム(環境批評)や、動物と人間の関係を問い直す研究動向(アニマル・スタディーズ)から、あらためて注目を浴びているのはそれゆえである。

スタインベックは困窮生活の中で、一九三二年、モントレーを舞台とした初の短篇集『天の牧場』(*The Pastures of Heaven*)を、翌三三年には、二十世紀初頭のカリフォルニア州を舞台に、農民と土地と神の問題を取り上げた長篇小説第二作『知られざる神に』(*To a God Unknown*)を出版するも、売れ行きは芳しくなかった。三三年三月、母オリーヴ入院の報を受けたスタインベックは、キャロルを伴ってサリーナスに戻り、母の看病に従事した。のちに『赤い小馬』にまとめられる短篇小説二篇は、かけがえのない存在を失う予感に慄きつつ、書き継がれていったことになる。母オリーヴは翌年二月に、闘病中だった父ジョンも三五年五月に死去した。スタインベックはマロリーによるアーサー王伝説の集大成『アーサー王の死』の枠組みを借りた小説『トーティーヤ台地』(*Tortilla Flat*)を、母の死の翌月である三月に脱稿し、三五年、父の死の五日後に刊行した。モントレーの架空の地トーティーヤを舞台に、スペイン、メキシコ、ネイティブ・アメリカンの混血である「パイサーノ」の奔放な生きざまを主題とするこの小説で、スタインベックはようやくその文名を確立することになる。この書はベストセラーとなり、さっそくパラマウント社が映画化権を取得した。

続いて一九三六年一月に刊行した『疑わしき戦い』(*In Dubious Battle*)は、カリフォルニア州の大果樹農園のストライキに材を取った、ストを組織する、殉教者的な共産党員二人を主人公とする小説であった。一九三三年八月、カリフォルニア州で実際に起きた桃農園のストライキ事件に取材したこの作品は、大恐慌後の社会的現実を取り上げながらも、作者の関心は同時に、「非目的論的思考」や「ファランクス理論」によって捉えられる、集団と個人との力学にも据えられていた。史実の捉え方や描き方、共産主義(運動)理解をめぐっては、左右両陣営から批判されたものの、この作は総じて好評をもって迎えられた。

一九三七年二月刊行の『二十日ねずみと人間』(*Of Mice and Men*)は、大恐慌時代のカリフォルニア州を舞台に、季節労働者となった二人の農民の交流と悲劇を、モダンにして多様な小説技法を駆使して描き出して、たちまち十五万部を売り切るベストセラーとなり、映画化の話も持ち込まれた。『二十日ねずみと人間』は、スタインベック自身によって「劇小説」と命名されたように、戯曲的な形式・構成の中篇小説で、演劇と小説との実験的な折衷形式とでも言うべき作品である。スタインベックは同年夏、小説の台詞や場面構成を最大限生かした演劇版の執筆に着手し、演劇版『二十日ねずみと人間』は十一月、ブロードウェーで初演される。

この事例が物語るように、スタインベックの想像力そして創造力は、常にジャンルやメディアを横断し、複数のジャンル、メディア相互を橋渡しする形をとって作動した。しかもそれは『二十日ねずみと人間』、のちの『月は沈みぬ』(*The Moon Is Down*, 1942) のような「劇小説」という様式や、自作の小説の戯曲化にとどまるものではなかった。

スタインベックはまた、アメリカの国民的芸術様式と言うべき写真の特性や手法を常に頭の片隅に置いて創作した作家でもあった。本書収録の短篇「正義の執行者」や「蛇」はその好例であろうし、『怒りの葡萄』を筆頭とする、大恐慌後の時代を素材にした一九三〇年代の作品の世界が、ドロシア・ラングに代表される三〇年代ドキュメンタリー写真芸術と切っても切れぬ関係にあることは言うまでもない。さらにスタインベックは、優れた写真家たちとの共同作業を積極的に追い求めた。一九四七年の七月から九月にかけて、報道写真家ロバート・キャパとともにソ連を訪れたスタインベックは、翌年四月、その時に撮影したキャパの写真六十九葉を収録した『ロシア紀行』(*A Russian Journal*)を刊行する。六〇年の九月から十二月、スタインベックは愛犬チャーリーを伴い、ドン・キホーテの愛馬にちなんだキャンピングカー「ロシナンテ」号でアメリカ大陸一周の旅を試み、六二年六月、そのときの見聞をもとにした旅行記『チャーリーとの旅』(*Travels with Charley*)を刊行した。そして、好評を博した『チャーリーとの旅』の続編に当たるアメリカ論『アメリカとアメリカ人』(*America and Americans*)を六六年十月、今度は写真家カルティエ＝ブレッソンらの写真百葉余りを収録して出版する。アメリカの歴史と風土と人間とその未来を、愛情をこめて時に批判的に語ったこの書は、そもそも写真集の序文・解説文として構想されていたものであった。

二十世紀小説、ことに二十世紀アメリカ小説は、映画とその方法を交換し合い、叙述方法(モンタージュ、オーヴァーラップ、カットバックなど)の多くを共有してきた。スタインベックはまぎれもなく、そうすることに熱心なアメリカ作家の筆頭格であった。スタインベックの作品はいずれも、短篇「朝めし」の冒頭のような、映画のカメラワークを想起させる描写には事欠かない。スタインベックの小説の大半が映画化され、とりわけジョン・フォード監督『怒りの葡萄』（一九四〇）やエリア・カザン監督『エデンの東』（一九五五）などのような不朽の傑作を生んだのは、スタインベックの原作自体が孕んでいた映画表現との親和性ゆえであったとも考えられる。さらに一九四〇年代のスタインベックは、ドキュメンタリー映画『忘れられた村』（ハーバート・クライン監督）、『赤い小馬』（ルイス・マイルストン監督）、『ベニーのための勲章』（アービング・ピシェル監督）、『救命艇』（アルフレッド・ヒッチコック監督）、自作小説『真珠』の映画化（メキシコ映画）、『革命児サパタ』（エリア・カザン監督）など、映画の脚本執筆を積極的かつ集中的に手掛けてもいる。

一九三七年十月、カリフォルニア州の移住農場労働者を、ときに生活を共にして取材したスタインベックは、三八年五月、長篇小説『怒りの葡萄』（*The Grapes of Wrath*）の執筆に着手した。九月には、短篇作家スタインベックの頂点をなす第二短篇集『長い谷間』（*The Long Valley*）も刊行される。三九年四月刊行の『怒りの葡萄』は、一九三〇年代の不況下、農業資本家に蹂躙される移住農民たちの悲惨な現実を描いて、大きな反響を呼び、たちまちベストセラー一位を記録した。一方、そのセンセーショナルな内容と猥雑な表現を理由に、いくつかの州の公共図書館から禁書扱いされるなど、相応の物議もかもした。

『怒りの葡萄』は『旧約聖書』「出エジプト記」をその大きな枠組みとして用いている。聖書からの引喩も多い。「出エジプト記」はまた、アメリカの国民的神話たるフロンティアや西漸運動とも重なり合う。主人公のジョード一家も含めて、作中の集団と個との関係の描写の根底にあるのは、リケッツ由来の「非目的論的思考」や「ファランクス理論」であり、個人が全体にどう関わるか、「参加」するかが、作品全体の大きなモチーフをなす。形式面で言えば『怒りの葡萄』は、記録的かつ叙事詩的な短い中間章を、本編と交互に配置する構成をとっている。中間章のニュースリール(ニュース映画)的様式と趣向は、ドス・パソス『マンハッタン乗換駅』(一九二五)など、二〇年代モダニズム文学の開発した手法に由来する。その一方で『怒りの葡萄』はその低音部に常に、『二十日ねずみと人間』で謳い上げられたような、原初的な人間愛や人間性の美しさへの信頼を響かせてもいるのである。以上のような、テーマや意味や様式の多層性、重層性こそが、この作品の読みどころであると言えるだろう。スタインベックは一九四〇年五月、スタインベック文学の集大成たる本作により、ピュリッツァー賞と全米図書賞を受賞した。『怒りの葡萄』以降のスタインベックの文学と人生については、手短に要点を語るにとどめたい。

一九四〇年三月から四月にかけて、スタインベックはエドワード・リケッツとカリフォルニア湾（コルテス海）に海洋生物採集旅行に出かける。その採集旅行記録は、翌四一年十二月、リケッツとの共著『コルテスの海』として刊行される。四三年三月、正式にスタインベックの妻となったグウィンドリンは、スタインベックとの間に男児二人をもうけるが、四八年、別居、離婚する。その年の五月、リケッツは運転していた自動車と列車との衝突事故で急逝する。一九四九年、エレイン・スコットと恋に落ちたスタインベックは、エレインの離婚成立を待って五〇年十二月、エレインと、自身三度目の結婚をする。エレインは以後十七年、スタインベックのよき伴侶として、スタインベックの海外旅行や海外滞在にも随行した。エレインとの結婚に先んじて、スタインベックは新生活の拠点をニューヨーク東42番通りに定め、ここにスタインベックの本格的なニューヨーク時代が幕を開ける。

戦争の世紀を生きたスタインベックという作家を考える上で、その第二次世界大戦、ベトナム戦争への向き合い方を検討することは避けて通れない。一九四〇年代前半のスタインベックは、祖国の戦争遂行に全面的な協力を惜しまず、アメリカ外国情報局の意をくんで、米国軍隊のために、航空隊訓練の模様を取材してその実態を知らせるべく、一九四二年十一月、『爆弾投下——爆撃機チームの物語』(*Bombs Away: The Story of a Bomber Team*)というプロパガンダの手記を刊行した。この手記は売れ行きもよく、スタインベックはその印税と映画化権料を全額、航空隊援助協会基金に寄付した。四二年三月出版の、劇小説『月は沈みぬ』で、ナチスと思しき侵略国に占領されたノルウェーと思しき国の市民たちの抵抗を描いたのも、戦争協力の一環と考えられる。四三年、スタインベックは志願して『ニューヨーク・ヘラルド・トリビューン』紙の戦争特派員となり、ヨーロッパ戦線へ赴き、報道記事と従軍記を執筆する。スタインベックのノーベル文学賞受賞決定が報じられたのは、キューバ危機のあった一九六二年十月である。受賞をめぐって、国内の批評界、ジャーナリズムの示した反応は総じて肯定的なものとは言い難く、その作品で価値あるものは二十年以上も前に書かれてしまっていると、手厳しく指摘する声もあった。スタインベックは十二月の授賞式に、妻エレインを伴って列席して、受賞演説では、「人間の完全性」を信頼し、賛美することこそが作家の使命である、と語り、だが、受賞後はその死に至るまで、ついに小説、フィクションの筆を執ることはなかった。

六人目のアメリカ人ノーベル文学賞受賞者としてジョンソン大統領と親交があり、その演説原稿を書いたりもしたスタインベックは、もとより、アメリカのベトナム戦争への本格介入（一九六四年八月〜）に批判的立場をとることはなかった。一九六六年四月には、ベトナム行きを志願した次男を伴って、ホワイトハウスでジョンソン大統領に面会もしている。十月、スタインベックは『ニューズデイ』特派員として、カリフォルニア州の基地で従軍・訓練中の長男トムを訪ねてから、エレインを伴い南ベトナム入りし、サイゴンに六週間滞在して、戦場の視察なども行った。スタインベックのベトナム戦争に関する真意を解明するには、ベトナム戦争をめぐる世論の目まぐるしい変転ぶりや、ノーベル文学賞受賞者としての立ち位置なども勘案する必要があるだろうが、『爆弾投下』、『ロシア紀行』（一九四八）からベトナム戦場の視察に至るまで、そこでは、現実をありのままに観察して受け入れようとする「非目的論的思考」が、たしかに貫かれていたという点だけは強調しておきたい。

スタインベックが一九四五年一月に刊行した小説『キャナリー・ロウ』(*Cannery Row*)は、モントレーの缶詰工場街に屯する浮浪者の奔放な暮らしぶりをユーモラスに描いたもの。戦後、四七年二月出版の小説『気まぐれバス』(*The Wayward Bus*)は、バスの故障により、たまたま時を共にすることとなった人たちの心理と葛藤を描く、ある種の風俗ドラマである。五〇年十一月の『爛々と燃ゆる』(*Burning Bright*)は、サーカス、農場、船と舞台を移しつつ、人類と生命への愛を主題化した作品である。これは『二十日ねずみと人間』などと同形式の劇小説で、先行して十月に上演された戯曲版ともども不評を極めた。五二年九月に刊行された、四部五十五章からなる大作、小説『エデンの東』(*East of Eden*)は、『旧約聖書』「カインとアベル」を原型とする、父と子、愛と憎しみ、善と悪の物語であり、ただちに十万部を売り上げ、ベストセラー一位を記録した。五五年三月公開の、エリア・カザン監督、ジェイムズ・ディーン主演の映画『エデンの東』は、主として原作第四部を映画化したものだが、こちらも空前の大ヒットを記録する。わが国でのスタインベックの知名度は、おそらくその数割ほどをこの映画と、レナード・ローゼンマンによる主題音楽に負っているだろう。五四年六月に刊行した『キャナリー・ロウ』の少々卑俗な続編と言うべき小説『楽しき木曜日』(*Sweet Thursday*) はベストセラーとなるが、批評家からは酷評もされた。五七年四月刊行の小説『ピピン四世の短い治世』(*The Short Reign of Pippin IV: A Fabrication*) は、フランス滞在中に想を得た、一九五〇年代半ばのフランスを舞台とする、スタインベックには珍しい政治諷刺小説である。六一年四月、ニューヨークを舞台にする、一人称語りの文明諷刺的小説『われらが不満の冬』(*The Winter of Our Discontent*) を刊行するが、思わしい評価は得られなかった。そしてこれが最後の小説作品となる。カリフォルニアという地との絆を断った、ニューヨーク時代のスタインベックの小説を再評価するには、プロットの不整合や混沌、人物描写の平板さを、むしろポジティブなものとして捉え直すような、視座の大きな転換が必要となるだろう。

スタインベックは一九六八年十二月二十日、心臓発作により、ニューヨークの自宅で死去した。享年六十六。サリーナスにある母方のハミルトン家の墓地に永眠する。

短篇作家としてのスタインベックと第二短篇集『長い谷間』

短篇小説はアメリカの「国民的芸術様式」であるとは、アイルランドの短篇小説の名手フランク・オコナー（一九〇三〜六六）の至言である。アメリカ短篇小説の発展の礎となったのは、一にも二にも、『サタデー・イヴニング・ポスト』（一八二一年創刊）などを代表格とする雑誌文化の興隆であった。多くの発行部数を誇る雑誌媒体は、総じて原稿料も破格で、作家志望者や若手作家たちにとっては、職業作家への登竜門であると同時に、執筆活動の経済的基盤を確保する方途ともなった。スタインベックもまた、スタンフォード大学在学中の一九二四年、短篇執筆からその文学的生涯の幕を切って落とした。『二十日ねずみと人間』（一九三七）で文名を決定的にするまで、短篇小説を執筆し、雑誌に発表することは、スタインベックにとって、作家としての方向性を探りつつ、世に認められていくために不可欠な道筋だったのである。

十九世紀末から二十世紀初頭にかけて、新大陸アメリカの作家たちに短篇小説の有効なモデルを提供したのは、まず第一にフランスの作家ギ・ド・モーパッサン（一八五〇〜九三）であった。無駄のない、緊密なプロット構成の妙、そして、意表を突く結末。こうしたモーパッサン型の短篇を書いたアメリカ作家の代表格としては、日本では芥川龍之介がいち早く紹介したことで知られるアンブローズ・ビアス（一八四二～一九一四？）、そしてO・ヘンリー（一八六二～一九一〇）の名をあげることができる。とりわけO・ヘンリーは、その代表作「賢者の贈り物」（一九〇六）のごとく、ニューヨークの庶民たちの生態を、人情味豊かに描き出し、最後にいささか出来すぎの、意外な結末を置く作風ゆえ、「ヤンキー・モーパッサン」と呼び習わされた。

第一次大戦後、一九二〇年代のモダニズム文学の旗手たち、ことにシャーウッド・アンダーソン（一八七六～一九四一）とヘミングウェイは、O・ヘンリー的短篇作法に反旗を翻すところから出発した。アンダーソンの記念碑的な連作短篇集『ワインズバーグ、オハイオ』（一九一九）は、アメリカ中東部オハイオ州の架空の田舎町ワインズバーグを舞台に、近代文明、機械文明のもたらす社会変容の渦中で、真実を追い求めるがゆえに、自らグロテスクな存在と化していかざるを得ない人々の生態を描き出した。のちにスタインベックは、アンダーソンはそうした人々の苦悩を、「精神科医が発見するずっと前に嗅ぎ取って書き付けた」（スタインベック『アメリカとアメリカ人』、一九六六）のだと高く評価している。アンダーソンは各篇の結末にはモーパッサン的な落ちはいっさい付けずに、開かれた終わり方のもつ啓示的な効果を徹底した。

アンダーソンの物語世界からその素朴で土俗的な語り物の要素を洗い落として、モダンな視角と簡素な文体美学の徹底化をはかったのがヘミングウェイの短篇作品である。ニック・アダムズを主人公とする連作短篇集『われらの時代』（一九二五）は、第一次大戦後の荒涼たる世界とそこで成長していくニックの形姿を、状況や情緒を説明する形容詞や副詞を禁欲的に排除し、過剰や余剰を徹底して削ぎ落とした文体で浮かび上がらせた。

アンダーソンとヘミングウェイの短篇作品の有形無形の影響下、一九三〇年代、短篇作家として頭角を現していったのがスタインベックである。総数は五十篇ほどとけっして多くはないが、ほぼ生涯、短篇小説の執筆を手掛け、O・ヘンリー賞を四回も受賞し、多くのアンソロジーにその作品が収録されたスタインベックは、紛れもなく、二十世紀アメリカを代表する短篇の名手の一人であった。

スタインベックがスタンフォード大学在学中の一九二〇年代半ば、アメリカ短篇小説はその最初の黄金期を迎えようとしていた。形式や主題の多彩な短篇小説というジャンルは、アメリカという国家の風土、文化、民族の多様性に見合った形式であり、アメリカ固有の素材を盛り込むに相応しい器と考えられた。どうしたら優れた短篇小説が書けるのか、どう書けばそれは読者大衆の好みにかなうものとなるのか。多くの手引き書も刊行された。芸術性とコマーシャリズムとの両立の方策を探りつつ短篇小説の書法を説くことは、大学の講義科目ともなった。

作家スタインベックにとって一九二〇年代が修業と習作の時代であったとすれば、三〇年代は、評価・名声の確立期、四〇年代と五〇年代は、新たなる模索・実験の時代であった。スタインベックは修業時代の一九二四年、スタンフォード大学で、アメリカにおける創作科（Creative Writing Program）教育の草分けの一人、イーディス・ミリエリーズ教授による「短篇小説創作コース」の講義を受講している。スタインベックによれば、それはスタンフォード大学で受けた最も感銘深い講義であった。スタインベックの短篇第一作「雲の指」にも目を通していたミリエリーズは、スタインベックに小説の時間構造や視点、人物造形などについて教授し、定型にこだわるな、小説を書くのには何の決まりもない、自由に書け、推敲を怠るな、などとアドバイスもした。のちにスタインベックは、ミリエリーズの著書『小説の書き方』（一九六二）のペーパーバック版に序文を寄せ、恩師へ謝意を表している。

スタインベックの初の短篇集『天の牧場』は、生まれ故郷のカリフォルニア州モントレーを舞台とし、各篇に共通の登場人物を配したもので、その構成原理や登場人物の抑圧された心理への関心は、間違いなくアンダーソン『ワインズバーグ、オハイオ』をモデルとするものであったろう。一九三八年九月刊行の第二短篇集『長い谷間』には計十五篇の短篇が収められた。その内訳を本書との関係で記せば、①一九三七年、すでに『赤い小馬』という書名で刊行されていた三篇（「贈り物」「連峰の彼方」「約束」）と、その続篇と言うべき「最後の開拓者」（一九三六）を加えた計四篇（本書ではそれぞれ『赤い小馬』の各四章に相当する）、②本書所収の、「菊」（一九三七）、「白いウズラ」（一九三五）、「装具《ハーネス》」（一九三八）、「正義の執行者」（一九三六）、「蛇」（一九三五）、「朝めし」（一九三六）の六篇、③本書未収録の「聖処女ケイティ（Saint Katy the Virgin）」（一九三六）、「殺人（The Murder）」（一九三四）、「襲撃（The Raid）」（一九三四）、「逃走（Flight）」（一九三八）、「ジョニー・ベア（Jonny Bear）」（一九三七）の五篇、となる。

短篇集原題のvalleyは渓谷に沿って長く続く盆地状の地帯を指す。それゆえ『長い盆地』と訳されたりもする。この渓谷は言うまでもなく、スタインベックの生まれ育った、カリフォルニア州モントレー郡サリーナス川を指す。だが短篇集『長い谷間』では、あえて生まれ故郷の渓谷を示唆する名を冠したにもかかわらず、アンダーソン『ワインズバーグ、オハイオ』のように舞台を一定の地域に定めることはしていない。サリーナス川周辺を背景とする作品は、「菊」「白いウズラ」「装具《ハーネス》」、それに「ジョニー・ベアア」の四篇にとどまる。アンダーソン作品のジョージ・ウィラードのような、各篇をつなぐ役割を果たす「主人公」もいない。各篇の主題も形式もまことに多種多様である。連作短篇集的まとまりがあえて追求されていないのは、一つには、『二十日ねずみと人間』で一躍人気作家となったスタインベックの短篇集を急ぎ刊行して一儲けしたいという出版社側の都合があったからであり、もう一つは、スタインベックとはそもそも、主題、様式、方法の多様性をその本質とする作家だったからである。スタインベックは短篇小説の改革者ではなかったが、多彩かつ多様な実験者ではあった。一九三〇年代はそうした資質が存分に開花した時期である。

とはいえ、『長い谷間』各篇を通読して浮かび上がってくる共通項がないわけではない。まず、動植物が重要な役割を担う作品が多い。『赤い小馬』は言うに及ばず、「菊」「白いウズラ」「蛇」などがその好例である。「蛇」「聖処女ケイティ」を除けば、登場人物の大半は、素朴な土着のキャラクターであるが、主人公たちはみなその心の基底に、重く深い抑圧と葛藤とを宿し、閉塞的状況に置かれている。ヒロインたちの多くは、自我の殻の内に閉じこもった、自己中心的、完全主義的な心性の持ち主で、相対する男性側をときに困惑させ、翻弄する。主人公たちのそうした秘められた抑圧や葛藤は、しばしば象徴や寓意を通して造形され、表現される。『赤い小馬』のような少年の開眼・成長の物語から、「菊」のような緊密で精緻に構築された一篇まで、「朝めし」「ジョニー・ベア」を除くすべての短篇が三人称語りによって物語られる点も注目に値しよう。スタインベックは会話文の巧みな作家で、会話文だけで、ストーリーから背景まで、すべてを書き尽くすような作品を書いてみたいと、自ら述べていたほどであるが、この短篇集でも会話文の巧みさは随所で輝きを放っている。各篇は総じて、平易な語彙や文章構造と、余剰を排した文体とによって綴られ、対象から一定の距離を置く、という意味で客観的な描写法が採用されている。

スタインベックの短篇を読むということ――「朝めし」を味わう

寒い中、田舎道を歩いてきた若い旅人である語り手は、夜もようやく白みかけた頃、通りかかったキャンプ地で、季節労働者の家族のつましい朝食の場に遭遇する。若い母親が赤ん坊を抱いて乳をやりながら、朝食の用意をしている。パンを焼き、ベーコンを炒める匂い、コーヒーの香りが漂ってくる。テントの中から若い男とその父親が姿を現し、一緒に食べていかないかと語り手を誘う。男たちはこの十二日間、綿花摘みの仕事にありつけている、働く気があるなら口をきいてやるが、と持ち掛けられるが、語り手は、先を急ぐのでと断り、ごちそうさま、と告げ、また田舎道を歩き出す。これだけの話である。だが、語り手はこのときのことを思い出すたびに、「不思議なほど温かな歓びが胸に満ちてくる」のであった。

冒頭の寒々とした明け方の風景の描写、ことに、明るみ行き「薄紅色」に染まる東から、「夜の真闇」の西へと、語り手の視線がゆっくり百八十度移動していくあたりは、映画のロングショットを思わせる。夜明けの光が徐々に支配的になっていく様と、労働者一家とのほのぼのとした交流の醸し出す情感とが巧みに重ね合わされる。調理や食事の場面は、視聴覚、嗅覚を総動員して、臨場感豊かに描き出される（赤ん坊が乳を吸う音もたしかな効果音である）。素朴で簡潔な会話のもたらす効果。語彙も文構造も平明ながら、言葉は的確に選び取られ、構成にも無駄がない。短篇作家としてのスタインベックの力量を十分に感じさせる一篇であるに違いない。

季節労働者の父子が働いた十二日間という日数が、キリスト生誕を祝う降誕節の、クリスマスから数えた日数に一致するのは、おそらく偶然ではないだろうし、赤ん坊を抱いた若い母親の姿は聖母像を連想させもする。そう思って読めば、簡素な食事が供されて、語り手がそれを共にする様は、どこか儀式めいてもいるし、焼きたてのホットビスケットの匂いを吸い込んだ若い男の台詞「こたえられないんだよな」や、朝食を頬張った父親が口にする台詞「いやあ、うまい」は、英語原文では〝Keerist〟（=Christ）であり〝God Almighty〟なのである。

「朝めし」の冒頭と末尾には、この寒い早朝に味わったことを、語り手が思い起こして問い直す段落が配されている。最終段落で語り手はまず、この体験が何故にかくも「嬉しく快い」ものだったたか、「その理由」（some of the reasons）は、わかっていると述べる。しかし、それだけではない。そこにはさらに、「崇高な美に通じる要素」(some element of great beauty)があって、思い出すたび「温かなものが胸を満た」してくれるのである。この言わば二段構えで読者に呈示される、嬉しく快かったその理由を、どう読み分けたらよいのか。

短篇「朝めし」は、スタインベックが一九三四年の五月、移動労働者たちのキャンプを調査に訪れた時の体験をもとにして書かれたもので、三年後に刊行する長篇『怒りの葡萄』には、三人称語りに変換され、主人公トムをめぐる挿話に仕立て直されて、第二十二章として取り入れられている。一九三六年発表の「朝めし」の背景にも、一九三〇年代の不況下のアメリカという現実を見据える、作者スタインベックの社会批判精神は、しかと作動していたはずである。語り手が実際に体験した、具体的な心温まる場面の数々(作中でこれは、しばしば感覚的に描写される)。それが、「嬉しく快い」ものだったと回想する「理由」の主たる中身をなすことはたしかだ。しかしながら、「朝めし」の成立事情を考慮に入れれば、この「嬉しく快い」心象の底流に、大恐慌後の世界をたくましく生き抜いている労働者たちに、現に接することのできた歓びや安堵感があったとしても何の不思議もない。

こうした諸々の目に見える「理由」を、さらに抽象化、観念化して言い直したものが「崇高な美に通じる要素」である以上、それは、このほのぼのとした実体験が掻き立てた人類愛的な啓示とか、先にあげた、宗教的な象徴や顕現（エピファニー）のごときもののはずである。

スタインベックの短篇はこのように実は幾層にも、読者をあれこれと思案させる意匠や仕組み、そして問い掛けに満ちている。そうした複合性や多重性に浸り、それを楽しんで頂ければ幸いである。

その他の収録作品について

（短篇の結末に触れたものもありますので、未読の方はご注意ください）

『赤い小馬』（The Red Pony, 1938）

『赤い小馬』は一九三三年から三六年にかけて執筆された「贈り物」（The Gift, 1933）、「連峰の彼方」（The Great Mountains, 1933）、「約束」（The Promise, 1937）、「最後の開拓者」（The Leader of the People, 1936）の四篇からなる連作短篇集、あるいは、四つの章、四つの挿話からなる中篇小説である。素材、構成、人物造形、技巧など、形式と内容の調和がとれた作品ゆえ、スタインベックの作品中、最も幅広い層の読者を獲得してきた。最初の三篇は一九三七年、美装本『赤い小馬』として刊行された後、短篇集『長い谷間』に、「最後の開拓者」ともども収められた。

『赤い小馬』は牧場主の息子ジョディの成長と開眼をめぐる物語で、一貫して舞台となっているのは、スタインベックの生まれ故郷、カリフォルニア州サリーナスである。ジョディを囲む人物としては、父親カールと母親ルース、そして、牧場で働き、ジョディの教育役も務めるビリー・バックの三名が、四篇すべてに登場し、カールとバックのジョディへの接し方はしばしば好対照をなす。読者にはまず、各篇の表題が意味するところは何かを念頭に置いて読み始めることを推奨したい。誰がいつ、何を何故「贈り物」としたのか、偉大なる（great）「連峰の彼方」には何があるのか、誰が誰に何を「約束」したのか、「最後の開拓者」とは誰のことか、いかなる人々（people）をいつ誰が率いた（leader）のか。読み進める際には、各篇ごとの時間や期間、そして季節の設定も頭に入れておくのがよい。第一篇は夏の終わりから感謝祭（十一月）あたりまでの、第三篇が春から翌年二月にかけての物語であるのに対して、第二篇は真夏のある日の午後から翌朝まで、第四篇は三月の土曜の午後から翌朝までと、ほぼ半日に時間枠が限定されている。

第一篇「贈り物」でジョディは、欲しがっていた小馬を父親からプレゼントされるが、自分の不注意と認識の甘さから、病死させてしまう。ジョディの怒りと悲しみをバックだけが受けとめてやる。第一篇の後日談と言うべき第三篇「約束」でジョディは、父親の計らいで牝馬ネリーの孕んだ仔馬をもらえることになり、誕生の瞬間を待ち焦がれる。だが、ネリーが産気づいたとき、逆子だということがわかり、母馬か生まれてくる仔馬かの二者択一を迫られ、意を決したビリーは、母馬を殺し、仔馬を無事取り上げる。「小馬」をめぐる二つの物語に挟まれる第二篇「連峰の彼方」では、ヒターノという「パイサーノ」の老人がやって来て、生まれたこの地に死にに戻ってきた、だからここに置いてくれと頼むが、父親カールは拒む。その老人は、翌朝、牧場のもう役に立たぬ老いぼれ馬に乗って、西の山脈に向かって、死出の旅路につく。第四篇の最後に置かれた「最後の開拓者」では、母方の祖父が牧場を訪れる。西部開拓時代の昔話、自慢話を繰り返されることに辟易している父親はいい顔をしないが、過去の大陸横断の夢と思い出にすがるしかない老人に、ジョディは同情して接する。

自作「贈り物」の執筆当時を回想して、スタインベック自身はのちに、その頃は家族のはじめての死（母親）という悲しみに直面していた、死を受け入れ成長していく少年の姿を書きたかった、と語っている。しかしながら、この四つの挿話からなる中篇を、ジョディ少年の単なる通過儀礼（イニシエーション）、開眼、成長の物語では終わらせなかったところに、むしろスタインベックの真の創作意図とこの作品の文学的価値とを読み取るべきだろう。たしかに、第一篇と第三篇でジョディが成長するために直面せざるを得なかったのは、生と死は分かちがたく結びついているという冷厳たる真実である。色彩豊かで多彩な自然描写、動植物の生彩に富む描出を通じて、生と死の円環の調べが、四季の変化に合わせて奏でられる。しかし、第二篇と第四篇に、外部からの来訪者の挿話を挟み込み、その時間と空間の軸を大きく拡げることによって、このイニシエーションの物語は、カリフォルニアの歴史を、そしてアメリカそのものの歴史をめぐる叙事詩としての、幅と奥行きを獲得しているのである。

サリーナスの牧場に暮らすジョディにとっては、東のギャビラン山脈に日が昇り、西のサンタ・ルシア山脈に日が沈むことによって、一日のリズムが刻まれる。少年ジョディにとって、西の「連峰の彼方」は、未知のおそろしげな世界であり続けた。

第二篇のパイサーノの老人が、父親から譲り受けたという、ほっそりした優美な姿をした剣を持ったまま、老馬に乗って西の連峰に姿を消したことによって、そこは厳粛な死の秘密の空間として、さらには、先住民族の苦悩の歴史が刻印されたものとして、ジョディの前にあらためて立ち現れてくるのである。第四篇の祖父はジョディに、第二篇をいわば反転させるようにして、アメリカ大陸に後からやって来た白人の側から、アメリカの夢、フロンティア・スピリット（開拓者精神）、西漸運動を回想して語る。第四篇が執筆された一九三〇年代半ば、大恐慌後のアメリカは、そして、西への衝動の行き着く先であり希望の地であったカリフォルニアは、先行きが見通し難い閉塞的状況にあった。祖父とジョディとの交流は、アメリカの夢の再生を、少年の成長にさりげなく重ね合わせて見せてくれる。なお、多くの人が寄り集まって、西へ西へと「一頭のばかでかい野獣《けもの》になって這い進んできた」という祖父の言葉は、西を目指して邁進した国家的エネルギーの在り様を、スタインベック流の「ファランクス理論」で言い直したものである。

「菊」（The Chrysanthemums, 1937）

アンドレ・ジッドも激賞したこの作品は、短篇集『長い谷間』の巻頭に置かれたことからも察せられるように、スタインベックにとっても納得のいく作であったのだろう。一九三四年、旧友ジョージ・オールビーに宛てた書簡で、この作品には、「何か深い意味をもったもの（something profound）」が起きていることが、それと気づかぬうちに認識されるように書かれている、とその自信のほどを記している。スタインベックの故郷、原点たるカリフォルニア州サリーナスの肥沃な土地を背景に、イライザ・アレンという三十五歳の女性の充たされぬ結婚生活へのいやしがたい不満と、別世界への脱出願望が、巧みな象徴表現とたしかな心理描写と抑制のきいた文体を駆使して綴られる。なお菊の英語 Chrysanthemum はラテン語語源で「黄金の花」の意。日本人が抱くよりも、いっそう豊潤なイメージをもつ花なのである。

スタインベック自身が語った、この短篇の「何か深い意味をもったもの」とは何だろうか。灰色の冬の霧が「サリーナス盆地を空からもほかの世界からも隔絶させていた」という作品冒頭の風景描写は、紛れもなくイライザの閉じ込められた状況と心情を表象している。イライザの鬱屈した、充たされぬ思いや閉塞感は、性的なものと不可分であり、その性的なものには夫との関係における女性性（セクシュアリティ）のみならず、よりジェンダー的な母性も含まれる。子供のいないイライザにとって、菊の苗は子供であり、菊を育てることは子育ての代償行為でもある。しかも、イライザには草花の取り扱いに関しては、自他ともに認める天賦の才があるのだ。この二重の意味における性的なものこそが、おそらくはスタインベックの言う「何か深い意味をもったもの」の実態の多くをなすのであろう。

その自由奔放な暮らしぶりでイライザを魅了し、イライザの秘めた女性性を掻き立てた旅回りの鋳掛屋は、菊づくりに興味があるふりをして言葉巧みにイライザに取り入り、鉢植えの菊苗をせしめて立ち去ってしまう。イライザは夫と夕食をともにすべく、町に向かうが、その途上、イライザの取り戻されかけた女性性と母性とは、唐突に苛酷な現実に直面させられることとなる。この鮮やかな、まことに印象的な結末において、作者がヒロインにどこまで同情的な位置に身を置いているのか否かは、議論の分かれるところであろう。

「蛇」(The Snake, 1935)

短篇「蛇」の主人公フィリップス博士のモデルは、スタインベックの盟友エド・リケッツである。一九四八年に事故死したエド・リケッツへの追悼文「エド・リケッツのこと」（一九五二）の一節で、スタインベックは短篇「蛇」の舞台裏をこう回想して明かしている。

リケッツの研究所では絶えず、不思議なことが起こっていた。その中には後年、自分の短篇小説に利用したものがある。あるとき、ひとりの女が入って来て、雄のガラガラヘビを買いたいと言い、次には、そのヘビに餌を与えたいと所望して、ヘビとハツカネズミの代金を支払った。女は雄のガラガラヘビがネズミを飲み込むさまにひたすら目を凝らす。驚いたことに、その女はヘビとまったく同じように顎を動かし、口を大きく開いていたのだ。女は一年分のハツカネズミの代金を払い、また来るからと言って立ち去ったが、以後二度と姿を見せなかった。「起こったことの意味や理由に関しては、わたしはさっぱりわからない。その女性の行動が性的なものか、宗教的なものか、獣姦的なものか、あるいは味覚的なものか、わたしたちには想像もつかないのだ。わたしがその出来事をありのままに書くと、いろいろと奇妙な反応が巻き起こった」（仲地弘善訳「エド・リケッツのこと」『スタインベック全集11 コルテスの海 航海日誌』、大阪教育図書、一九九七 二七－二八頁）。

「蛇」発表から十五年後に書かれたこの回想をすべて鵜呑みにしてしまうのは禁物ながら、このおどろおどろしい短篇を読み解く鍵は、ここにしっかり提示されている。黒い服を身にまとった黒髪の不思議な女は、様々な「性的」な抑圧の化身として読めるであろうし、蛇の捕食の場面を筆頭に、この作品の描写はフロイト的な「性的」象徴やイメージに満ち満ちている。他方二度と姿を見せなかったこの女は、ユング心理学で言うところの、アニマ（男性の無意識下にある女性像）であったと解釈することも十分に可能だろう。『旧約聖書』「創世記」第三章でイヴを誘惑する蛇が、悪の権化という、神話的かつ宗教的な意味合いを担っていることは言うまでもない。加えて、この黒服の女はまた、どうやら蛇の化身でもあるようなのである。だとすれば、フィリップスはネズミの位置にいるということになるのか？

スタインベックは「出来事をありのままに」書いただけで、その「意味や理由に関しては」さっぱりわからない、にもかかわらず、読んだ者からは「いろいろと奇妙な反応が巻き起こった」と語る（事実、短篇「蛇」については、発表後、あちこちで酷評が相次いだ）。これは先に述べた、「非目的論的思考」にも通ずる姿勢である。だが、「ありのままに」書くということは、スタインベックにとって、作品を周到に構成してまとめ上げていく営みと矛盾するものではまったくなかった。一例を示そう。一幕一場の緊迫した演劇のように仕立て上げられたこの短篇においては、博士と女がいる研究所の建物を支える「橋脚に打ち寄せる波のざわめき」が、絶妙の音声的な舞台効果をあげる装置として機能しているのである。

さらにこの短篇は「見ること」と「見られること」をめぐって展開する、視線のせめぎ合いのドラマでもある。黒い目を博士に向けていながら「彼を見ているようには思え」ない、「こちらのやっていることにまるで興味をしめさない」、不可解な女の登場によって、科学者であり観察者である博士の自らの視線への信頼と確信は、揺らぎ、掻き乱されていく。博士は何とかして、「不活発な無気力状態」にあるかのような女の関心を、自分の実験作業のほうに向けさせようとする。しかし、女の視線は博士を見つめるのではなく、まるで部屋全体をファインダー内に収めたカメラのように、「博士を包囲し、博士のまわりの大きな円全体を眺めている」かのようである。やがて女の視線は、蛇の捕食の光景に焦点を合わせ、それに同化していく。博士の視点から物語られながらも、この短篇における博士の視線は、それを常に相対化してしまう、女の側からのもう一つの視線との相剋の内に置かれているのである。

「白いウズラ」(The White Quail, 1935)

「菊」のイライザよりいっそう強く美しい知的な女性として造形されている女主人公メアリー・テラーは、かねてより念願していた理想的な庭園を創り上げ、「庭が自分の一部に」なっていると感じる。そうした庭との一体感が、夫のハリーにはまったく理解できなかった。庭という小宇宙を一個の芸術作品として、それを創造した者の精神の象徴として描いた作品は、古今東西けっして珍しいものではない。その類型に倣って読めば「白いウズラ」は、自画像たる創造作品が、芸術家の排他的な自己愛ゆえ崩壊していく様を描いた作品と解釈できる。もちろんそこに、スタインベックと妻キャロルとの夫婦関係の反映を読み取ることもできるだろう。庭を一羽の白いウズラが訪れたとき、メアリーはただちにそれを自分自身だ、「わたしの霊的存在だ」と確信する。白いウズラを脅かす猫の駆除を頼まれたハリーが、最終的に選び取った行為は、メアリーという女性のジェンダーやセクシュアリティへの過剰な自己防衛的こだわりに対する、夫ハリーの反発に根差した衝動の結果とも考えられる。

この作品は、全体が六つの節、それぞれ六つの場面に分かれて記述される。いつものようにスタインベックは、ヒロインであるメアリーの心理や内面には立ち入らず、外側から三人称的に描写するのみなのだが、例外が二カ所ある。第四節では、寝室に引きあげてからのメアリーの心境が内的独白で綴られ、最終節では、今度はハリーの側からの視点に転換され、「ああ、ぼくは寂しい……」にはじまる、いささか唐突なハリーの後悔の言葉で、作品全体が結ばれるのである。作者スタインベックはメアリーとハリーという二人の登場人物に対して、いかなる距離感を保ちつつこの作品を書いたのか。作者の立ち位置を推し量る上で、この二つの心理描写は重要な機能を果たしていると考えられる。

「正義の執行者」(The Vigilante, 1936)

この短篇の表題は「自警団員」と訳されることも多いが、元来日本語の「自警団」は、民間人が災害等に備えて組織する警備集団を指し、私的制裁を加える人たちの意味合いはもたない。

一読した限りでは、この短篇は、義憤に駆られて凶悪犯の私刑に参加してしまったマイクという、むしろ平凡な部類に属する男の、事後の心理の揺れ動きと変容をたどった物語ということになる。マイクが烏合の衆の先陣を切って留置場を襲ったこと、犯人は留置場の中で殴り倒された際にすでに死んでいたらしいことなどが、少しずつ明らかになっていく。マイクの心の秘密を引き出す役を演じるのは、そもそも彼自身が私刑に加わっていてもおかしくなかった、酒場の経営者ウェルチと、マイクの妻である。妻は帰宅したマイクの表情を見て、どこかで女と浮気してきたのだろう、と言い放つ。暴力と性的快感との相互作用が、激情から醒めたのちの空しさや倦怠感とも重ねてほのめかされるところで、この短篇は結ばれる。

本作の根底にあるのが「ファランクス理論」であることは言うまでもないが、読みどころはそれだけではない。マイクの覚える不安、後悔、自己正当化、そして孤独感は常に、自ら加わった私刑という集団体験の経緯を、順序立てて思い出すことができない、うまく言語化できないという、もどかしさと表裏一体なのである。冒頭の「街灯の蒼白い光」から商店のウィンドウに映り込む「常夜灯」、「〈ビール〉というネオンサイン」、警官の懐中電灯にいたるまで、全篇を通じた、光と闇、明と暗の対比、夢と現実の混じり合いが、マイクのそんな当惑と葛藤を描き出す格好の舞台装置を設える。

この短篇は、一九三三年十一月、最初の妻キャロルの故郷でもある、カリフォルニア州サンノゼで実際に起きた、群衆が刑務所を襲撃し、囚人二人をリンチ殺人した事件に基づき、当時の新聞記事、報道写真を材料にして執筆されている。一九三三年の事件では、リンチで殺害されたのは白人二人であった。スタインベックがそれを一人に、しかも黒人に変えたのはなぜか。アメリカ南部のどこかで起きた事件として、この作品を読ませたかったからだけなのであろうか。

短篇「正義の執行者」の暴徒は留置場に押し寄せるとまず街灯を銃で撃って周囲を闇と化す。しかし、一九三三年十一月のリンチ事件の、新聞掲載の報道写真においては、留置場のドアを突き破ろうとする暴徒たちを、現場に赴いた新聞記者の焚いたフラッシュが、闇黒の中からまざまざと浮かび上がらせているのである。この短篇でスタインベックの用いた光と闇の効果は、当時の新聞紙面を飾った、留置場襲撃とリンチ現場の二葉の報道写真に依るところが少なくない。

「装具《ハーネス》」（The Harness, 1938）

誰からも敬愛される地元の名士ピーター・ランドールは、妻エマの死後、それまで常時装着していた、妻による規制の象徴とも言うべき装具を外して、自由気ままに生きようとする。ピーターは、妻を象徴するような、陰気くさい針音をたてる置時計を取り換えるつもりだと言い放つ。だがその時計は止まったまま放置され、取り換えられるまでには至らないように、ピーターは結局は妻のあてがった理想像から、自らを解き放てはしないのである。サリーナスの豊かな農地を背景にした、寓意に満ちたこの悲喜劇には、こうした細かい技巧があちこちに凝らされている。エマが喜ぶから、家に電灯を引いてやろうと思う、とピーターが語る、ユーモアとペーソスに満ちた結末も味わい深い。

ピーターは、エマが生きていたら決してやらせてもらえなかった、香りと色彩豊かなスイートピーの栽培に大成功する。この挿話をどう読むべきか。ピーターの才能や創造性を、妻エマの狭隘で潔癖な理想主義が妨げていた、と解釈すべきなのだろうか。

「銀の翼で」（With Your Wings, 1944）

俳優・映画監督のオーソン・ウェルズは、第二次大戦終盤の一九四四年、自身のラジオ番組でスタインベックの未発表の短篇を朗読した。その後埋もれたままになっていたその朗読用原稿が、テキサス大学図書館アーカイヴにあるのを発見したのは、季刊『ストランド・マガジン』編集長オースティン・グルリである。かくして掌篇「銀の翼で」は、七十年の歳月を経て甦り、同誌の二〇一四年冬季号に掲載された。

陸軍航空軍の若き少尉ウィリアム・サッチャーは、所定の訓練課程を無我夢中で終えて、あらためて自分自身に向き合い、「自分が何者であるか」を問うべく、南部の故郷の町に帰還する。我が家の、我が町の英雄として熱烈な歓迎を受けたサッチャーがそこで見出したのは、自分という存在が、故郷や家族という集団によって支えられてこそであるという事実だった。このサッチャーが実は黒人であることは、その幼い弟の「縮れ毛」の描写で予告され、作品の終わり近くで、父親の息子にかけた言葉によって読者に明示される。平易で簡潔な表現、細部の描写の確かさは、同じく掌篇である「朝めし」を想起させもする。

このごく短い物語はしかしながら、分量とは不釣り合いな大きな問題を孕んでいる。言うまでもなくそれは、軍隊においても黒人差別が歴然とあったこの時代に(軍隊内の食事場所も別々だった)、黒人を主人公とした軍隊物を書くことの持つメッセージ性である。スタインベックの戦争協力プロパガンダ『爆弾投下——爆撃機チームの物語』(一九四二年十一月)に続けて書かれたらしいこの掌篇と、『爆弾投下』との関係があらためて問われるところである。「銀の翼で」は『爆弾投下』の拾遺の作なのか、むしろそのカウンターバランスとして執筆されたものなのか。一九三〇年代、一貫して、貧しい者、弱者、周縁的な人々に光を当て続けてきたスタインベックが、時代に一歩先んじて人種差別問題に一石を投じようとしたものなのか、あるいは、航空軍への何らかの意図や意志表示を込めた作品であるのか。

付記

本解説と年譜執筆に際しては、主に以下の書を参照した。Jeffrey Schultz & Luchen Li（eds）*Critical Companion to John Steinbeck: A Literary Reference to His Life and Work.*（Facts on File, Inc., 2005）, Harold Bloom（ed.）*John Steinbeck: New Edition.*（Bloom's Literary Criticism, 2008）, Harold Bloom（ed.）*John Steinbeck's Short Stories.*（Bloom's Literary Criticism, 2011）, Don Noble（ed.）*Critical Insights: John Steinbeck.*（Salem Press, 2011）, Cyrus Ernesto Zirakzadeh & Simon Stow（eds）*A Political Companion to John Steinbeck.*（University Press of Kentucky, 2014）, Linda Wagner-Martin. *John Steinbeck: A Literary Life.*（Palgrave Macmillan, 2017）, Gavin Jones. *Reclaiming John Steinbeck: Writing for the Future of Humanity.*

(Cambridge University Press, 2021), 石一郎編『20世紀英米文学案内22 スタインベック』(研究社、一九六七)、大竹勝・利沢行夫編『スタインベック研究』(荒地出版社、一九八〇)、江草久司編著『スタインベック研究――短篇小説論』(八潮出版社、一九八七)、中山喜代市『スタインベック文学の研究――カリフォルニア時代』(関西大学出版部、一九八九)、R・S・ヒューズ(坪井清彦ほか訳)『スタインベック全短編論――赤い小馬を超えて』(英宝社、一九九二)、テツマロ・ハヤシ編(高村博正ほか訳)『スタインベック短編研究――『長い谷間』論』(あぽろん社、一九九二)、国際スタインベック協会編(濵口脩ほか訳)『ジョン・スタインベック――サリーナスから世界に向けて』(旺史社、一九九二)、テツマロ・ハヤシ他編(有木恭子ほか訳)『スタインベック研究――新しい短編小説論』(大阪教育図書、一九九五)、日本スタインベック協会編『スタインベック――生誕100年記念論文集』(大阪教育図書、二〇〇四)、ブライアン・レイルズバック、マイケル・J・マイヤー編(井上謙治訳)『ジョン・スタインベック事典』(雄松堂出版、二〇〇九)、鈴江璋子『表層と内在――スタインベックの『エデンの東』をポストモダンに開く』(南雲堂、二〇一三)、日本スタインベック協会監修『スタインベック全集(全二〇巻)』(大阪教育図書、一九九六~二〇〇一)。

ジョン・スタインベック年譜

一九〇二年

ジョン・アーンスト・スタインベック、二月二七日、カリフォルニア州モントレー郡サリーナスに、製粉所勤務の父ジョン・アーンスト・スタインベック、元小学校教員の母オリーヴ・ハミルトン・スタインベックの長男として生誕。

一九〇七年　五歳

父より仔馬を贈られる。

一九一五年　一三歳

サリーナス・ユニオン高校入学。文学書に熱中し、作家を志す。

一九一九年　一七歳

サリーナス・ユニオン高校卒業。一〇月、スタンフォード大学入学（英語・英文学専攻）。

一九二〇年　一八歳

大学を休学し、農場、製糖工場などで働き、一九二一年一一月、スタンフォード大学に復学（英語／ジャーナリズム専攻）。

一九二三年　二一歳

パシフィック・グローヴのスタインベック家のコテージに近い、スタンフォード大学ホプキンズ海洋研究所の夏期講座で、動物学概論を受講。

一九二四年 二二歳

二月、学内文芸誌『スタンフォード・スペクテーター』に、最初の短篇小説「雲の指」を発表。イーディス・ミリエリーズによる「短篇小説創作」の授業を受講。

一九二五年 二三歳

六月、スタンフォード大学中退。作家の道を志して、一一月、ニューヨークに赴く。マディソン・スクエア・ガーデンの建設現場で働く。

一九二六年 二四歳

叔父ジョー・ハミルトンの仲介で、『ニューヨーク・アメリカン』紙の新聞記者を務めるも解雇される。六月、カリフォルニアに帰郷し、小説を執筆。

一九二八年 二六歳

夏、のちの妻キャロル・ヘニングと出会い、恋仲となる。

一九二九年 二七歳

父の財政援助を受けつつ、執筆に専念。八月、最初の長篇作品である歴史冒険小説『金の杯』を刊行するも注目されず。

一九三〇年 二八歳

一月、キャロル・ヘニングと結婚。八月、カリフォルニア州モントレー半島のパシフィック・グローヴのコテージに居住。父の援助とキャロルの稼ぎに支えられて、小説執筆に勤しむ。一〇月、モントレー、キャナリー・ロウ（缶詰通り）にある太平洋海洋生物研究所の海洋生物学者エドワード・F・リケッツと出会う。親友であり師でもあるリケッツは、スタインベックの世界観形成に大きな影響を及ぼすとともに、多くのスタインベック作品で登場人物のモデルとなった。

一九三〇年　三〇歳

七月、カリフォルニア州南部のモントローズに転居。一〇月、モントレーを舞台とする初の短篇集『天の牧場』を刊行するも評判は芳しくなかった。

一九三三年　三一歳

三月、母オリーヴ入院。五月、経済的に行き詰まったこともあって、キャロルとともにサリーナスの生家に戻り、母の介護に従事。九月、二〇世紀初頭のカリフォルニア州を舞台にした長篇小説第二作『知られざる神に』を出版。一一月、のちに『赤い小馬』にまとめられる短篇小説を執筆しはじめる。

一九三四年　三二歳

二月、母オリーヴ死去。四月、のちに短篇集『長い谷間』に収められる短篇「殺人」発表。O・ヘンリー賞受賞作となる。

一九三五年　三三歳

五月、闘病中の父ジョン死去。同月、小説『トーティーヤ台地』を刊行。ベストセラーになり、パラマウント社が映画化権を取得した。九月、妻キャロルと自動車でメキシコ旅行。

一九三六年　三四歳

一月、小説『疑わしき戦い』を刊行。総じて好評をもって迎えられる。五月、カリフォルニア州ロス・ガトスに新居用の土地を購入。同月、『二十日ねずみと人間』の原稿の半ばを、飼い犬に食い破られる。八月、『サンフランシスコ・ニューズ』紙の移住農場労働者に関する実態調査記事執筆のため、取材旅行。

一九三七年　三五歳

二月、劇小説『二十日ねずみと人間』を刊行。たちまち一五万部を売り切るベストセラーとなる。一躍、人気作家となり、映画化の話も持ち込まれた。

五月、妻キャロルとはじめてのヨーロッパ旅行。九月、「贈り物」「連峰の彼方」「約束」の三篇を収めた短篇集『赤い小馬』、限定出版。一〇月、短篇の代表作「菊」を『ハーパーズ・マガジン』に掲載。一一月、戯曲版『二十日ねずみと人間』、ブロードウェイで初演。ロングランを記録する。一〇月、カリフォルニア州の移住農場労働者を、ときに生活をともにして取材、情報収集。

一九三八年　三六歳

一月、戯曲化された『トーティーヤ台地』がブロードウェイで上演されるも、四回で公演打ち切りとなる。五月、長篇『怒りの葡萄』執筆開始。九月、第二短篇小説集『長い谷間（盆地）』刊行。『赤い小馬』の三篇および「最後の開拓者」が含まれる。

一九三九年　　三七歳

四月、小説『怒りの葡萄』刊行。大きな反響を呼び、ベストセラー一位を記録した。初版だけで五万部、計四〇万部以上を売り上げるが、その社会批判的内容と猥雑な表現ゆえ禁書となった州、地域もある。六月、女優グウィンドリン・コンガーと、ハリウッドにて出会う。一二月、ルイス・マイルストン監督の映画『二十日ねずみと人間』公開（邦題『廿日鼠と人間』）。

一九四〇年　　三八歳

一月、ジョン・フォード監督による映画『怒りの葡萄』公開。二月、ハリウッドでグウィンドリンと再会。三月から四月、エドワード・リケッツとカリフォルニア湾（コルテス海）に海洋生物採集旅行。五月、『怒りの葡萄』によりピュリッツァー賞、全米図書賞受賞。同月、迷信と戦う医師を描いたドキュメンタリー映画『忘れられた村』（ハーバート・クライン監督）の脚本執筆。

一九四一年　　三九歳

四月、キャロルと別居。パシフィック・グローヴの新居にグウィンドリンと住む。九月、映画『赤い小馬』の脚本執筆に着手。一一月、グウィンドリンとニューヨークに移る。一二月、採集旅行の記録『コルテスの海――悠長な旅と調査の日誌』をリケッツとの共著で刊行。

一九四二年　四〇歳

三月、劇小説『月は沈みぬ』刊行。この作で、一九四六年一一月、ノルウェー国王より勲章を授与される。戦争遂行を全面的に支持し、米国軍隊のために、航空隊訓練の模様を取材して、一一月、『爆弾投下――爆撃機チームの物語』という手記を刊行。一二月、「パイサーノ」ものの映画『ベニーのための勲章』（アービング・ピシェル監督）の脚本を共同執筆。

一九四三年　四一歳

二月、アルフレッド・ヒッチコック監督の映画『救命艇』の脚本執筆。三月、キャロル・ヘニングと正式に離婚、グウィンドリン・コンガーと結婚。七月から一〇月、志願して『ニューヨーク・ヘラルド・トリビューン』紙の戦争特派員となり、ヨーロッパ戦線へ。イギリス、北アフリカ、イタリアに赴き、同紙に報道記事と従軍記を執筆。

一九四四年　四二歳

八月、長男トマス（トム）・スタインベック出生。一〇月、カリフォルニア、モントレーに転居。オーソン・ウェルズが、ラジオ番組で、短篇「銀の翼で」（"With Your Wings"）朗読。

一九四五年　四三歳

一月、小説『キャナリー・ロウ（缶詰

通り)』を刊行。二月、メキシコに赴き、自作短篇『真珠』の映画脚本(メキシコ映画)を執筆。九月、短篇集『赤い小馬(挿絵版)』を、「最後の開拓者」を加えた四部構成で刊行。

一九四六年　四四歳

六月、次男ジョン・スタインベック四世誕生。

一九四七年　四五歳

二月、小説『気まぐれバス』出版。世評必ずしも芳しからず。七月〜九月、写真家ロバート・キャパとともにソ連を訪問し旅行。一一月、メキシコの伝説を材とした寓話的中篇『真珠』を刊行。

一九四八年　四六歳

二月、メキシコ映画『真珠』公開。四月、キャパの写真も収めた『ロシア紀行』刊行。五月、エド・リケッツ、運転する自動車と列車との衝突事故で死去。一〇月、グウィンドリン・コンガーと離婚。一一月、アメリカ芸術・文学アカデミー会員に選出される。

一九四九年　四七歳

一月、ルイス・マイルストン監督の映画『赤い小馬』公開。三月、エリア・カザン監督の映画『革命児サパタ』の脚本執筆に着手。五月、エレイン・スコットとの恋に落ち、エレインの離婚を待っての結婚を決意。一二月、エレインとニューヨーク東42番通りに居を定める。

一九五〇年　四八歳
一一月、劇小説『爛々と燃ゆる』(*Burning Bright*)を刊行するも不評を極める。一〇月にブロードウェイで上演されていた戯曲版のほうも早々に打ち切りとなった。エレインの離婚成立に伴い、一二月、エレインと結婚。

一九五一年　四九歳
二月、映画『革命児サパタ』公開。九月、『コルテスの海』(一九四一年刊行)の航海日誌の部分に、リケッツへの追悼文を加えた『コルテスの海航海日誌』(*The Log from the Sea of Cortez*)を自著として刊行。一一月、小説『エデンの東』の草稿、仕上がる。

一九五二年　五〇歳
三月から八月、エレインとともにヨーロッパ各地、北アフリカを旅行。九月、大作、小説『エデンの東』刊行。ただちにベストセラーとなる。

一九五四年　五二歳
三月、ヨーロッパへの長期旅行に出発。五月、パリに家を借りる。六月、『キャナリー・ロウ』の続編と言うべき小説『楽しき木曜日』刊行。ベストセラーとなるが、批評家からは酷評もされた。

一九五五年　五三歳
三月、エリア・カザン監督、ジェイムズ・ディーン主演の映画『エデンの東』公開。空前の大ヒットを記録する。

一九五六年　五四歳
マロリー『アーサー王の死』の散文

（現代語）訳に着手（一九七六年に没後刊行）。

一九五七年　五五歳

四月、政治諷刺小説『ピピン四世の短い治世』刊行。九月、国際ペン・クラブ大会出席のため訪日。

一九五八年　五六歳

九月、第二次大戦中に書いた手記を集めた『かつて戦争があった』（*Once There Was a War*）を刊行。

一九六〇年　五八歳

九月から一二月、愛犬チャーリーを伴い、特注のキャンピングカー「ロシナンテ」号でアメリカ大陸一周の旅をする。

一九六一年　五九歳

四月、文明諷刺的小説『われらが不満の冬』を刊行。思わしい評価は得られない。これが最後の小説作品となる。

一九六二年　六〇歳

六月、旅行記『チャーリーとの旅』を刊行し好評を得る。一〇月、ノーベル文学賞受賞決定の報を受ける（アメリカ文学者では六人目の受賞）。一二月、ノーベル文学賞受賞。受賞演説で、「人間の完全性への信頼」を語る。

一九六三年　六一歳

一〇月から一二月、妻エレイン、劇作家エドワード・オールビーともに、文化交流プログラムの一環としてソ連を訪問。

一九六四年　六二歳

九月、文民に贈られる最高位の勲章「大統領自由勲章」を受章。

一九六六年　六四歳

四月、ベトナム行きを志願した次男を伴ってジョンソン大統領に面会。ベトナム戦争に肯定的立場をとることに、ソ連文壇から非難が寄せられる。一〇月、写真家カルティエ＝ブレッソンらの写真百葉余りを添えたアメリカ論『アメリカとアメリカ人』を刊行。一〇月、『ニューズデイ』紙特派員に任命され、カリフォルニア州の基地で従軍・訓練中の長男トムを訪ねてから、エレインを伴い南ベトナム入り。サイゴンに六週間滞在。

一九六七年　六五歳

一月から四月、東アジア諸国を歴訪。バンコク、シンガポール、ジャカルタなどを回っての帰途、訪日して従軍中の次男ジョンに会い、京都、東京に滞在。再三にわたるソ連文壇からの非難に反論。

一九六八年　六六歳

一二月二〇日、心臓発作によりニューヨークの自宅で死去。サリーナスにある母方のハミルトン家の墓地にて永眠。

訳者あとがき

スタインベックといえば、『怒りの葡萄』や『エデンの東』といった大長篇を思い浮かべる方が多いかもしれない。その骨太の魅力もさることながら、以前から短篇作品にも味わいぶかいものが多いと思っていた。今回それを新訳で紹介するという貴重な機会をいただき、久しぶりにじっくり読み返してみてその思いを強くした。作品それぞれの読みどころや魅力については、井上健先生の解説に詳しいので、ここで重ねて述べるまでもないが、今回あらためて感じたのが、これと命名するのが難しいのに誰もが覚えのある心の揺れを、名づけないままに少ないことば数で描き出す、その鋭さと誠実さだった。一九三〇年代から四〇年代に書かれた作品なので、時代背景はたしかに〝むかし〟ではあるけれど、そこで描かれる心理や感情はいまの人のなかにも変わらずあるはずだ。たとえば「赤い小馬」のジョディが父親から「でしゃばり屋」とぴしゃりとやられて居たたまれなくなる心理状態は、〝恥ずかしさ〟に〝悔しさ〟

と〝情けなさ〟と一抹の〝怒り〟と理解されない〝やるせなさ〟が入り混じったようなものと説明することはできても、名づけようがない。とはいえ、読む側にとってその心理状態はまちがいなく生身で経験したことがある……少なくともそんなふうに感じられる。逆にいえば、名状しがたい感情を名状しがたいまま描いている。それがあまりに生々しく、強烈に覚えがありすぎて、訳していてそれこそ居たたまれなくなったり、落ち着かない気持ちになったりしたほどだった。またこれは勝手な決めつけなのだが、これまでなんとなくスタインベックは男性的な作家というイメージがあったけれども、女性の描き方が巧みだということもあらためて感じた。「菊」のイライザしかり、「白いウズラ」のメアリーしかり、「赤い小馬」のティフリン夫人や「蛇」の研究所を訪ねてくる女も、なんとなれば「装具《ハーネス》」のエマも、それぞれ表現されている部分は異なるものの、女性の強さと弱さ、優しさと恐ろしさといったようなものが入り混じった名状しがたいものを、これまた無理に名づけることなく、理屈をつけることもなく、そのまま描き出しているように思った。名前のつけようがないもの、分析できないものは、どうも落ち着かなくて不安を誘う。スタインベックの作品がときに、そこはかとなく不穏なものをはらんでいるように感じるのは、そのせいかもしれない。

翻訳作業には主にPenguin Classicsの*The Long Valley*を使用した。タイトルについて触れておくと、翻訳するに際して従来紹介されてきたタイトルをそのまま使わせてもらったものと、変えたものとがある。たとえば、The Red Pony。「赤い子馬」としている版もあるが、ponyはいわゆる仔馬ではなく、成長しても肩（鬐甲《きこう》）までの高さが百四十七センチ以下の小型種の馬の総称で、たとえばシェトランドポニー、ハフリンガー、日本の在来種などが該当する。redは馬の毛色だと、栗毛や鹿毛のうちの赤みが濃いものを指すので、たとえば「栗毛のポニー」「赤鹿毛の小型馬」とする手もなくはなかったが、馴染みのよさを優先して「赤い小馬」とした。The Harnessは「肩あて」と紹介されてきた作品だが、主人公が身につけているharnessは、肩にあてている程度のものではなく、もっと厳しく身を締めつけるものなので、矯正具やギプスを連想させる「装具」という語を選んだ。The Vigilanteも「自警団員」と紹介されてきたが、自警団というような組織立ったものがあったわけではなく、個人個人がそれぞれ義憤に駆られ、正義という名のもとに暴走する様子を描いているので、それをそのままタイトルに用いて「正義の執行者」とした。最後の作品、With Your Wingsは本邦初訳の作品だ。来歴については井上先生の概説をご参照いただくとして、作中に出てくる航空機の操縦士資格を取得した者に与えられる、銀の航空機搭乗徽章《シルバーウィングス》から取った。初訳の作品を紹介できたことは、望外の歓びだった。

「赤い小馬」には当然のことながら馬が登場する。馬と人間のかかわり方は、作品が書かれた当時と今とでは、疾病の治療法はもちろん、それ以外の点でもずいぶんちがってきている。またアメリカと日本とでも事情は異なる。その理解については、山梨県小淵沢町にある〈八ヶ岳ロングライディング〉の岡田晃一氏をはじめ、スタッフのみなさま、先輩会員諸氏にお知恵を拝借することになった。とりわけ岡田氏には、豊富なご経験と知識に基づき、正確でわかりやすい訳語を選ぶ際にたびたびアドバイスをいただいた。心からお礼を申しあげます。デイヴィッド・ウォード先生とジャック・アレグザンダー氏には、一見シンプルな原文にこめられた含意を読み解く加減をご教示いただいた。また光文社古典新訳文庫編集部の中町俊伸氏、小都一郎氏、ならびに今野哲男氏には長きにわたった翻訳作業を力強くサポートしていただいた。原稿に丁寧に目を通してくださった校閲部の方々にも、深く感謝しています。そして本書を手に取ってくださったみなさまに、特大の感謝を。命名することは難しいけれど、確実に存在する感情やありさまを、そのまますくいあげ、すっと差し出してみせるスタインベックの短篇の魅力を、それぞれに堪能していただけることを願うばかりです。

本書では、アメリカ先住民を指して、「インディアン」という現代では用いるに注意を要する呼称や、当該先住民への偏見に基づく表現が使用されています。

また、「おれだって真っ当な黒人《ニガー》のひとりやふたりは知ってるさ」など、今日の観点からすると、明らかに黒人に対して侮蔑的・差別的な表現が用いられています。

これらは本作が成立した一九三〇年代のアメリカ合衆国の社会状況と未成熟な人権意識に基づくものですが、編集部では本作の歴史的価値および、文学的価値を尊重し、原文に忠実に翻訳しました。それが今日にも続く人権侵害や差別問題を考える手がかりになると判断したものです。差別の助長を意図するものではないということを、ご理解ください。

編集部

kobunsha classics
光文社古典新訳文庫

赤《あか》い小馬《こうま》／銀《ぎん》の翼《つばさ》で　スタインベック傑作選《けっさくせん》

著者　ジョン・スタインベック
訳者　芹澤《せりざわ》 恵《めぐみ》

2024年10月20日　初版第1刷発行

発行者　三宅貴久
印刷　新藤慶昌堂
製本　ナショナル製本

発行所　株式会社光文社
〒112-8011東京都文京区音羽1-16-6
電話　03（5395）8162（編集部）
03（5395）8116（書籍販売部）
03（5395）8125（制作部）
www.kobunsha.com

ISBN978-4-334-10468-9 Printed in Japan

いま、息をしている言葉で、もういちど古典を

長い年月をかけて世界中で読み継がれてきたのが古典です。奥の深い味わいある作品ばかりがそろっており、この「古典の森」に分け入ることは人生のもっとも大きな喜びであることに異論のある人はいないはずです。しかしながら、こんなに豊饒で魅力に満ちた古典を、なぜわたしたちはこれほどまで疎んじてきたのでしょうか。

ひとつには古臭い教養主義からの逃走だったのかもしれません。真面目に文学や思想を論じることは、ある種の権威化であるという思いから、その呪縛から逃れるために、教養そのものを否定しすぎてしまったのではないでしょうか。

いま、時代は大きな転換期を迎えています。まれに見るスピードで歴史が動いていくのを多くの人々が実感していると思います。

こんな時わたしたちを支え、導いてくれるものが古典なのです。「いま、息をしている言葉で」――光文社の古典新訳文庫は、さまよえる現代人の心の奥底まで届くような言葉で、古典を現代に蘇らせることを意図して創刊されました。気取らず、自由に、心の赴くままに、気軽に手に取って楽しめる古典作品を、新訳という光のもとに読者に届けていくこと。それがこの文庫の使命だとわたしたちは考えています。

このシリーズについてのご意見、ご感想、ご要望をハガキ、手紙、メール等で翻訳編集部までお寄せください。今後の企画の参考にさせていただきます。
メール　info@kotensinyaku.jp

光文社古典新訳文庫　好評既刊

勇気の赤い勲章　スティーヴン・クレイン／藤井《ふじい》 光《ひかる》●訳

英雄的活躍に憧れて北軍に志願したヘンリー。待ちに待った戦闘に奮い立つも、敵軍の猛攻を前に恐慌をきたし…。苛烈な戦場の光景と兵士の心理を緻密に描くアメリカ戦争小説の原点。

八月の光　フォークナー／黒原《くろはら》 敏行《としゆき》●訳

米国南部の町ジェファソンで、それぞれの「血」に呪われたように生きる人々の生は、やがて一連の壮絶な事件へと収斂していく。ノーベル賞受賞作家の代表作。（解説・中野学而）

ヒューマン・コメディ　サローヤン／小川《おがわ》 敏子《としこ》●訳

戦時下、マコーリー家では父が死に、長兄も出征し、14歳のホーマーが電報配達をして家計を支えている。少年と町の人々の悲喜交々を笑いと涙で描いた物語。（解説・舌津智之）

老人と海　ヘミングウェイ／小川《おがわ》 高義《たかよし》●訳

独りで舟を出し、海に釣り糸を垂らす老サンチャゴ。巨大なカジキが食らいつき、壮絶な闘いが始まる…。決意に満ちた男の力強い姿と哀愁を描くヘミングウェイの最高傑作。

武器よさらば（上・下）　ヘミングウェイ／金原《かねはら》 瑞人《みずひと》●訳

第一次世界大戦の北イタリア戦線。負傷兵運搬の任務に志願したアメリカの青年フレデリック・ヘンリーは、看護婦のキャサリン・バークリと出会う。二人は深く愛し合っていくが…。

郵便局　チャールズ・ブコウスキー／都甲《とこう》 幸治《こうじ》●訳

配達や仕分けの仕事はつらいけど、それでも働き、飲んだくれ、女性と過ごす…。日本でも90年代に絶大な人気を誇った作家が自らの無頼生活時代をモデルに描いたデビュー長篇。

★続刊

城　カフカ／丘沢静也・訳

ある冬の夜ふけ、測量士Kは深い雪のなかに横たわる村に到着する。城から依頼された仕事だったが、城に近づこうにもいっこうにたどり着けず……。奇妙な、喜劇的ともいえるリアルな日常を描いた最後の未完の長編。史的批判版からの新訳。

悪い時　ガブリエル・ガルシア・マルケス／寺尾隆吉・訳

十月の雨の朝、静かな町で起きた殺人事件にはあるビラが関係していた。ビラの内容は住民たちの疑心暗鬼を生み、息苦しく不気味な雰囲気が町全体を覆っていく……。「暴力時代」後のコロンビア社会を描く、死体と腐臭と謎に満ちた物語。

ぼくのことをたくさん話そう　チェーザレ・ザヴァッティーニ／石田聖子・訳

眠れぬ夜の寝床に霊が現れ、ぼくの手を取り、天国や煉獄など「あの世」への旅にいざなう……。映画『自転車泥棒』『ひまわり』等で知られる20世紀イタリアを代表する脚本家が、掌編の技法で紡いでいく、ユーモラスで機知に富んだ物語。